FRANKENSTEIN

HAITIAN CREOLE EDITION

MARY SHELLEY

EDITED BY
ADAPTIVE READER

CONTENTS

INTRODUCTION

Welcome to Adaptive Reader, your portal to the captivating world of literature, tailored to fit your unique reading abilities.

In today's fast-paced and diverse learning environment, we believe in the power of personalized learning experiences. That's where the concept of leveled reading comes in, and why we, at Adaptive Reader, have dedicated ourselves to offering a broad collection of classic novels at various reading levels. Our mission is to make the joy and benefits of reading accessible to everyone.

THE BENEFITS OF LEVELED TEXTS

So, what exactly is leveled reading? It's an approach that matches students with texts that align with their unique reading abilities. This ensures that every reader is challenged just the right amount - enough to grow, but not so much that they feel overwhelmed or frustrated.

For students, this means you'll engage with texts that stretch your reading skills while keeping the experience enjoyable and manageable. You'll gain confidence as you successfully comprehend each level and feel motivated to explore more challenging texts as your reading skills grow.

For teachers, Adaptive Reader provides a valuable tool to support differentiated instruction. You can assign the same novel to your entire class while ensuring each student reads a version that aligns with their reading level. This allows all students to participate in class discussions and activities, fostering a more inclusive learning environment.

For parents, Adaptive Reader offers a supportive tool to encourage your children's reading journey. As your child progresses through the different levels of a novel, they'll not only enhance their reading skills but also develop a deeper love for literature.

READING ACROSS MULTIPLE EDITIONS

All of our leveled novels include passage markers that correspond to the same content across every one of our editions. This means that passage '62' in our silver edition contains the same themes and plot elements as passage '62' in our original edition.

For teachers, this means that you can say "let's look at passage 35 together. What is the author trying to tell us here?" and all of your students will be reading the same content — but with vocabulary and syntax that's adapted to their reading level.

Our online reading tool, available at www.adaptivereader.com, gives students and teachers free access to the original text with passage markers. We encourage teachers to include close readings of the original text as part of their coursework, giving all students exposure to the rich original syntax and language of these exceptional authors.

THE POWER OF LITERATURE

At Adaptive Reader, we are committed to helping everyone experience the power of literature. So whether you're a student diving into a classic novel, a teacher looking for flexible resources, or a parent seeking ways to support your child's literacy, Adaptive Reader is here for you.

We invite you to embark on this exciting literary journey with us. Enjoy the world of stories, characters, and ideas that await you in our collection of leveled novels. Happy reading!

LETTER 1

1 Chè madam Savil,

St. Petersbou, 11 desanm, 17--.

Mwen gen kèk bon nouvèl pou mwen pataje avèk ou. Pa t gen anyen ki pran lari nan kòmansman vwayaj mwen, menm si ou te inkyete. Mwen rive an sekirite yè, e mwen vle di ou ke mwen anfòme byen ak santi mwen anpi plis konfyans nan siksè misyon mwen an.

2 Mwen deja trè lwen o nò nan Lond, Ayisyen. Lè mwen mache nan lari Petersburgh, mwen santi yon rev kouri sou figi mwen. Li fè mwen santi mwen fò e kontan. Ou ka imajine sa? Rev la sòti nan kote mwen ap antre, li ba mwen on fòm ak klima frèt nan kè li. Sa a fè mwen ankò plis antouzyas pou plan mwen yo. Mwen pa ka evite panse ke Pò nò a se yon kote bèl ak ekstròdinè, menm si moun di li fredi e dezòd. Nan lespri mwen, li se yon tè de bote ak bonè. Nan kote sa a, Magarett, solèy jamais pa kouche. Li toujou klere sou orizon an, bay tout bagay yon fwaye bwa. Mwen kwè sa ki te eksplore yo anvan mwen di. Nan kote sa a, pa gen ni lanèj ni fredi. Lanmè a kalm, nou kapab vwayaje nan yon tè ki pi ekstròdinè ak pi bèl pase nenpòt kote sou Latè. Tè sa a ka gen ti bagay nou p'ap janm wè anvan, menm jan ak zetwal ak planet yo nan santral ki pa ankò dekouvri nan syèl la. Ki

mizik nou kapab atann nan yon tè ak limyè etènel? Gen lè mwen pral dekouvri pouvwa ankwayab ki fè kòmpas la montre direksyon nò a. Gen lè mwen pral fè obsèvasyon enpòtan sou zetwal ak planet yo ki pral ede nou konprann yo pi byen. Mwen telman chòk pou wè kwen sa a nan mond lan, sa pa janm gen moun ki wè li anvan. Se tankou yon tè ke pesonn pa janm mache deyò sou li. Panse sa yo byen fasilite fache yon moun genyen sou danje oswa lanmò. Yo fè mwen vle kòmanse vwayaj difisil ak long sa a ak menm kè kontan yon timoun genyen lè l monte avan epi fè yon vwayaj ak zanmi yo. Menm si sa mwen ap imajine rive fèt pa kòrèk, ou pa ka apwouve nouvèl bagay merveye mwen pral dekouvri yo. Mwen pral jwenn yon fason pou pèp yo vwayaje nan peyi lwen yo nan kwen Pò Nò a plis vit. Kounye a, li pran anpil mwa. Epi mwen pral demontre sekrè ajiman yo, si sa posib. Sa ka rive sèlman si mwen pati nan yon vwayaj tankou sa a.

Sa yo panse yo kalmem mwen. Kounye a, mwen genyen yon objektif pou mwen konsantre sou! Fè vwayaj sa a toujou te se rèv mwen ki pi renmen depi mwen te ti moun. Mwen te li ak pasyon gwo sou plizyè vwayaj ki te fè nan lespwa yo rive nan Oseyan Pacific Nò yo atravè lanmè pòlè yo. Ou ta kapab sonje ke lonkle nou, Thomas, te genyen yon bibliyotèk antye ranpli liv sou vwayaj sa yo. Liv yo se te inik inspirasyon mwen, men papa mwen te dekore ki entèdi lonk sa a pèmèt mwen fè vwayaj tankou sa a.

Lè mwen te jwenn oev poet nan premye fwa, rev mwen nan tounen yon powèt mwen menm kòmanse te fade. Pawòl bèl yo kaptive mwen epi mennen mwen nan yon lòt mond. Men, tou dwat nan moman sa a, mwen sonde richès kouzin mwen an, e rev mwen tounen sou chemen mwen toujou te vle swiv.

Six lanné sot pase depi mwen deside fè sa m'ap fè kounye a. Mwen te kòmanse pa akimile ak kondisyon difisil yo. Mwen ale avèk volonte nan fredi, grangou, swaf, ak mank somey. Pandan jou a, mwen souvan travay pi di ke marin regilye yo, ak nan lannwit la, mwen te etidye matematik, teyori medsin, ak lòt pati nan syans ki kapab itil pou yon moun k ap eksplore lanmè yo. Mwen fè yon bon travay. Mwen dwe admèt, mwen te santi mwen fye lè kapten mwen ofri mwen pozisyon dezyèm pi wo sou bato a ak li mande mwen pou mwen rete paske li panse mwen prezante byen.

Kounye a, chè Margaret, ou pa panse mwen merite reyalize yon enpòtan bagay? Mwen ta ka te gen yon lavi fasil ak bwòso. Mwen prèske pral an ké a nan yon vwayaj long ak difisil kote mwen ap bezwen anpil fòs. Mwen pa sèlman dwe eleve mòal lòt moun yo, men pafwa mwen dwe eleve mòal mwen menm lè tout moun lòt yo santi yo anba.

Se te meyò moman pou vwayaje an Risi. Yo ale byen vit sou lanèj yo ak sikli yo; sa a fè bon, e, nan opinyon mwen, pi byen pase vwayaj nan yon koche Anglè. Frèt la pa twò move si ou mete abi pe, mwen menm mwen deja mete yo. Gen yon gwo diferans ant mache epi kole sou plas pandan anpil lè ou pa deplase epi san ou ta ka frize vre. Mwen pa vle riskelavi mwen sou wout ant Sen Pyèt epi Ajangel.

Nan de semèn oswa twa semèn, mwen ap al Ajangel la. Mwen gen plan loue yon bato la, sa a fasil fè l si ou peye asirans mèt lan. Mwen pral angaje plizyè marin ki konn peche baleg. Mwen pap kwaze lavwadlè jouk nan mwa Jen an, men. Epi lè mwen pral tounen? O, cher sè mwen, mwen pa ka reponn kesyon sa a. Si mwen reyisi, sa ka pran anpil mwa, toulede ta dwe avan nou wè lot. Si mwen echwe, mwen pral tounen fasil, oswa pè piti piti pa janm.

Orevwa, cher e merveye Margaret. Mwen swete ou beni depi nan syèl-la, e mwen swete mwen ka sove pou mwen ka montre gratitid mwen pou tout renmen ak bonjou ou.

Avek renmen,

R. Walton.

LETTER II

 Ba Madan Savil, Angleter.

Ar-Kanjèl, 28 Mas 17—.

Tan ap tounen tres vit osinon mouvman lontanè la, nan mitan temperati pwazonnan ak ni. Men, mwen rive fè avans nan objektif mwen an. Mwen te jwenn yon bato, kounye a mwen ap an ranbousé matlot mwen yo. Matlot ki mwen ranbousé jouk kounye a parèt fidarit e kouraj.

 Men, mwen gen yon sèl souhait ki pa janm mwen te kapab reyalize. E kounye a, mwen santi absans li kòm yon gwo pwoblèm. Mwen pa gen yon zanmi, Margaret. Lè mwen plen ak antye pasyon ak siksè, pa gen moun ki pral pataje lajwa mwen. E si dezespwa rive, pa gen moun ki pral la pou sipòte mwen. Mwen bezwen yon moun ki gen enterè menm jan ak mwen pou li apwouve oswa amelyore plan mwen yo. Kijan yon zanmi konsa ta ka repare erè frè pòv ou! Mwen twò imedyat pou kòmanse ak twò enpasyan lè mwen fè fas ak difikilte. Men pwoblèm pi gwo pou mwen se ke mwen aprann tèt mwen. Jouk mwen te gen katòz ane, mwen pase tan mwen deyò ak sèlman li liv vwayaj Ti Thomas an. Te atravè nan sa, kite mwen jwenn benefis li pi bon, mwen te reyalize ke mwen bezwen aprann lang lòt pase lang matènèl mwen an. Kounye a, mwen gen vennuitwit, men vre nan reyalite an, mwen pi piti edike pase anpil elèv ki gen desiz.

Byen, se plent yo sòti san rezon. Mwen pap jwenn yon zanmi sou lanmè san limit oswa menm isit nan Arkansèl ant komèsan ak marinè. Men gen kèk emosyon, ki diferan de natir imen oridinè, ki egziste menm nan kè sakrifis. Adjwen mwen, pa egzanp, se yon gason bray ak kouray. Mwen rankontre l la premye fwa nan youn nan bato baleen yo. Lè mwen te dekouvri ke l te lib nan lavil sa a, mwen rive fasilman konvenk l pou li te jwenn mal nan avanti mwen.

Kapitenn lan se yon moun trè gentan ak dous. Sou bato a, tout moun konnen li se yon moun gentil e li fè lòd li nan yon fason jis ak lidèté. Karaktè bon li ak kouraj li te fè mwen vle kontra li nan ekip mwen an. Mwen te granmi sèl nan yon anviwonman ki te renmen ak pandan ane kote mwen te pase avèk ou, sa ki fè mwen pa renmen jwif nan maltrètman ak vyolans k ap fèt sou bato yo. Mwen pa janm kwè li te nesesè. Se konsa, lè mwen tande sou yon marye ki konnen pou li trè mistrete e respekte ekid li yo, mwen santi mwen gen chans ke li te dakò travay ansanm avèk mwen.

Mwen tande premye sou li nan yon fason romantis nan sonje yon fanm ki dwe bonè yo te dakò avèk. Isit la yon vèsyon kout istwa li yo. Yon kèk ane anvan, li te renmen yon jen fanm Ris nan ki pa t' rich nan. Li te gen anpil lajan li te fè nan mawonaji bato yo, e papa fanm nan te dakò pou yo marye. Men, anvan maryaj la, li wè fi an kriye ak plede avèk li pa fè sa. Li konfese li renmen yon lòt moun, men li t' pòv e papa li pa t 'apwouve relasyon yo. Zanmi bondye nou an konfote li epi, lè li aprann non vre renmen li a, li deside pou li kite li ale. Li te deja achte yon tè avèk lajan li, pwojte pase tou lavi li la. Men istwa a, li bay tout bagay bay advesè li a, ki gen ladan lajan rete la nan mawonaji li te fè yo tou, pou yo kapab achte bèt yo ak kòmanse yon tè ansanm. Apre sa li mande papa fanm nan pou lwen pou li bay fanm lan marye ak nonm li te renmen. Men papa a t' refize paske li santi l 'te obligé nan zanmi nou yo. Kòm repons, zanmi nou an kite peyi natal li a, epi sèlman te tounen lè li tande ke ansyen renmen li te marye ak gason li vrèman te renmen. "Ki moun eksepsyonèl!" nou ka di. E yo vreman sa yo ye. Men se enpòtan pou nou sonje yo pa resevwa anpil edikasyon. Yo trè silansye yo ak gen fason dezòd nan, sa ki fè aksyon yo ankò plizanmen plizan men tou retire kèk nan admirasyon e koneksyon nou ta ka santi nan yo.

10   Men pa panse ke jis paske mwen plenyen yon ti kras, oswa paske mwen kapab imajine jwenn yon ti soulaj nan travay difisil sa mwen p'ap janm eksperyans, mwen pa gen okenn doute sou desizyon mwen yo. Desizyon sa yo se sòd, se konsa oubyen lè sa a mwen kapab kapab kanpe sou lanmè pi bonè pase mwen te panse. Men mwen p'ap pran okenn risk.

11   Mwen gen anpil ekip ak yon ti pè pete pou avantur mwen prale angaje nan. Mwen pa ka eksplike eksperyans emosyon mwen santi. Mwen pral nan kote deskoni, yon tè plen ak brouyè ak lannwit. Men pa fache, mwen pa pral fè okenn erè ki ka mete mwen nan danje tankou karakter nan istwa a "Navigatè ansyen." W ap jwenn li amizan mwen fè pati li, men mwen gen yon sòti sekrè pou bay. Mwen panse enterè mwen an fò ak antouzyasm nan pou mistè lanmè nan vini nan lekti ouvri pi bon k ap ekziste nan je yon pwezi moderen. Gen yon bagay andedan mwen ki pa mwen pa ka konprann byen. Mwen travay di jak e mwen fonde nan zafè mwen, men gen yon pati nan mwen ki renmen bagay extraòdinè yo ak kwè nan bagay extraòdinè yo. Se pati sa a ki mennen mwen lwen nan bagay òdinè yo ak dirije mwen nan lanmè apre pwòch nan kapte a.

12   Men kounye a, retounen nan bagay yo ki pi enpòtan. Eske m pral wè w ankò, apre m sote atravè zetazini ak tounen soti nan pwen ki pi lwen nan sid Afrik oswa Amerik? M pa vle femen ponm tèt mwen twò wo, men m pa ka sipòte panse sou rezilta ki kontrè. Tanpri kontinye ekri bay mwen lè ou ka: gen moman lè mwen vreman bezwen lèt ou yo pou redwi lespri mwen. M renmen w anpil. Tanpri sonje m avèk kè kontan, menm si ou pa t janm tande pale m ankò.

    Avek lanmou,
    Robert Walton.

LETTER III

 Bay Mrs. Saville, Angletè.

Chè sò, 7 Jiyè, 17—.

Mwen ap ekri yon kout nòt pou fè w konnen ke mwen an sekirite ak mwen ap fè bon pwogrè nan vwayaj mwen an. Lèt sa a pral rive nan Angletè sou yon bato ki tounen soti nan Archanjèl. Li gen chans, paske mwen p'ap janm gen lajan wè peyi nou pou anpil ane. Men, mwen pozitif. Ekip mwen an kouraj ak detèminasyon, yo pa pè bòch yo a glise nwa nou w ap pase. Se siy danje ki nan devan nou.

Pa gen anyen kap fètranbleman ki te pase ankò ki mwen bezwen ekri sou li.

Ade, chè Margaret mwen. Asire w ke mwen p'ap prese nan danje, pou sou de nou yo. Mwen pral kenbe kalm, ekripsyon ak pridans.

 Men, ma pral reyisi. Poukisa pa? Mwen rive nan pwen sa a, moute atravè lanmè enkonnu sa yo. Menm etwal yo te wè triyonf mwen an. Donk, poukisa pa kontinye atravè lanmè fou sa a men ki kontwolab? Ki sa ka bloke yon moun ki determinasyon ak volonte fò?

Kè mwen ap debòde ak lide sa yo. Men mwen dwe fini la. Mwen mande Bondye beni sè mwen yo!

R. W.

LETTER IV

Bay Madam Saville, Angleter.

5 Out, 17—.

Yon bagay trè etran fèt pou nou, e mwen vle ekri l sou sa menm si ou ap wè mwen anvan ou jwenn lèt sa a.

Lendi (31 jiyè), te gen anpil glas ki anvironnen bato nou an, fèmen tounen nou nan tout direksyon. Nou pa t 'gen anpil espas pou flote sou lanmè a. Sa te yon ti kras danjere paske nou te anvironnen tou pa yon brume apre. Kidonk nou rete imobil, espere ke tanpèt chanje.

Alantou de twa zè, brume a disparèt e nou wè gwo, tiyo glas ap etire nan chak direksyon. Li t 'semblè yo te ale pou toutan. Gen kèk zanmi m 'kriye, e mwen kòmanse inkyete. Men, yon bagay etran atrape atansyon nou an e fè nou bliye sou sitiyasyon nou an. Nou wè yon ti karèt sou yon glas trapez, kite chen, ki t ap mache tèt nò nan yon distans apeprè midi mil avèk. Te gen yon moun ki sòti nan karèt la ki te sanble yon moun ki trè long. Nou sèvi ak teleskòp nou yo pou gade vouyajè a deplase rapidman jiskaske yo disparèt nan devye bout glas la.

Sa te vrèman etonnan pou nou. Nou pa t 'ap kapab swiv moun

nan paske glas la te fèmen nou nan, e nou pa t' ka wè kote li ale, menm si nou te gade byen.

Alakòz de de tan apre sa, nou te lib, men nou rete toujou pa mouvman pou tout lapenn nan gwo mak glas k'ap flote nan fènwa. Mwen te pran moman sa a pou repose pou kèk èdtan.

Lè maten rive e li te klere deyò, mwen te ale sou dek la ak wè matlos yo ap pale avèk yon moun nan dlo a. Se te yon sled, menm jan nou te wè anvan, ki t'ap vire kò-òl nan direksyon nou pandan lannwit la, sou yon gwo moso glas. Sèlman yon chen te vivan, men te gen yon moun andedan. Li soti nan Iwòp la. Lè kapitèn an wè mwen, li di, "Se kapitèn nou an, e li p'ap kite ou mouri nan lanmè a louvri."

Lè etranje a wè mwen, li pale avèk mwen an angle, men avèk yon aksan diferan. "Anvan mwen ale sou bato ou a," li di, "ou ka tanpri di mwen kote ou ap ale?"

Ou ta ka mande kijan mwen te sòti sòti lè yon nonm, ki te nan danje epi pa t 'gen okenn lòt opsyon, mande mwen kote bato nou an te kapab ale. Mwen te panse ke nenpòt moun nan situasyon li tap konsidere bato mwen kòm yon liy nanm li epi pa t 'vle anyen lòt nan mond lan. Menm jan sa ye a, mwen te reponn li onètman, di li ke nou te ap eksplore pati nò a nan mond lan.

Lè li tande repons mwen an, li te sanble satisfe epi te dakò pou li antre sou bato nou an. Oh, Margaret, si sèlman ou ta kapab wè kondisyon sa a nonm nan te ye nan. Piti piti, li te k ap retrouve fòs li, epi nou te fèmen l 'nan kòvèti akote tiyo kwi pou li rechafe. Piti piti, li te kòmanse remete li ak manje yon ti sos, ki te fè yon diferans remakab nan byen li.

De twa jou sa pase konsa anvan li te kapab pale. Mwen te ankyete ke soufrans li te pran kapasite li pou konprann. Lè li te kòmanse mennen mwayen li an, mwen te pote l nan kabann mwen e mwen te pran swen li tout lè mwen te ka. Li te yon moun ka pote enteresan pou mwen obsève. Mwen te gen yon difisil pou retounen ekip la soti nan lari pou yo pa mande l anpil kesyon. Men, mwen pat vle li pa gen dyalòg ak menm kiabi li te anviwon pou te rete kèk ki te bezwen rete nan konesans nan lòt la pou twouve serepite pou retabli. Men, yon fwa, letnan an te mande poukisa li t ap vini si lwen sou glas nan yon machin etranje menm fason.

Anonmsman, fache sou li te vin anpil, e li te reponn, "Pou jwenn yon moun ki te kouri kouri nan mwen."

"Epi moun ou te chase yo vwayaje menm fason an?"

"Wi."

"Alò, mwen panse nou wè li. Jou anvan nou jwenn ou, nou te wè kèk chen ap tcheke yon tras sou glas avèk yon moun sou li."

Sa a akòde atansyon etranje a, e li poze anpil kesyon sou wout "demon" nan, jan l rele li a, te pran. Pita, lè nou te sòti sòti, li di, "Mwen sèten ke mwen te enterese koreksyon w, tankou moun sa yo bon, men ou twò poli pou mande."

"Natiwèlman, sa ta rude ak mechante si mwen touche nan afè ki pa konsètne mwen."

"Epi tou, ou sove mwen nan yon sitiyasyon etranj ak danjere; ou amnen mwen tounen nan lavi a."

Apre sa, li mande si mwen kwè lòt tras la te detwi lè glas yo kraze. Mwen di li mwen pa t ka sipòze paske glas yo pa kraze jiskaske pre a mitanwit, e vwayajè a ta ka rive an sekirite anvan sa. Men se pa jis sa mwen pa t ka di pou sèten.

Depi lè sa a, etranje a montre yon nouvo enèji nan lavi a. Li swaf pou li rete sou dek, gade pou tranpòt la a parèt ankò. Men, mwen konvenk li rete nan kabann nan paske li toujou tro fèb pou fwèt ki la. Mwen pwomèt ke yon moun pral kenbe tèt li sou wòch nan wòch la epi li pral konnen l 'imedyatman si anyen nouvo parèt nan vye zye.

E sa k ap pase jiska prezan ak evènman etranj sa a. Sante moun ki bizar la ap amelyore, men li pa pale anpil e li sanble ankwaye lè yon moun lòt pase mwen antre nan chanm li a. Sepandan, li se yon moun ki vrèman zanmi ak ki gen kè pou lòt. Mwen gen senpati e klerans pou li paske li toujou tris. Li dwe te yon moun enpresyonan nan tan anvan, e menm kounye a, malgre ke li nan chòk, li toujou ensparab ak sak pouse l.

Mwen te deja diskite, cher Margaret mwen, mwen pa t ap jwenn yon zanmi nan vaste lanmè a. Sepandan, mwen te jwenn yon moun ki mwen ta te kontan rele frè mwen.

Mwen pral kontinye ekri sou etranj la nan jounal mwen chak fwa genyen nouvo evenman pou rapòte.

13 dawou a, 17—.

Santi mwen renmen pou envite mwen an ap grandi pi fò chak jou. Mwen etòne e ris sere sou kantite doule li te sibi. Li kase kè mwen lè mwen wè yon moun nòb elatriye kraze ak miserab. Li se yon moun tande men klè, ak lespri byen edike. Lè li pale, pawòl li yo chwazi avèk atansyon, men li pale vit epi ak kapasite etonan.

Li anpil pi byen kounye a epi li pase anpil tan sou bò po a, ap gade kaye k'ap vini avan kay li a. Menm si li tris, li toujou atansyon sou sa lòt moun ap fè. Li te pale ak mwen sou plan mwen yo, epi mwen te di l 'tout bagay nan onètè. Li te tande mwen byen sou rezon mwen ki fè mwen kwè mwen pral reyisi ak tout detay nan demach mwen fè yo. Konpreyansyon ak senpati li fè mwen pale soti nan kè mwen, eksprese kantite sa mwen ta prezime pou pwojè mwen an. Mwen di mwen ta menm sakrifye lajan mwen, lavi mwen, ak tout lespwa mwen yo. Mwen te kwè ke lavi oswa lanmò yon moun se yon ti kout pou konesans mwen te vle ak pouvwa mwen ta genyen sou fòs ki kont nou. Lè mwen te pale, figi li vin nwa ak mòson. Nan kòmansman, li te eseye kache move santiman yo poukisa li te kouvri je l 'ak men l 'li t'ap gade l . Men mwen te wè lwès k ap tonbe. Li di yon fwafwa fondal nan po li. Mwen sispann pale. Finalman, li pale nan yon vwa ki dous, li di, "Moun malè! Èske ou fou menm jan avèk mwen? Èske ou tou goumen ak bwa yonivèsèl la? Tande mwen - mwen pral rakonte w istwa mwen, epi ou pral refize bwè nan kou sa a!"

Mots sa yo, ou ta ka panse, fè mwen trè sitirèl. Men sitwayen an te kapab pa tristès e li bezwen plizyè èdtan repo ak konvèsasyon kalm pou'l pran kontwol sou emosyon li yo.

Lè li te gen kontwòl sou sansiblite li yo, li te sanble pa renmen tèt li paske te konn kraze l pò ak maladi li yo. Li mete deseswa li yo dekòt e kòmanse pale sou mwen pèsonèlman. Li mande sou lavi mwen nan lekol, e mwen di istwa mwen rapidman. Men sa fè mwen panse sou bagay diferan. Mwen pale sou dezir mwen pou jwenn yon zanmi, yon moun mwen ka kominike avèk nan yon nivo pi fon pase nenpòt lòt moun mwen te rankontre anvan. Mwen te kwè ke pa gen yon kalite zanmi sa a ta fè yon moun tris.

"Mwen dakò avèk ou," sitwayen an di. "Nou se moun ki pa konplete si nou pa gen yon moun pi enòm pase nou ki plis byen pase nou pou ede nou vin pi byen. Yon fwa mwen te gen yon zanmi ki te pi bon moun mwen te konnen, se konsa mwen kapab jije kisa zanmi an ye. Ou toujou gen espwa epi tout lavi ou devan, konsa ou pa gen okenn rezon pou dezespere. Men mwen... mwen pèdi tout bagay yo e pa ka kòmanse ankò."

Lè li di sa a, nan figi li te montre yon tristès gwo tèt an kè ki touche kè mwen. Men li pa di anyen dòt e l fè tounen nan kabann li.

Menm si li santi tèt li kraze ak tristès, li toujou kapab apresye bèlte lanati. Li gen yon egzistans doub. Li ka pase nan moman difisil epi dekouraje, men lè li sòt nan sòlèy li, li vin tankou yon lespri divin. Li gen yon klere espesyal ki gen ladan li ki fè tristès ak move jan yo sòti.

Eske ou panse mwen twò emosyone lè mwen pale sou voi lòtre vwayajè sa a? Si ou te wè l, ou pa ta panse sa. Mwen te toujou ap eseye konprann kisa ki fè li pi byen pase nenpòt moun mwen konnen. Mwen panse se paske li ka konprann bagay yo vit. Li tou bon nan pale.

19 out, 17—.

Yè, etranje a di m 'se "Captain Walton, n'ap wè ke mwen te fè fas ak malèz terib, ki pa posib yo imajine. Yon fwa mwen te deside ke mwen tap pote difikilte sa yo nan lanmò, men ou konvince m 'lòt rezon. Menm jan avèk mwen, ou nan yon rechèch pou konesans ak sajès ak mwen kwè ou ka jwenn yon leson valab nan istwa mwen. Le sa a ka gidew si ou rive reyalize misyon ou an, ak ba ou soulajman nan ka echèk. Pare pou tande sou ki sa yo evènman ekstraòdinè yo."

Mwen te vrèman kontan lè li pwopoze pou mwen tande istwa li. Men, mwen pa te vle fè l sòti pipirit mwen lè li ta dwe rakonte vre tristès li yo. Mwen te vrèman kòryezi epi mwen te vle ede l si mwen te kapab. Mwen te di l kijan mwen t 'santi mwen.

"Mèsi," li di, "pou swen ou an, men sa p'ap fè okenn diferans. Desen mwen prèskè fèt. Mwen sèlman tann pou yon bagay sòti ankò, apre sa mwen ka finalman repoz. Mwen konprann kijan ou santi ou," li di, lè l wè mwen vle di yon bagay. "Men ou mete tòt ou si ou panse anyen ka chanje sa k'ap pase pou mwen. Asepte mwen pataje istwa mwen ak ou, epi ou pral wè kijan li deja detèmine."

Li te di mwen li ta kòmanse istwa li lendi pwochen lè mwen te gen tan lib. Mwen te di li yon gwo mèsi pou pwomès sa a. Chak swa, si mwen pa twò okipe ak devwa mwen, mwen pral fè tout sa mwen kapab pou ekri sa li di mwen. Istwa li dwe etranj ak angwesan.

CHAPTER 1

27 MWEN TE FÈT NAN GENEVA, ak fanmi mwen te byen respèkte la nan kote sa a. Movegranmwen ki te jwe wòl enpòtan nan gouvènman an, e papa mwen tou sèvi piblik la avèk onè. Tout moun ki konnen li te respekte l 'pou onètete ak travay li. Li pase majorite jennès li konsantre sou zafè peyi li, ak plizyè faktè retade li pou maryaj la nan pi ta lavi l '.

28 Marij papam se yon gwo egzanp kouraj li, e mwen ta renmen pataje istwa a avèk ou. Yon nan zanmi pi pre otèl li, yon negosyan yo rele Beaufort, te kout avèk lajan men fini pov se poutèt anpil pwoblèm. Beaufort te mache avèk pitit fi li nan Lusern, yon ti vil kote li te viv nan mizè epi pèsonn pa t' konnen li. Papam te tre lapriyè pou Beaufort epi te tris anpil wè l atravè moman difisil sa yo. Papam pa janm pèdi tan epi tou louvri pou li t'ap chache Beaufort, l'ap tann pou li rive konvenk li pou li ka rekòmanse avèk èd ak sipò l '.

29 Beaufort te asire ke li kache byen, sa fè pa te pran papa'm dis mwa pou l' jwenn li. Li te trè kontan lè li finalman dekouvri kote Beaufort te vivan. Men, lè l' antre nan kay la, l' pa t jwenn anyen men misè ak dezespwa. Beaufort te reyisi sòti sèlman yon ti kras lajan nan lavi li kraze, ki te ase pou ede l' siviv pou kèk mwa. Pandan tan sa a, li

te espere jwenn yon travay dekal lan yon kay komèsan. Malerezman, li pa t' jwenn anyen pou travay, epi plis tan l' te genyen yo panse sou sitiyasyon li a, plis lapenn l' te grandi. Apre twa mwa, li te vin malad epi pa t' kapab fè anyen.

Fi li, Caroline Beaufort, te pran swen l' avèk anpil lanmou ak tenedè. Men li wè avèk dezespwa lajan lwen ki te sòti vit, ak yo pa t' gen okenn lòt fason pou sipòte tèt yo. Malgre sa, Caroline te yon moun trè fò avèk yon jan remakab nanpwen. Li jwenn fason pou fè yon ti lajan pou ka siviv pou pe neye. Li te fè kouti senp ak fè bagay nan paille, li te itilize nenpòt mwayen posib pou ka mete manch nan manch lan.

30 Mwa-yo pase konsa. Papa Karolin te vin plis malad, se konsa li te pase plis tan swen li. Lavi yo te tonbe a pi devan, yo te pi piti ak pi piti genyen kòb pou viv. Finalman, apre dis mwa, papa li te pase lavi nan bra li. Kounye a li t ap sòti tou sèlman ak pa ni kòb ni mwayen. Sa a te yon travay difisil pou li, epi li te genous sou kòvsè papa li, li te kriye di difisil. An jis lè sa, papa-m te antre nan chanm nan. Li te kòm yon zanj gadyen pou madanm nan pov la. Li te kwè li ta vann swen li. Apre papa li te ye, li te mennen li nan Jenèv ak li te asire li te an sekirite ak yon sitwon. De ane apre, papa-m ak Karolin marye.

31 Pa gen bonè diferans ant paran mwen yo. Papa mwen te gen yon enterè anpil ak respe pou manman mwen. Sa fè konpòtman li toupatou nan fason lwenyòl e espesyal lè l sòti ak li. Li toujou mete prevensyon ak konfò li an premye. Li te pwoteje l tankou yon jadenye pwoteje yon flè delikat kont vant gwo, e li te envestib l ak bagay ki ta pote li jwa ak lapè paske li te gen yon nanm bonakò e gentan. Men, sante li ak lespri li te affaiblis pa sa l te travèse. Nan de zan ki te pase anvan yo marye, papa mwen te pran swadizan pèt lòt dwa li ki te enpòtan yo. E lè yo marye, yo deside ale nan Itali, kote klima a te plezan, ak kòmanse yon vwayaj pou wè tout bagay etonan yo la a. Yo te espere ke sa chanjman nan panorama a ta ede manman mwen jwenn fòs li ankò.

32 Ladan lòt, depi nan Itali yo te vizite Almay ak Frans. Mwen menm, pitit pi gran yo, te fèt nan Nap sou tèt, e kòm yon ti moun

mwen te ale ak yo nan vwayaj yo. Mwen te sèl pitit yo pandan plizyè ane. Yo te renmen anpil lòt, epi yo te kouvri mwen ak afeksyon san fen. Mwen sonje jòtouchman delike manman mwen ak souri chalere papa mwen tann nan mwen. Mwen te jouj mwen, tesò mwen, epi pi enpòtan, timoun yo. Yo te kwè mwen te yon kado soti nan Syèl, konfyanske yo te fè pou mwen grandi ak gide nan direksyon yon lavi ki fre. Yo te totalman konsyan de responsablite yo yo akòde yo ak chans yo pote kle nan avni mwen. Yo te aprann mwen lapatians, byenfèt, ak konesans sou reyalite epi lavi depi lè mwen te piti tout bon vre, gide mwen ak lanmou ak swen. Grafenati a yo, premye ane mwen te plen ak lapè ak kè kontan.

33 Pandan yon bon bout tan, se sòti nanm mwen y'ap toujou okipe. Manman mwen vreman te vle yon ti fi, men mwen te sèl pitit yo. Lè mwen t'apwokime senk ane dè mwen, nou te ale nan yon vwayaj ki ale pi lwen pase fwontyè Itali a epi pase yon semen nan bò lak Como. Paske nan karakter yo bon, paran mwen yo souvan te fè wout yo nan kay moun ki pi malèz yo. Sa pa te jis yon obligasyon pou manman mwen; se te yon bagay li t'ap santi li te dwe fè. Li menm te pase pafrèl li menm lakay li epi li te vle ede moun ki nan bezwen. Pandan youn nan mache nou yo, nou jwenn yon kay ki te sanble tris nan yon vallè. Gen kèk timoun malets kote yo t'ap mete yo ansanm, yon siy nanm mize. Yon jou, lè papa mwen te ale nan Milan, manman mwen ak mwen te ale vizite kay sa a. Nan premye abòde, nou jwenn yon koup peyizan ki tap lite pou bay kèk manje timoun yo ki te grangou. Men, nan mitan tout timoun yo, te gen yon sòti k'ap fè manman mwen kontan. Li t'ap sanble diferan nanmidò, si sa ka di. Kat ti moun ki te gen je nwa yo te malandrenki epi sòti kay yo, men pitit sa a te ble pal, yo oze, menm si rad li yo te wonops. Tet li te si lis li te pati, je li yo te klè ak ble, epi figi li te plen ak emosyon ak bonlte, epi nenpòt moun ki te wè l' pa t' ka fè anyen dòt pase panse l' te diferan, tankou li te voye soti nan syèl la, ak yon pwòp lesklips ki nan chak detay nan li.

34 Peyizan an remake kouman manman mwen te byen enterese e mwande gasonèlman an nan jwenn ti fi bèl la, se konsa li te anpresy-

onnen epi li te konte istwa li avèk fretilman. Ti fi a pa te pi pitit li men yon ti fi yonn nan yon nonm adan Milan-an. Manman li, k ap seziyen, te te mouri lè li te fèt. Bebe a te mete avèk kopl ki bon vre ann akeyi li. Lè sa a, sa te pi bon pou yo men yo te te gen matrimonyal swa kèk tan ki sòti, epi yon timoun te parèt jis nan moman sa a. Papa ti fi a se yon italyen ki te pran swen gwo glwa Italit la. Li te lite san resi pou liberasyon peyi li men malerezman li te tonbe viktim lavalas li yo. Sa pa te klè soti lè li te mouri oswa lè li te rete an prizon an Ayiti. Gouvènman an te pran tout bagay li yo kite ti fi a kòm yon orfen ak yon neg lapli. Li rete nan kay lapli yo ak paran adoptif li yo epi li grandi nan kay senp sa a. Li te soti nan lot kote tankou yon bèl wozo nan mitan brenn nwa yo.

Lè papa mwen retounen nan Milano, li jwenn mwen ap jwe ak yon timoun nan sal kay nou. Timoun sa a te pi bèl pase yon cherubin nan yon tablo. Li te klere ak li deplase avèk yon grès estonan. Nou byento te konnen ki moun li ye. Manman mwen mande moun ki bonè yo te swen pou li si yo ta vle bay li bay nou. Yo te renmen ti ófè, men yo te konnen sa ta pa jis pou yo kenbe li nan povrete lè gen yon vi miyò ki t'ap tann li. Yo te pale ak pret pitit la nan vil la, epi yo te mete sou recho Elizabeth Lavenza ta vini viv avèk nou. Li tounen pi plis pase yon sò.

Tout moun te renmen Elizabeth. Tout moun te admire ak karese l 'yo anpil jouk li te fè mwen fyè ak kontan pou patisipe nan santiman yo. Nan lannwit anvan li rive nan kay mwen, manman mwen te di pou jwenn wou yon ti kado joli, Viktor. Ou pral jwenn li nan demen. Lendi a, lè manman mwen prezante Elizabeth bay mwen kòm kado espesyal li, mwen pran pawòl li yo literèlman ak mwen wè Elizabeth kòm yon moun pou mwen pwoteje, renmen, ak sovege. Nou rele nou kouzen, men mo sa a pa t 'ka kaptire tout relasyon espesyal nou te genyen. Li te pi plis pase yon sòm pou mwen ak te dwe mwen pou tout tan, rive nan lanmò la.

CHAPTER 11

37   Nou grandi ansanm. Nou toujou te nan armoni, ak pèsonalite diferan nou yo te pran nou pi pre. Elizabeth te plis kalm ak plis konsantre, men mwen te pi apach ak te gen yon soif plis fò pou konesans. Tandiske Elizabeth te admire bote tout bagay ki ta alantou nou, mwen te renmen kòmanse konprann poukisa bagay yo soti jan yo fè. Mond lan te tankou yon sekre mwen vle deblokke. Mwen te kòriye, toujou ap chèche ak eseye konprann lesekrè nouvo lalwa nan lanati. Lajwa ak eksitan mwen te santi lè mwen te desouvri se kèk nan pi bon souvnans mwen.

38   Lè frè mwen ki pi piti fèt, sèt ane apre mwen, paran mwen deside sispann vwayaje ak rete viv nan peyi natal nou. Nan Geneva, nou te gen yon kay, e nou te gen tou yon lakay nan kòntrè peyi a ki rele Belrive sou revès l'esta nan lak la, yon lòt twòpi mil lwen soti nan lavil la. Nou te prensipalman konsantre nan viv nan Belrive, e paran mwen te mennen yon lavi youn lwen lòt moun. Mwen toujou pi renmen evite gwo foule e prefe kreye bon zamiti avèk kèk moun sèlman. Mwen pa t' vrèman mare anpil de klas koleg mwen an jeneral, men mwen te vin vrèman zanmi ki pi byen avèk youn nan yo. Henry Clerval te pitit yon komèsan nan Geneva. Li te yon ti gason

vrèman talante ak ki te gen anpil imajinasyon. Li te renmen avantur, desafye, e menm riske pou senp plezi a. Li te li anpil liv sou kavalye ak istwa romans yo. Li te ekri chante eroik ak kòmanse ekri anpil pafen ak istwa kaptivan sou kavalye ak avantur yo. Li menm te eseye fè nou jwe nan pies oswa abiye kòm karakter soti nan gwo ero yo nan Roncesvalles, Mwit Tab nan Wa Arthur, ak gwo wòsyeya ki te goumen pou sove tè sante a soti nan infide yo.

39   Mwen te gen yon timounaj vreman kontan. Paran mwen toujou te yon moun yo te bon ak konprann. Yo pa te planifye tout bagay ke nou te fè, men yo ban nou anpil eksperyans merveye. Lè mwen te konpare fanmi mwen ak lòt moun yo, mwen te reyalize kijan mwen te gen chans. Sa fè mwen reyèlman rekonesan epi sa fè mwen renmen paran mwen plis ankò.

Toutotan, mwen te ka vin twò fache oswa pasyone pou bagay. Men, lwen sòti sòti nan jwèt timoun, mwen te gen yon gwo nanm pou aprann. Men, pa gen nètanyen. Mwen pa t 'interese nan lang oubyen gouvènman oubyen politik. Mwen te vle konnen sekrè mond lan, ke se nan aspè fizik bagay yo oubyen si gen yon siyifikasyon ankò nan nati ak moun yo. Kesyon mwen yo te konsantre sou metap-sikoloji, oswa sekrè mistèye mond lan.

40   Pandan sa a, Clerval te konsantre sou aspè moral nan lavi a. Li te enterese nan aksyon heroik ak aksyon moun yo, e li te aspire vin yon nan yo menm. Elizabeth, ak nanm sante li a, te pote chalè ak limyè nan kay la kote nou te rete. Nou tout te touche pa bon kè li a, souri li yo, vwa li dol, ak kèkontan li nan je li yo. Laprezans li a adouse ak enspire mwen, anpeche mwen tonbe nan estaj seriyez oswa brutusman ladanl, ak mansyone nan nati mwen an. Pou sa ki gen rapò ak Clerval la, lespri li gen nobles yo rete san manje negativite yo.

41   Mwen renmen reflechi sou souveni pitit mwen yo. Lè sa a, anvan ke bagay move rive, nan fason mwen te panse, lavi mwen te kole ak rèv klere pou fè yon gwo diferans nan lemonn lan. Men, lè tan pase, panse mwen yo vin plis konsantre sou tèt mwen epi yo kòmanse pèdi klere yo. Menm lè mwen retounen sou premye jou mwen yo, mwen te reyalize ke kèk evenman mennen nan pito nan istwa doulè pèsonèl

mwen an. Menm jan anpil lòt bagay, ti evenman yo mennen nan gwo evenman.

Etid natirèl filozofi se sa ki detèmine desten mwen. Lè mwen ap mwen pote istwa mwen an, mwen vle eksplike bagay ki fè mwen renmen sa a siyans la. Lè mwen te tretèz, fanmi mwen ak mwen te ale nan yon vwayaj. Paske tan a te move, nou te dwe rete andedan nan otèl la pou yon jou. Se nan moman sa a mwen te jwenn yon liv nan men Cornelius Agrippa. Nan kòmansman, mwen louvri li san enterè anpil. Men lè mwen te li sou ide yo li t ap eseye prouve a ak bagay etonan li te pale sou yo, mwen te vin vrèman eksite. Se tankou yon klere klere te klere nan tèt mwen epi mwen pa t ka kanpe lajwa mwen. Mwen imedyatman pote sa mwen te dekouvri a bay papa mwen. Sepandan, lè l t 'konsiderasyonman t ranpli tèt li sou non liv la, li te di, "Oh, Cornelius Agrippa! Chè Victor mwen, pa swe non ou sou li sa a. Li pa merite li."

42   Si papa-m te esplike-m ke ide yo nan liv Agrippa a pa t ankò kwe epi ke gen yon sistèm syans pi bon ak pi pratik kounye a, mwen ta sispann li Agrippa epi mwen tap konsantre sou lòt etid mwen yo. Men, papa-m pa vreman gade liv la mwen te li a, konsa mwen pa t' konnen si li te konnen sou sa li te ye a. Se konsa, mwen te kontinye li ak tout entousyasm mwen.

43   Lè mwen tounen lakay, premye bagay mwen te fè se jwenn tout liv yo nan men otè sa a. Menm si sientifik modèn yo te fè anpil travay difisil ak te fèk dekouvèt mizik, mwen toujou te santi mwen pa satisfè apre etid mwen yo. Sir Isaac Newton te di yon fwa li te santi li tankou yon ti moun ki te kolekte kowoch sou kote menm lanmè vèrite te ki pa te ankò eksplore. Lòt sientifik yo mwen te konnen te sèmble kòm moun ki te kòmansan, menm jan avèk mwen.

Moun odneyèl te kapab wè bagay yo ki lòt mounfenwen alantou yo ak te konnen kijan yo te sèvi yo pratikman. Sientifik ki te pi konnen pa te konnen anpil plis pase sa. Yo te kòmanse konprann kèk sekrè nan lanati, men gen anpil bagay nou pa te konnen ankò.

44   Men isit se te gen liv, epi isit se te gen moun ki te konnen plis ak te ale plis fon. Mwen te konfye nan tout sa yo te di yo ak mwen te vin

etidyan yo. Papa mwen pa te enterese nan syans, se konsa mwen te dwe chache konprann bagay yo tèt mwen, tankou yon pitit ki moun ki sòti nan sans li ki ap eseye aprann. Avèk èd pwofesè nouvo mwen yo, mwen te travay vrèman difisil pou mwen konprann alkimisi ak chèch pou eliksir lavi a. Men even, nan fen lè lide eliksir la te vini nan tèt mwen a. Lajan pa te si enpòtan pou mwen, men imajine onè ak lwanj mwen t-ap genyen si mwen t-ap kapab geri tout maladi ak fè moun envensib!

45   Mwen te gen vizyon lòt tou. Otè mwen yo ki pi renmen te pwomèt yo ka fè manje espri yo oswa dyab yo, e mwen te deside anpil wè sa rive. Menm si tout esè mwen te toujou echwe, mwen te kwè se paske mwen pa t' eksperyans, pa paske pwofesè yo t' manke konpetans oswa onètete. Konsa, mwen te pase anpil tan ap etidye ide depase souf. Mwen te melanje teyoril ki kontradiksyon ant yo, e mwen t'ap batay pou mwen kapab fè sans nan tout li yo. Imajinasyon mwen ak mantalite mwen jèn te kalifye mwen nan labirint konfizyon sa a.

Lè mwen te gen omwens quinzan ane, fanmi mwen ak mwen t'ap rete nan kay nou tou pre yon kote ki rele Belrive. Youn nan jou yo, nou te wè yon tanpèt foudroyan twòp puisan ak kouteyan. Tanpèt lan soti nan mòn Jura. Tout kou an, mwen te wè yon kou lwanj ki soti nan yon vye bwa je kote bèl poko twantyèt zèdde dis nan kay la. Lè sa a, kou sa a klere fini, bwa je a disparèt tout kou, sèlman kite yon pye ki bwenti ak pousyè san.

46   Mwen te gen kèk konesans sou elektrisite bazik yo anvan sa sa a. Lè sa a, nou te gen yon moun ak nou ki te konnen anpil sou fizi natirèl la, e li te trè eksite sou sa ki te rive la a. Li te kòmanse eksplike yon teyori nouvo e etonan sou elektrisite ak galvanism bay mwen. Sa l 'te di fè pèsonalite tankou Cornelius Agrippa, Albertus Magnus, ak Paracelsus ke mwen te admire an parèt mwens enpòtan. Malerez-man, lè mwen t'ap tande li, sa te fè mwen pèdi enterè nan etid mwen nan. Te santi ke pa gen anyen ki ta janm konnen oswa konprann. Tout bagay ki te enterese mwen anvan an soudennman te parèt pa gen okenn enpòtans. Nan yon chanjman estranje nan panse ki

souvan pase lè nou jenn, mwen imedyatman te renonse enterè mwen yo anvan. Mwen te deside ke istwa natirèl ak tout bagay ki te asosye ak li te san valè ak lajounen jodi a. Mwen te devlope tou yon antipati fò sou yon «syans» ki te di ke li pa t 'kapab konprann verite mond lan. Nan eta panse sa a, mwen te vire tèt mwen nan matematik ak tout sijè ki asosye avek li yo. Mwen te kwè ke yo te baze sou fondasyon solid ak merite atansyon mwen.

Nan yon fason tipik, nanm nou yo fòme avèk yon modèl espesyal, ak desen nou kapab byen detèmine pa bagay piti yo. Li santi tankou chwa mwen te konsa te gidre pa anje gardyen mwen yo.

Sa a te yon gwo tansyon soti nan fòs bondye, men malerezman, li pa t 'arive. Desen ki te devlòke te tro fò ak li deja te deside pou dekonfizyon total mwen, ki te terib.

CHAPTER III

48 Lè mwen te fete dizèt zan, paran mwen te deside mwen ta dwe ale nan Ingalstadt University pou mwen kontinye edikasyon mwen. Jiska kounye a, mwen te te frekante lekòl nan Geneva. Men, papa mwen t 'kwè li te enpòtan pou mwen viv diferan koutim aletranje nan peyi mwen. Nou te fiksye yon dat parapò pou depat mwen. Men, anvan jou sa a rive, premye tragedi nan lavi mwen te pase. Te sanble tankou yon siy nan malè ki t 'atann mwen nan lavni.

49 Elizabeth te malad gravman ak maladi rijèl. Anpil moun eseye konvenk manman mwen pa pran swen li. O kòmansman, li tande sa nou di li e li rete lwen, men lè li aprann lavi Elizabeth te an danje, li pa t 'kapab kontwole anksyete l '. Li pran swen li e swen atantif li a bat maladi a. Elizabeth ranmase, men malerezman, manman mwen malad tou. Li tèlman soufi, e doktè yo te an ankay. Menm nan bèt li a, manman mwen rete fòs ak bon konprann. Li mete Elizabeth ak mwen ansanm ak li di: "Timoun mwen, mwen toujou te espere ou moun ki pi piti yo ta marye nan bonè kontan. Kounye a, papa ou ka jwenn kòmsolasyon nan lespwa sa a. Elizabeth, cheri mwen, ou dwe pran swen pitit piti mwen yo. Li difisil pou mwen kite nou tout bay, paske mwen te toujou kontan ak renmen. Men, sa yo moun sa yo pa

kòrèk pou mwen. Mwen pral eseye aksepte lanmò e espere we nou ankò nan yon lòt mond."

50   Li mouri nan lapè, ak menm nan lanmò a, figi li te montre renmen. Mwen pa bezwen eksplike kijan sa fè lè ou pedi yon moun ou te renmen anpil. Li kreye yon vid. Men lè tan ap pase e ou konprann ke pèt la se vrè, doulè nan lapenn vin plis entans. Men ki moun ki pa t 'an eksperyans lanmò yon moun chè? Mwen pa bezwen dekri yon tristès ke chak moun te santi ak poukisa pral kontinye santi. Manman mwen pa t 'la, men nou toujou gen responsabilite yo ranpli. Nou te dwe kontinye alavan e konsidere tèt nou kòm chansye paske gen toujou yon moun nou poko pèdi.

51   Plan mwen te genyen pou kite pou Ingolstadt la. Mwen te mande papa mwen pou bay mwen yon ti kras tan anplis. Mwen pa vle ale lwen moun ki toujou la yo, espesyalman Elizabeth cheri mwen, ki mwen te espere t ap jwenn yon ti kras konesans.

Li te eseye kache tristès li ak tounen yon sous konesans pou nou tout. Li te fè fas ak lavi a ak kouraj e pasyon. Li t ap konsantre sou okipe ti moun tonton ak kouzin nou yo. Li menm te bliye tristès li pandan l ap travay pou nou bliye l nou yo.

Finalman, jou a rive pou mwen kite. Clerval te pase denye swa la ak nou. Li te eseye konvenki papa li pou l te vin ak mwen, men li pa wè anyen nan sipò granmoun li nan rèv ak amibisyon li yo. Henry te tris tris paske li pa t ka kontinye edikasyon li nan yon nivo pi laj. Li pa di anpil, men mwen te ka wè li te an detèminasyon ak enspirasyon.

52   Nou rete jwenn jiska tre ta. Nou pa vle kite lot oswa di mo "Orevwa!" Finalman, nou di l, men nou fè tounen nan kabann, panse lòt moun pran nou kòm yon ganyan. Mwen desann nan karèt ki pral mennen mwen lwen. Clerval pase men l nan men mwen ankò, Elizabeth mande mwen ekri souvan epi bay mwen yon dènye rekonsiliasyon ak afeksyon kòm konpayon ak zanmi nan timoun.

53   Mwen monte nan karèt la e mwen te tout sèl mwen. Lè mwen rive nan inivèsite a, mwen pral oblije fè nouvo zanmi ak pran swen tèt

mwen. Mwen toujou te an sekirite ak gen tandans wè menm figi, se konsa, ide a pou mwen wè moun ki pa mwen te fè mwen santi mal nan menm tan an. Kounye a, souè mwen yo vin fè reyalite, epi sa ta fou pou mwen gen kèk regret.

Mwen te gen anpil tan pou panse sou bagay sa yo ak plis pandan vwayaj mwen ki long ak fatigan an, jiska Ingolstadt. Mwen desann nan karèt la ak mennen nan pwòp ti chanm mwen, kote mwen kapab pase swa a jan mwen vle.

Lendi aksyon mwen, mwen te remèt lèt mwen te resevwa yo ak mwen ale vizite kèk pwofesè enpòtan. Pa chanse, mwen rankontre ak Senyè Krempe, yon pwofesè nan filozofi natirèl la. Li te yon nonm etranj, men li te gen anpil konesans nan domèn li. Li poze mwen kèk kesyon sou sa mwen te aprann nan filozofi natirèl la. Mwen pa t' panse anpil nan sa epi mwen fè yon ti remak sou fèt mwen te etidye travay alkimis yo. Pwofesè a te sòti nan lòtay e li mande si mwen te vreman gaspiye tan mwen nan bagay sa yo.

Mwen di li mwen te fè sa. Senyè Krempe tè monte ak li di, "Chak minit ou pase sou liv sa yo te yon gâchis total. Ou ranpli lèspri ou ak ide ansyen ak non itil. Kijan ou te kapab viv nan yon kote kote pèson pa t' di ou ke ide sa yo se vye ak pa gen okenn enpòtans? Li pa fasil kreye pou mwen ke nan epòk sa a nan limyè ak syans, ou toujou swiv lèt moun kòm Albertus Magnus ak Paracelsus. Chè monchè, ou bezwen kòmanse etid ou soti nan kòmanse."

Ak mo sa yo, li deplase tèt li epi li fè yon lis kèk liv sou filozofi natirèl li vle mwen pran. Apre sa, li pèmèt mwen ale, men avan li fè sa li di mwen li pral kòmanse bay konferans sou filozofi natirèl semèn kap vini an. Li mansyone tou ke yon lòt pwofesè, Senyè Waldman, pral fè konferans sou chimye nan jou ou pa gen li yo.

Mwen tounen kay mwen avek yon santi jwen, paske mwen deja pa t 'ap divise anpil sa ki te nan espri mwen ak otè yo ke pwofesè a pa t' renmen. Men, rankont sa a pa fè mwen vle etidye sijè sa yo ankò. M. Krempe, lòt pwofesè a, pa t' trè plezan ak mwen. Mwen panse etid moder nan filozofi natirèl la te inutile. Te gen yon tan lè sikantifik yo te pousiv imòtalite ak pouvwa. Ide yo, menm si yo pa t 'bon, yo te envite. Men, bagay yo te chanje kounye a. Sikantifik yo sèmble sèlman enpòtan pove ke ide yo sa yo pa egziste, sa ki depanse paske se bagay sa yo te enterese nan syans lan. Yo vle mwen kenbe posiblite eksitan pou reyalite ki san enterè.

57 Pandan premye kat jou mwen nan Ingolstadt la, mwen pase tan mwen fè kònèt zòn nan ak moun yo ki t ap viv la. Mwen te kanpe sou sa M Krempe te di mwen sou konferans yo. Menm si mwen pa t 'vle tande ti moun arogan sa a pale nan yon pdotri, mwen te sonje ke M. Waldman te yon lòt pwofesè ke M. Krempe te site. Mwen pa te wè l nan koulye a paske li t ap nan vil.

Pou enterese e paske mwen pa te gen anyen lòt pou fè, mwen te ale nan sal konferans kote M. Waldman finalman rive. Pwofesè sa a te trè diferan soti nan M. Krempe. Li t ap parèt gen omwen senkant ans, ak yon ekspresyon bon kè sou figi l. Li te gen kèk chivèt grizon sou zorèy li men toupatou li te prezanble nwa. Li te kout men li te kanpe byen dwa, ak yon vwa ki pi dous mwen te tande janm. Li te kòmanse konferans li a an pale sou istwa chimyè ak desouvèti enpòtan ki te fèt pa diferan sikantifik ki te koni. Apre sa, li te eksplike brevman eta kounye a nan syans la ak defini kèk tèm bazik. Apre fè kèk eksperyans pou prepare yo, li te fini konferans li a an apresye chimyè moder nan yon fason ki mwen p ap janm bliye.

58 "Nouvel pwofesè sa a, li di, "teyat ansyen yo nan syans sa a, te fè pwomès ki pa t'posib yo kenbe epi yo pa t'akonpli anyen. Espesyalis modèn yo fè revandikasyon plis humble. Yo konnen ke mete yo pa ka chanje nan yon lòt bagay. Yo dezakè nan sekrè natirèl la ak yo demontre kijan li fonksyone nan kote kache. Yo eksplòre syèl la, dekouvri kijan san ap sirkile, ak konprann nati lè nou respire. Yo te gen nouvo kapasite ki preske san limit. Yo ka kontwole sonnen tondè, imite tranbleman tè, ak menm kreye illizyon nan monn okilt la."

Sa yo te pawòl pwofesè a - oswa pi bon, pawòl destinasyon te di, pale yo pou kraze mwen. Lè li kontinye pale, lanmò nanm mwen te santi yon litaj nan lantèman. Li manyen diferan aspè nan men kalite, depann, ak pousantaj mwen, ranvèy nonm nan nan yon sèl pèspektiv, konsepsyon, ak objektif. "Anpil bagay deja te rive," soti nan nanm

Frankenstein, "men mwen pral rive pi plis. Apre eskalye nouvo wout sa yo k'ap mache deja, mwen pral ouvri yon mitan nouvo, eksplore abilite ki pa t'janm detektè, ak revele nan mònde a sekrè pi fon nan kreyasyon."

59 Mwen pa te ka domi lannwit ou a. Nanm mwen te nan dezòd ak trouloulou, epi mwen te espere yon lòd tap vini. Men, mwen pa tèt fè sa rive. Li te rive lè sòti an pye gran jou. Lè mwen deside, li te santi tankou sa ki te pase nan tèt mwen nan lannwit la te jis yon rèv. Tout sa ki te rete te yon detèminasyon pou mwen tounen nan etid mwen te fè nan tan lontan yo epi konsantre sou yon syans mwen kwè mwen te gen yon talan natirèl nan. Menm jou sa a, mwen al vizite M. Waldman. Li te ankò plis kourtois ak pli fyete nan privè pase nan piblik la. Nan kay li, li te pran plaswa li te genyen pandan konferans li yo ak chalè ak bonjou. Mwen te fè li konnen yon ti kras istwa sou etid mwen nan pase a ki mwen te di koleg li yo deja. Li t'ap tande tout chofe istwa mwen nan ak li te ban mwen yon souri lè li tande non Cornelius Agrippa ak Paracelsus, men li pa t' gen kiyès kote menm jan M. Krempe te konnen. Li te di li, "Se moun sa yo k ap travay san rete nou dwe anpil nan konesans nou yo. Yo pèmèt nou bay nouvo non ak oganize fason yo te ede dezole yo sòti. Travay moun ki talant yo, menm si yo te dezoreyante, pifò nan lòt antoure nasyon an nan fenk toujou rantre nan favèm nan." Mwen tande sa li te di a, san anyen nan prensans ak arogans. Apre sa, mwen mande li ki liv mwen ta dwe jwenn konsa.

60 "Mwen kontan," di M. Waldman, "mwen jwenn yon elèv tankou ou. Si ou travay di, mwen kwè ou pral reyisi. Kimi se yon domèn nan syans kote yo te epi tou ka gen gwo antreprezasyon. Se poutèt sa mwen fokis sou etidye li. Men mwen pa kite lòt domèn nan syans nan menm tan an. Yon moun pa ta dwe yon bon kimyisyen si li sòti bò kimi an sèlman. Si ou vle vre tounen yon syantifik epi pa jis yon ekspè eksperimental ti kal, mwen sijere ou esplwaye tout banch nan filozofi natirèl la, ki gen matematik tou."

Aprè konvèsasyon nou an, M. Waldman mennen mwen nan laboratwa li epi montre mwen kijan machin yo travay. Li di mwen ekipman mwen bezwen epi pwomèt pèmèt mwen sèvi ak machin yo li yo lè mwen avanse ase nan etid mwen. Li tou bay mwen yon lis liv mwen te mande pou. Avèk sa, mwen di l o revwa.

Jounen sa a te enpòtan pou mwen. Li detèmine woutavni mwen.

CHAPTER IV

61 DEPI JOU SA A, mwen konsantre preske totalman sou etid filozofi natirèl, espesyalman kemistri. Mwen te lekòl òganize, mwen li avèk enterè travay nan sa ki ekri sou sa. Mwen te patisipe nan konferans yo ak li te konnen syantifik yo nan inivèsite a. Menm M. Krempe, byenke aparan li ak konpòtman lèl pa abitye, te gen anpil konesans pratik pou bay. Men sa te se M. Waldman ki te vin yon vre zanmi pou mwen. Li te bon kè. Li te fasilite konsepsyon difisil yo konprann ak li te gidem. Souvan, mwen te travay nan laboratwa mwen jouk maten, si anfòse nan etid mwen yo ke mwen pa t tande zetwal yo ap klere nan limyè jou a.

62 Lè mwen travay ak tèt fòs, li fasil pou konprann ke mwen fè pwogrè rapid. Elèv yo te etone nan entizyasm mwen. De (2) an soti san kondisyon tankou sa, nan ki mwen pa vizite Geneva menm. Mwen te totalman osèvasyon nan fèk fèkèt yon seri de dekouvèt trap apre. Pousyiv atèy nan (2) an sa yo la, mwen menm fèk fèkèt yon premye milyon nan kèk enstriman chimik, sa ki te jwenn anpil respè ak admirasyon nan lekòl la. Nan pwen sa a, mwen te aprann tout sa mwen ka nan pwofesè yo nan Ingolstadt. Paske rete la pa t 'ap ede mwen plis, mwen te vle tounen nan zanmi mwen ak vil natal mwen.

Sepandan, gen yon bagay ki te pase kite mwen diyite wòch nan kenbe mwen tounen plis lontan.

63 Yon nan bagay ki te atrè yo souvan tcheke atansyon mwen te struktir nan kò moun yo. Pou egzamine kòz lanmò, nou dwe premye konprann lanmò. Mwen te konn avèk syans anatomi a, men sa pa te ase. Mwen te konnen mwen te bezwen wè kijan yon kò fane. Nan edikasyon mwen, papa mwen te pran prekosyon yo plis gwo sa mwen ta dwe panike nan lòtèl sotereolojik. Sepandan, kounye a, mwen te mennen pou egzamine lakòz ak devlopman lanmò sa a, ak fòse pase jou ak nwit nan obsèvasyon ki kote mwen te kapab. Mwen te wè kijan fòm bèl moun an te peze ak gaspiye. Mwen te fè yon pouse, egzamine ak analize tout minumi detay nan kawzasyon, tankou ki egzamp li nan chanjman nan lavi pou lanmò, ak lanmò pou lavi, rive depo nan mitan fè nwa a, yon limyè aksidan klere sou mwen. Mwen pa t ka kwè ke nan tout moun, mwen te sòti desine pou dekouvri yon si sekrete sifizant.

64 Sonje, mwen pa ap ekri vizyon yon fou. Apre jou ak nwit travay ki te vrèman difisil ak fatigan, mwen reyisi jwenn fason pou kreye yon bagay ki ranpli ak lavi.

Dekouvèt sa a ki te fè mwen santi kòmsadwa, vit tankou chita menm jan avèk deley tounen yon obsesyon. Dekouvèt sa a te si gwo ak si pwal ki tout etap mwen te atravèse nan chèche l, yo te disparèt, e mwen pa t 'wè sa sòti. Sa ki te yon etid ak desizyon nan sa ki pi savan nan lòdmonde, kounye a te nan men mwen. Pa ke, tankou yon siy magik, tout sa a te ouvri sou m 'an menm tan: enfòmasyon mwen te jwenn yo tabli sou yon nati plis pou dirije siblè pou sa mwen tap chèche la, pito pase pou montre objè a deja akonpli.

65 Mwen ka wè kodès pou aprann nan zye ou, zanmi mwen. Li sanble ou vle konnen sekrè a mwen konnen, men mwen pa ka pataje lavi ak ou nan fason direk. Tanpri, tann tout istwa a ak pasyans, e ou pral konprann poukisa mwen kenbe li yon sekrè. Mwen pa pral kondwi ou nan yon wout danjere tankou mwen te fè nan tan lontan la, kote sèl bagay ou jwenn se kraze ak kolè. Fè atansyon sou eksperyans mwen, menm si ou pa tande konsèy mwen, e konprann

danje nan vle gen anpil konesans. Li pi bon pou yon moun rete kontan nan pòt li epi pa vize pi wo pase sa li ye natirèlman.

66   Lè mwen premye wè kapasite enfòmab sa a nan men mwen, mwen pa t kapab deside kijan pou mwen itilize li. Kreye yon kò avèk tout detay konplèks li yo, tankou twal fib yo, mos yo, ak ven yo te yon bagay difisil. Premye, mwen te mande tèt mwen si mwen ta dwe kreye yon moun tankou mwen menm, oswa yon moun ki pi senp. Men, mwen te swadizan konfyans ak ekzitasyon aprè siksè premye mwen an, mwen te kwè mwen kapab bay lavi yon kreyati konplèks ak mirakye tankou moun. Materyèl mwen te genyen pa t sòti tankou ase pou yon travay ki difisil konsa, men mwen te gen lafwa ke nan fen lontan mwen ta siksè. Mwen te konnen ke ta gen anpil anbisiblite sou wout la, ak travay mwen an pa t sòti nan pi bon fason, men mwen te kwè ke tentativ mwen yo ta mete bas pou siksè nan lavni. Mwen pa t wè anpil detay ak konplèksite plan mwen an kòm yon rezon pou mwen bay kou. Avèk penpan nan sa a nan men mwen, mwen te kòmanse kreye yon moun. Paske detay ti yo te anpeche mwen avanse vityèlman, mwen te chanje plan orijinal mwen ak deside pou fè moun an janti, apeprè 8 pye gwosè. Apre pran desizyon sa a ak pase plizyè mwa kolekte ak òganize materyèl mwen yo, mwen te kòmanse travay mwen.

67   Mwen te santi yon varyete emosyon ki fòse m' ale anvan ak yon fòs iman yo, tankou yon van fò, lè mwen te premye eksperyans siksè a. Lavi ak lanmò t 'te sanble tankou limit ki te renmen kraze, pote limyè nan monn nwa nou an. Mwen te imajine kreye yon nouvo kalite èspès. Lè mwen panse sou tout sa sa a, mwen te kwè ke si mwen t 'ka bay lavi nan objè ki imòb, piti piti, ap pase tan (men, kounye a, mwen te konnen li te enposib), mwen t 'ka reviv lavi nan kò moun yo ki te konsidere tankou mò ak dekompoze.

68   Sa yo te kè mwen mennen pou mwen travay san repo sou pwòj mwen an. Mwen te pase anpil tan ap etidye jouk visaj mwen te blese e kò mwen te vinn maigre ak fòs mwen nan yon sèl kote. Genyen fwa, lè mwen te si pre près reyisi, mwen t'echwe yo. Men mwen pa janm pèdi lespwa. Mwen te kwè ke lendi oswa menm lèta a p'ap vini ta ka

pote rezilta ki bezwen yo. Mwen te gen yon sekrè se sèlman mwen ki te konnen sa, epi se li k'ap pouse mwen nan tout sa mwen te fè yo. Mwen te travay jouk nan mitan nwit, avèk lalin kòm sèl tèmwen mwen, ap chèche san repo mistè natirèl yo. Sa te yon pwosesis ki te frèt epi k'ap pote malè. Mwen te pase nan antoure nan kavo yo ak mwen te sèvi ak kreyati konsyan pou bay lavi nan kle imanif. Lalwa sa yo kounye a sòti tèt mwen, men nan tan sa a, mwen te anbrase ak yon appeti ki pa t' ka kanpe. Mwen te totalman konsantre sou sèl objektif sa a, rive nan pwen kote map santi nan nan yon transe, men sitòt mwen te sispann koulè a ki pa natirèl la, mwen tounen tèt mwen tèt anlè. Mwen te ranmase zo nan sòti nan legliz yo ak pouchawo yo, epi mwen te souye sekrè sakre nan kò moun yo avèk men imond lan. Mwen te gen yon atelye nan yon pyès isole nan anlè kay la, kitel separe soti nan tout lòt pyès yo. Li te plen ak zouti ak materyèl nesesè pou kreyasyon imond mwen an. Mwen te si obsede ak travay mwen an jouk je mwen te sou tanzantan pòch yo paske mwen te atanse nan chak ti detay. Mwen te jwenn materyèl nan sal depiye ak nan klachlòti. Genyen fwa, mwen pa t' ka sipòte tèt mwen menm, men apetit mwen t'ap pouse mwen kontinye, toujou vin pi pre pou mwen fini travay mwen an.

69   Mwa ete yo pase. Lanati pa janm gade pi bèl. E menm kan mwen te sòti nan konesans mwen yo, menm bagay sa yo fè'm bliye zanmi mwen yo ki te twò lwen, e mwen pa tap wè yo depi yon tan long. Mwen te konnen sòti mwen te fè yo anbwase. Mwen sonje byen pawòl papa mwen yo: "Mwen konnen pandan ou kontan avèk tèt ou, ou ap panse nou ak afeksyon, e nou pral tande nou regilyèman. Ou fòk ou padone mwen si mwen wè nenpòt entèwilipman nan korespondans ou kòm yon preuv ke lòt responsabilite ou yo bayòt menm jan."

70   Mwen panse papa mwen t'ap kritike mwen pou neglijan mwen, men kounye a mwen wè li te gen yon pwen. Yon moun ki pa janm fè erè yo dwe toujou gen yon mantalite kalme ak lapè, epi li pa dwe kite emosyon fò oswa dezir ki pa dire lavi yo deranje lapè yo. Mwen kwè sa aplike tou nan kenbe konnye nan konprann. Si sijè ou etidye fè ou

pèdi enterè nan plesi senp ki pote jwa nèt, lè sa a etid sa a se move, sa vle di li pa bon pou mantalite iman. Men, si tout moun swiv sa a règ la epi pa kite anyen vin entèfere nan renmen yo pou fanmi ak lapè, nou ta rete san kèk bagay gwo.

Men, mwen bliye se konsèy sou lavi mwen ap bay lè se pita nan istwa mwen pi enteresan ak ekspresyon ou yo fè mwen sonje pou mwen kontinye.

Papa mwen pa t'reprimande mwen nan lèt li yo, men li te remake ke mwen te pi kèk paske mwen te trankil plis. Pandan sezon yivyè, prentan, ak ete a, mwen te twò aboze nan travay mwen pou mwen pa reyalize bèlte flè yo ap fleri ak fèy yo ap grandi, ki te konn pote anpil jwa nan lavi mwen. Fèy yo te deja fane lè mwen t'ap prese fini pwòj mwen an. Sepandan, anplas pou mwen santi'm tankou yon atis ap jwi vyann mwen preferans, mwen santi'm plis tankou yon lave travay kòt mòn a oswa yon lòt travay dezagreyab. Chak swa, mwen soufri pou yon maladi tèt fèb ak angois. Mwen te tounen pè pou dete ak plezi travay mwen te fè sou sante'm. Mwen t'nan atandan sou de bagay sa yo.

CHAPTER V

⁷² Te yon nwit k ap boule nan mwa novanm lè mwen wè rezilta tout travay mwen te fè. Mwen te anpil angoise ke sa te kòn pareti kòm doulè. Mwen te ramase zouti ki te nesesè pou bay lavi a nan objè a ki pa t gen lavi. Te deja yon lè nan maten, epi lapli tap toupiben tristès kont fenèt yo. Bouji mwen te kase preske, men nan limyè pyès, mwen wè je dèyè kras kreyati a ouvri. Li te ap goumen pou respire, ak move devanmwen nan.

Mwen pa kapab dekri an detay melanj diferan emosyon mwen te santi nan moman terib sa a, ni ka fè konprann kòman l apòzri a te sanble detestab. Li te genyen move nanm ak kouto kòsipou te sipoze bèl. Men, bon Dieu! Po li te febli kras ki pa t al kole musk ak venn ki anba li. Li te gen cheve nwa, briyan ak fòs, ak dant perle blanch. Men bagay sa yo sòti an kontrò ak soufrans nan je dlo yo, k ap preske menm koulè ak tambò klen pal yo, ak karamel pou li bouche.

⁷³ Mwen te travay di pou prèske dezyèm lane, sòti nan l'idée sèlman pou bay boust nan yon kò ki san lavi. Pou sa mwen te pran plezi tann sa ak sante mwen. Mwen te fè tout bagay mwen kapab e pandan mwen te dòmi, rèv mwen yo t'ap fè mwen sòti nan kò. Mwen te kwè mwen wè Elizabeth, ansante, mache nan lari yo nan Ingolstadt.

Anvèsye e sòti sou mwen, mwen te reflechi li, men lè mwen pote premye bisou mwen sou bouch li yo, koulè li yo te tonbe nan koulè lan mò; figi li yo te sanble chanje, e mwen te kwè mwen te tann kò manman mò'm nan nan bra mwen. Lè sa a, mwen wè pòv kreyati a, monst ki te kreye a. Li leve ride toulet la nan kabann an, ak je li yo, si sa nou ka rele je, te fikse sou mwen. Bouch li yo louvri, e li te kòmanse pale. Mwen te pran refij nan lakou ki nan kay mwen t'ap viv nan; kote mwen rete pandan tout nan lannwit la, mache dekwa ak angois, byen tande, pran kòdans sou chak son kafoukomen s'il te ta vle annonse longè zonbi demonyakal la ki nan men mwen a, epi mwen te ba lavi konsa nan yon fason pitit.

74   Oh non! Pesonn pa t 'kapab sipòte orè fantòm sa a. Menm yon momi ki tounen nan lavi pa ta ka sezi konsa tankou kreyati a. Pasé lanwit la, mwen te santi mwen malèz konpil. Koulye a, kè mwen te bat si rapid e si fò k mwen te ka santi li klape nan chak venn mwen. Nan lot moman, mwen te santi mwen konsa febli ak pwòch ke mwen te ka konekte men mwen ak gwo fòs pe. Avèk terè sa a, mwen tou se senti yon santi tris nan fon nan kè mwen. Reveye maten an, trist ak lapli k ap tonbe. Gade deyò ak je fatige ak doulè, mwen wè legliz Ingolstadt la, avèk kloch li ki montre li te deja sis nan move oswa. Gardyen ka kraze pòt nan kay la, kote mwen te jwenn refij temporè nan lannwit la. Mwen soti nan lari yo, mache vit konye a kòm si mwen te eseye evite kreyati a ke mwen te pè a ka parèt nan nenpòt kwen. Mwen pa t 'gete retounen nan chanm mwen, konsa mwen te santi mwen pouse ale chak fwa, malgre lapli ap tonbe soti nan syèlwa nwa ak sòm.

75   Mwen te kontinye mache konsa pandan yon ti tan, essayan distire tèt mwen soti nan byen difisil ki ap pèse sou li. Mwen te vagabonde nan lari yo san reyèlman konnen kote mwen te ye oswa sa mwen te ap fè. Mwen te plen ak movezi, e kè mwen te bat vit. Mwen te ap kouri, san rete koube tèt mwen.

Sa te santi tankou mwen te ap mache tèt chaje sou yon wout nwa ak kote ki tèlman pèdi nan lanmò. Mwen te kontinye avanse, san deme vire tèt mwen paske mwen te konnen gen yon kreati k ap pèsekite mwen nesesèman.

Mwen kontinye swa konsa tout jiska mwen rive nan otele kote dife ann pa amin pale a souvan ateri. Mwen pase la pou yon rezon ki pa t jwenn eksplikasyon. Mwen te kanpe la pandan kèk minit, gade yon kòch k ap vini kote mwen nan nan lòt bout lari a. Lè li al pi pre a, mwen te reyalize ke li te yon kòch Switzerland. Li te koupe deyò tou dwat kote mwen te kanpe a, e lè pòt la te louvri, mwen te wè Henry Clerval andedan. Li te wè mwen ak imedyatman sote soti nan kòch la. "Chè Frankenstein!" li te eksklame. "Mwen trè kontan wè ou! Se lè sa ou vini jis jan mwen komanse desann!"

76   Mwen te plen ak kè kontan lè mwen wè Clerval la. Prezans li te fè mwen sonje papa mwen, Elizabeth, ak memwa konsolatè kay la. Mwen pran men li e nan menm moman an, tout pè mwen ak malè m te disparèt. Se te premye fwa nan mwa yo mwen te santi mwen trankil ak vrèman kontan. Mwen te rezèv chalèzman zanmi mwen an epi nou mache fèmen nan direksyon kolaj mwen. Clerval te pale sou zanmi nou yo e kouman li te gen chans pou li te ka vini nan Ingol-stadt la. Li te di, "W ap ka imajine konbyen difisil li te rive pou konvenk papa mwen ke genyen plis bagay pou konnen pase sèlman kontab. Li pa t kwè mwen jouk nan dènye kout, li t ap di menm bagay la toujou: 'Mwen gen anpil lajan ak manje san pa t gen Griyè.' Men, nan fenalman, lanmou li pou mwen te depase rezistans li genyen pou aprantisaj, epi li te kite mwen envante sou yon vwayaj pou dekouvèt nan tè konnèsans la."

"Mwen trè kontan wè ou! Avan tou bagay, tanpri di mwen kijan papa mwen, frè mwen yo, ak Elizabeth ap ye."

77   "Oke, yo trè kontan, men yo yon ti jan inkyete paske yo pa tande nouvèl ou anpil. Anpil bagay m' ta renmen pale ak ou sou yo tou. Men, chè Frankenstein mwen," li di, fè yon ti pous e gade mwen byen, "Mwen pa t' remake anvan jan ou gade malad. Ou konsa mèt, ble, tankou ou te rete soupi soupi pandan plizyè nwit."

"Ou devine byen; mwen vreman okipe ak yon bagay byen reseman, epi m' pa t' ka pran ase repo kòm w' wè a. Men, mwen vrèman espere ke tout aktivite sa yo finalman fini, e kounye a mwen lib."

78   Mwen te vrèman pè e mwen pa t 'kapab sibi reflechi sou oswa menm sityasyon sa ki te pase nan lannwit la. Mwen te mache vit, e byento nou te rive nan kolaj mwen an. Lè sa a, mwen realize ak yon tressayman nan menm tan, kreyati mwen te kite nan chanm nan ta ka toujou la, vivan epi ap mache ale. Mwen te pè pou mwen wè mons la, men mwen te pè plis tou ke Henri ta wè l 'li. Lè sa a, mwen mande Henri a tann nan fon eskalye yo pandan kèk minit pandan mwen prese ale nan chanm mwen an. Mwen te pran pou pòt la anvan mwen sonje pou m 'kanpe. Mwen te sispann epi mwen santi yon tressalèt frèt pase nan mwen. Mwen te pouse pòt la louvri fòse, menm jan pitit timoun yo fè lè yo t 'atann yon zombi nan lòt bò a. Men pa t 'gen anyen la. Mwen antrerizasyon antre nan chanm la: li te vid. Chak se nan menasan yo pa t 'la. Li te difisil pou kwè ke yon bon chans te rive nan chemen mwen. Men lè mwen te reyalize ke lènmi mwen te vreman ale, mwen kwoke men mwen ak kè kontan an epi mwen kouri tounen bay Clerval la.

79   Nou al nan chanm mwen, e sèvitè a te pote manje an tou swit; men pa t 'kapab kontwole tèt mwen. Pa sèlman se lwanj mwen te santi; pe mwen te ap fè mal ak kè mwen tap bat vit. Mwen pa t 'kapab rete imòb yo menm pou yon sèl segonn; mwen te sote sou chèz yo, te klape men mwen, ak te ri fò. Premye fwa, Clerval te panse mwen te sòti sòti kontan pou wè li, men lè li t'ap gade mwen atansyon, li wè yon lafoli nan je mwen li pa t 'kapab konprann. Ri mwen fò ak patap kontwole te fè li pè e sipriz.

"Victor, chè mwen," li rele, "ki sa ki pase sou latè la? Pa ri konsa. W'ap gade konsa malad! Ki sa ki lakòz pou tout sa sa yo?"

"Pap mande mwen," m 'mwen rele, kouvri je mwen avek men mwen paske mwen panse mwen te wè lamò enterde antre nan chanm lan. "Li ka di ou. O, sove mwen! sove mwen!" Mwen te imajine mons la te pran mwen; mwen te lite di kou alòs mwen te tonbe nan yon move trankilite.

Kliblonde! Mwen sèlman kapab imajine kijan li dwe santi.

Rankont li t 't ap tann ak tout kè kontan li tounen nan yon bagay amer ak etranj. Men mwen pa t 'wè bouke li paske mwen te nan inyòsan e pa t 'rekiperasyon sans mwen pou yon lontan.

80 Sa te kòmanse yon fyèv nvèz ki te fè mwen kanpe nan kabann pou plizyè mwa. Sèlman Henry ki te pran swen mwen nan tout tan sa a. Apre sa, mwen te konnen li pa vle pè papa ak Elizabeth mwen an, se konsa li kenbe gravite vreman maladi mwen an taye. Li te konnen li ta ka byen swen mwen pi byen pase nenpòt moun lòt, e li te konfyans nan fyèv mwen an amelyorasyon. Li te panse ke pandan l ap swen mwen, li te fè yon bagay bon pou yo.

Men, verite a se ke mwen te vreman malad. Si pa t 'ap pou swen konstan ak atansyon zanmi mwen an, mwen poko te rive ladan l la. Mwen pa t 'kapab sispann wè mons nan mwen te kreye nan panse mwen, e mwen te kontinye pale de li san rekonsidere. Pou kòmanse, Henry te panse se sèlman imajinasyon mwen an ki t ap kraze, men fason kòm mwen te toujou retounen sou menm sijè sa a fè l panse ke yon bagay vrèman terib te fèt pou kòz maladi mwen an.

81 Piti piti, mwen te retabli poko poko epi te gen ti dèt ki anmède zanmi mwen an. Mwen sonje premye fwa mwen t 'kapab gade bagay yo deyò ak keyès. Mwen te remake ke pye bwa yo ki te tonbe yo te disparèt, epi yo te gen boulon ki te vinn grandi sou pye bwa yo prèt fenèt mwen an. Se te yon prentanp bon sezon, epi li ede mwen retabli. Mwen te kòmanse santi kè mwen nan lapè ak lanmou ankò. Fwonbròch la te ale, epi pa lontan, mwen te kòmanse fèt kon sa mwen te byen anvan mwen te malad.

"Chè Clerval," mwen di, "ou se si bon ak si byen pou mwen. Olye pou ou etidye pou tout sezon ivè a tankou ou te planifye, ou te la avèk mwen nan chòm mwen pandan mwen te malad. Kijan m ap jan mwen ka rekonpans ou? Mwen santi mwen gen swaf pou pete souri ou, men mwen espere ou ka pardonnen mwen."

"Ou pral rekompans mwen totalman si ou pa anpile sou swen epi konsantre sou retablisman ou ki pi vit ke posib," Clerval te reponn. "Epi piske ou sanble nan bon lespri, mwen ka pale ak ou sou yon bagay?"

Mwen t 'santi yon ti kras nev. Kisa li ta ka refere nan? Èske li ta pale de yon bagay mwen pa t 'pral menm gen dwa panse a?

"Poko fè sa," Clerval te di lè li te remake chanjman nan koulè mwen. "Mwen p ap menm sòti sa si li ankalite ou. Men papa ou ak kouzen ou ta sòti kontan toujou pou resevwa yon lèt sòti nan men ou nan ekri ou a. Yo pa konnen konbyen ou te malad, epi yo enkyete paske ou pa ekri yo nan yon lontan."

"Sa a se tout, mesye Henry mwen cheri? Kouman ou te panse mwen pa t'ap panse imedyatman nan zanmi mwen k'ap renmen anpil, ak ki merite tout lanmou mwen genyen?"

"Si w'ap santi ou konsa kounye a, zanmi mwen, ou ta ka kontan pou li yon lèt ki la deja depi kèk jou, ki adrese a ou. Mwen panse se lèt kouzin ou a."

CHAPTER VI

 Clerval te ban m yon lèt. Se te lèt kouzin m Elizabeth.

"Kouzin m cheri,

W te wè ou malad move, e menm lèt yo sòti nan men Henri pa fè m santi m pi byen de ou. Ou pa gen dwa ekri oswa kenbe yon plim nan men ou, men m bezwen tande nouvel ou, Viktor. Li enpòtan pou nou konnen ou byen la. Mwen t ap tann yon lèt chak jou, e mwen te rasanble nonk mwen pou l pa vini nan Ingolstadt. Mwen pa vle l pase nan difikilte ak danje yon vwayaj long konsa. Se kò mwen menm mwen ta renmen ale! Mwen imajine yon moun ki granmoun ak li pa pran swen ou nan men l'apwa. Yo pap janm konprann bezwen ou menm jan mwen konprann yo, kouzin ou pòv mwen. Men se nan pase sa kounya. Clerval di ou ap pi byen. Mwen swete w ka ekri byento pou konfime nouvèl sa a."

 "Al ta yo sante byen byento e tounen avèk nou. Peye nou la ap plen ak lanmour ak lapè, e nou tout sonje w anpil. Papa w sante byen e sèlman vle konnen si ou soti ok. Li toujou gen yon souri bonè nan figi l' e anyen p'ap fè l' enkyete. Ou ta sevlope nan alezi pou wè kòman fre mwen Ernest ap grandi! Li gen sèzi disés senk kounye a ak anpil enèji. Li reve tounen yon Suisse fyète ak sèvi peyi nou, men nou

40

p'ap kite l' ale jouk frè l' pi gran tounen. Tonton nou pa renmen lide'l rantre nan militè lwen an, men Ernest pa renmen etidye tankou w te fè. Li pi kontakte nan pase tan deyò, mache nan montay yo oswa bawote sou lak. Mwen enkyete li ka tounen lente si nou pa pèmèt li swiv karyè li chwazi an."

85   Poko gen anpil chanjman depi ou kite nou, sòf pitit nou yo grandi. Lò a ble ak mòn yo ki kouvri ak nèj toujou menm jan an. Lakay nou ki lapè, kè nou ki kontan, yo gide pa règ ki pa chanje. Mwen kenbe tèt mwen okipe nan ti travay ki ban mwen lajwa, e wout tout moun nan kote mwen ki kontan ak bon kalite se lòtè pa mwen. Se sèlman yon bagay ki chanje nan ti kay la depi ou kite nou. Ou sonje lè nou envite Justine Moritz tounen yon manm nan fanmi nou an? Peye ou pa sonje, mwen pral pale w tou de istwa l 'li sou kout. Manman Justine, Menm Mizè, se te yon veje avèk kat timoun, e Justine te twazyèm timoun nan men li. Papa li patikilyeman te renmen li, men manman li te p'ap sipòte li ak maltrete l 'apre lanmò papa li. Ma tante remakle sa a epi konvenk manman Justine a pèmèt li viv avèk nou lè Justine te rive douz ane a. Mod demokratik peyi nou yo kreye koutim pi senp ak pi kontan pase yo jwenn nan monaki gwo vwayaj. Sa vle di kategori sosyal yo pa t dwe separe konsa, ak klas pòv yo pa t dwe nan kondisyon, moun panko jete nan yo. Kòm yon rezilta, konpòtman yo pi poli ak moral. Nan Jenèv, sèvi pa t vle di menm bagay la tankou nan Frans ak angle. Lè Justine te tounen yon manm nan fanmi nou, li aprann responsablite sèvi yo. Men isit la nan peyi avantaj sa a, sèvi pa vle di ou pa konnen anyen oswa manke dilinite kòm yon moun.

86   Justine te te pi renmen ou, e ou te di yon fwa ke prezan vif li ka an kou aklere lespris ou, menm jan bote Angelica ka nan yon istwa pa Ariosto. Danto aunt mwen te vin vreman renmen Justine anpil, konsa li deside bay li yon edikasyon pi bon pase sa yo te planifye. Justine te vreman rekonnen sa nouvo gentiles sa, men li pa janm di l ouvètman. Wap ka wè nan je li li te adivè e li respekte danto aunt mwen nan fason kapab. Menm si Justine te lach e kèk fwa tankoupe lalwa, li te mete atansyon sou chak mo ak aksyon sòti nan danto aunt

mwen. Li te wè li kòm yon modèl ak eseye pi bon li kapab pale ak aksepte menm jan li, ki toujou fè m 'sonje li.

Lè danto aunt mwen chèri pase, tout moun te pi make nan pena yo pou yo remake pòv Justine, ki te swen li nan chemen anpi rennenkri ak anpil lanmou pandan li te malad. Justine tèt li menm malad, men te gen plis defi k ap tann li.

87 Yon pa yon, frè ak sò Justine yo mouri, sòlman li te neglije pa manman li. Fanm nan te santi koupab, li panse ke lanmò yo te yon koutizan poutèt li te prefere kèk timoun plis pase lòt. Kòm yon katolik, li te kwè konfidan li te valide kwayans li yo. Konsa, kèk mwa apre ou te kite pou Ingolstadt, Justine te mande tounen bay manman li ki te remèsye. Se te yon dlo nan je pou Justine lè li te kite kay nou. Aparans li te chanje depi pase nan lòt bòt Gason Akazan an; lapenn te adouci mantalite lavi li ki te vivan yon fwa li ak fè li pi janbe. Men, viv ak manman li pa tounen lakay li an jwaye. Nanm nan tèt papa ak manman an te sanzave souvan. Gen kote li te mande Justine padon, men pita sa a li tòtire akize lòt timoun yo te mouri poutèt li. Blame kontinyèlman ki te pote sou Madame Moritz la te touche l 'ranje l', e nan fen tout bagay li te vin malad ak yon deklòning. Premye fwa, maladi l 'ba li pi iritab, men kounye a li nan lapè etènèl. Li mouri nan prentan debaz, lè van vire fre. Justine tounen nan mitan nou, e mwen renmen l anpil. Li se yon moun entelijan, byenfet, ak pi bon Noël. Menm jan mwen te di anvan sa a, li fè mwen sonje moun ki cheri nan tèt mwen avèk li fason l a ap agi.

88 "Lajanm, pèmèt mwen rakonte w de ti Willyam, kouzen mwen cheri. Ou ta renmen'l si ou wè'l. Li vrèman grandi pou laj li, e je li yo gen yon koulè ble bèl. Soulyès li yo nwa, e li gen cheve kòl. Lè li souri, li gen groò dimp sou jou li ki vire wouj paske li sante byen. Li te gen yon ti zanmi nan tan lontan tou, men pito nan Louiza Biron, yon ti fi moun ki bèl ki gen senk ane.

Kounye a, mwen si ou vle tande tout moun ki nan Janèv, Viktor. Bèl manman Madan Mansfild yo te resevwa anpil vizit pou fè vizit akòz konfliyans li nan maryaj li nan yon Angle ki rele Jan Melbourne. Se pa twò bèl sè Manon, te marye avèk yon bankye opilan ki rele M.

Duvilya pase nan dènye chemenm lan. Bilang prefere ou a, Louis Manwa, pa t' gen chans tèt li byen depi Clerval kite Janèv. Men li santi li pi byen kounye a ak di yo te pre pou marye ak yon fanm Fre fasil ak bèl ki rele Madam Tavènye. Li pi gran pase Manwa e li yon vèv, men tout moun renmen li.

Lè mwen ekri, mwen santi tèt mwen pi kontan, cher kouzen. Men mwen ape kòmanse inkyete ankò lè mwen fini. S'il vou pla, Viktor, ekri nou. Yon sèl linn oubyen yon sèl mo soti nan ou ta vle di anpil pou nou. Nou rekonesan anpil pou afeksyon, afeksyon, ak tout lèt Henry lan. Adye, kouzen mwen. Swete ou swen tèt ou, e s'il vou pla, mwen mande'w, ekri!

Avec lanmou,

Elizabet Lavenza.”

Gine, 18 mas 17—.

***

“Chè Elizabeth,” mwen di an ekzitasyon pandan mwen li lèt li yo, “Mwen pral ekri tounen vit fèt pou mwen fè yo konnen mwen byen.” Mwen ekri lèt la, e sa fè mwen vrèman fatigue, men mwen t ap kòmanse santi mwen pi byen. De semèn pi ta, mwen te fò ase pou m alé dekòdòmi kote mwen t ap dòmi.

Yon nan premye bagay mwen te dwe fè lè mwen retabli te se prezante Clerval bay pwofesè nan inivèsite a. Li te difisil pou mwen paske sa ki te rive yo. Lè sa a, depi nan nui a tout bagay ale mal, mwen devlope yon gran dwa pou tout sa ki gen rapò avèk syans yo. Jis wè yon enstriman chimik ta pote tout doulè ak enkonmodite mwen te santi. Henry te remake sa ak te retire tout ekipman yo ak te deplase mwen nan yon lòt chak. Men anyen nan sa pa t 'enpòtan lè mwen te rankontre ak pwofesè yo. Mesye Waldman te riske fè sa pi mal lè li te vante mwen pou pwogrè mwen nan syans yo. Li pa t 'konprann ke mwen pa t'ap renmen matyè sa ankò epi li te panse mwen te jis ap fè modesti. Li pa t'janm sispann eseye pale sou sa, menm lè sa a fè mwen mal. Li t 'santi tankou li t 'ap montre mwen menm zouti yo ki ta sèvi m 'akize. Mwen te vle montre soufrans mwen yo, men mwen pa t 'kapab fè sa. Clerval, ki te toujou bon nan konprann kòman mwen santi, te chanje sijè a paske li pa t' konnen anpil sou syans yo. Mwen te rekonesan pou konprann li yo, men mwen pa t'ap janm kapab di li sou sa ki te rive. Mwen te konnen li ta sòti nan sou kou li, ak mwen pa t'vle pote ankò detay soufri sou do li.

91   M. Krempe pa te menm wa konvenab ke M. Waldman. Piske mwen te santi mwen tre senzitif nan moman sa a, kompliman li ki te seche ak maladwa fait mwen ankò ke apwobasyon janti M. Wald-man. "Maledisyon gason sa a!" li eksklame. "M'ap di w, Mesye Cler-val, li te depase nou tout. Wi, kontinye, gade w. Yon jèn gason ki, sèlman kèk ane ki sot pase a, t'ap kwe nan cynosure Agrippa tou fò ak li t'ap kwe nan levanjil la, se kounye a pi bon nan klas nan inivèsite a. E si li pa dedomaje byento, nou tout pral wont. Wi, wi," li kontinye, wè doulè sou figi mwen, "M. Frankenstein modèste. Sa se yon bon kalite nan yon jèn gason. Jèn gason ta dwe doute tèt yo, ou konnen, Mesye Clerval. Mwen te tankou sa lè mwen te jèn, men sa pa dure lontan." M. Krempe kòmanse vante tèt li, ki, gras a Bondye, chanje sijè sa a ki te deranje mwen.

92   Clerval pa te pataje enterè mwen nan syans la, epi etid li yo te diferan soti nan mwen. Li te rantre nan inivèsite a ak objektif li pou vin yon ekspè nan lang yo nan Lwès paske li te kwè li ta mennen li rive nan lavi li te vle a. Tout bon vre, tou kòmkpât ak diferans avèk Clerval, mwen pa t 'eseye konprann lang yo nan yon nivo pwofond paske mwen sòti te sèlman vle pwan plezi nan yo pou yon ti tan. Mwen te li yo jis pou konprann sijè a, epi li te vle tout sakrifis mwen te fè yo. Ekriven yo te gen yon efè apaisan sou mwen epi yo te rann mwen kontan tankou anyen mwen pa t 'janm li lontan anvan sa. Lè ou li istwa yo, li santi tankou lavi la se tout sou chalè solèy la, ki nan yon jaden bèl plen ak woz yo, santiman ki miskte nan yon lènmi atraktif, ak lanmou kap toup pou vire nan kè w lan. Li kòmkpâtman diferan soti nan powèm fò epi eroik nan Grès ak Ròm yo.

93   Lè sa a, nou te pase lemonn ete a fè sa yo aktyivite yo, epi mwen te sipoze tounen nan Jenèv nan sezon lonbritte yo. Men, kèk bagay te fè fasilite a retade, e avan mwen pa t 'kwè li, se te deja vini apremidi avèk wout ki kouvri nan lasosyèt li yo. Malgre retade a, nou te fè plis

sòti nan sezon lonbritte a, e lè prentan finalman te rive, li te vle lapenn paske tout te sanble bèl.

Mwa me te deja kòmanse, e mwen t 'ap tann yon lèt ki ta di mwen ki lè mwen ka finalman kite. Men, Henry te pwopoze nou fè yon vwayaj ak pye alantou Ingolstadt anvan mwen te ale. Sa t 'te yon chans pou mwen di a-dyos a kote mwen te rele lakay mwen pandan yon bout tan. Mwen te dakò avèk lide li anba kè, paske mwen te renmen rete aktif, e Clerval te toujou konpayon premye mwen lè sot pase esplorasyon nan nan peyi nou.

Nou pase de semèn fè sa yo: sante mwen ak kondisyon emosyonèl mwen te deja amelyore, e yo te vin pi byen toujou ak son frèt a, bagay enteresan nou te wè yo, e pale ak zanmi mwen. Anvan sa, etid te fè mwen izole tèt mwen soti nan lòt moun epi vini asosyal. Men Klervat fè m 'tonbe anfòm pa'l; li rann mwen sonje kouman pou mwen apresye lanati ak enèji kontan timoun yo. Ou te yon bon zanmi vre! Ou vreman te renmen mwen epi ou te eseye fè mwen pi plis tankou ou. Mwen te tèlman enpoze sou tèt mwen epi apèse, men bonte ou ak renmen ou vin louvri sans mwen ak fè mwen santi mwen vivan ankò. Mwen vin menm moun kontan mwen te yon kèk ane ki sot pase, lè tout moun te renmen mwen ak mwen renmen yo, san okenn soucis oswa andwa. Lannati bèl ki te ap entouré mwen te fè mwen santi mwen si kontan. Yon syèl klè ak kafou wouj ranpli mwen ak jwa. Sezon sa a vreman te bèl; flè prentan yo te ap fleri sou bwa yo, e flè ete yo te kòmanse koupe bwa. Mwen pa t 'gen okenn panse ki pèdyabrenn mwen pralabènan nan tèt mwen ki te fè mwen chagren, annikòtandi sijè mwen pou mwen retire yo.

Inri te kontan nan kè kontan mwen, e li vrèman te soufri avèk sentiman mwen yo. Li te yon kòmans ak ti rele amizan ki t ap rakonte anpil istwa mirak ki te kenbe nou okipe.

Nou tounen nan lekòl nou an nan yon dimanch apremidi: peyizan yo t ap danse, e sa t ap jwenn se tout moun nou rankontre a t ap gay ak kontan. Espri mwen menm t ap wo.

CHAPTER VII

 Nan chimen mwen lè mwen tounen, mwen jwenn yon lèt soti nan papa mwen. Li di:

"Chè Victor,

Mwen konnen ou te byen kè kontan pou resevwa yon lèt soti mwen, kote mwen ta di ou lè ou ka vini lakay nou. Nan kòmansman, mwen te konsidere ekri kèk linye sèlman, enfmasyon jou ou ta dwe retounen. Men sa ta rezilte pou ou, e mwen pa kapab fè bagay sa a. Pitit mwen, envante kijan ou ta etone si, olye yon akeyi kè kontan ak chalè, ou te rankontre ak kri ak lapenn. Victor, kòman mwen ka di ou sou bagay terib ki pase nan lavi nou? Mwen konnen menm si ou te lwen, ou toujou kare sou byen ak move nan lavi nou. Kòman mwen kapab fè bagay konsa pou mwen krazrepo piti mwen ki te absan pou lontan? Mwen vle prepare ou pou nouvèl devasatris yo, men mwen konnen se pa posib. Mwen wè je ou ap fouye paj la, ap chèche mo ki p'ap pote mesaj tris sa a.

"William mouri! Li te tout bon, toujou souri epi li te pote chalè nan kè mwen. Li te swete, men plen lavi. Victor, yon moun pran lavi li soti nan nou!

"Mwen p'ap eseye konsole ou kounye a. A la plas sa, mwen ap jis di ou sa ki pase."

"Dènye jedi-a, 7 me, mwen, piti gason-mwen ak pitit fi ou yo t'ale fè yon ti mache nan Plainpalais. Aswè a te cho ak trankil, konsa nou mache pi lwen pase lòt fwa. Nou pa t' remake lè sa a li t'ap vire fè nwa, jouk nou pa t' kapab jwenn William ak Ernest, ki te ale anvan nou. Nou te chita ak tann yo tounen. Ernest kontinye tounen epi mande nou si nou te wè frè l '. Li di nou ke li te jwe avèk William, ki te ale pou kache epi li pa tounen menm si nou t 'ap tann lontan.

Sa fè nou angoisse, konsa nou te kontinye chèche jouk li te fet nwa a. Elizabeth te panse ke pèti William te ka retounen lakay nou. Men li pa t' la. Nou tounen avèk torèch paske mwen t 'pa t' ka repoze, konnen ke ti gason mwen ki te swadizan pèdi te ekspoze nan frèt ak difikilte lannwit la. Elizabeth te tou anpil inkyèt tou. Alantou senkè nan maten, mwen jwenn tifisyèl mwen. Lannwit ki te pase a, li te vivan ak sante, men kounye a li t ap kouche sou gazon-an, blid ak pa deplase. Gen yon mak sou kou li ki te fèt pa men madichon an."

Lè yo pran li lakay, tristès la ki te vizib nan figi mwen trayi sekrè a bay Elizabeth. Li te trè sikse pou wè kadav la. An premye, mwen te eseye anpeche l 'li; men li kontinye, epi lè li antre nan chanm kote li te kanpe li vit eksamine kou viktim la epi li leve men l 'yon kri, "O Bondye! Mwen touye timoun mwen renmen an!"

Li tonbe anvan li pèdi konesans, epi gen difikilte ranime li ankò. Lè li tounen viv, se sòti kriye sòti kriye. Li di m 'ke menm nan nwit sa a, William te gen lide kraze li pou li pote yon minyati trè valab li genyen nan men li, ki se kad sa a yo te deja fini, men se sa kiyès ki te fòse moun ki touye l 'aktye a la aksyon sa a. Nou pa gen okenn tranche li aktyèlman, men noufò pou nou jwenn li yo tèt kale; men yo pap entake mwen William cheri mwen!

Vini, cheri Viktor, se se sèlman ou kapab ede Elizabeth. Li toujou kriye san kontinye.

"Vini, Victor; kite moso vannans sa yo nan men ou, epi aklolojis pou sa ki pase anndan sitiyasyon sa a ak lapè ak bonèt, pou nou ka kòmanse geri tèt nou ki blese yo. Antre nan kay mouning lan, zanmi mwen, ak lanmou ak swen pou moun ki renmen ou, epi pa ak lajwa pou lènmi yo.

"Papa ou, ki renmen ou an ak doulè,

"Alfonse Frankenstein.

"Zeneva, 12 Me, 17—."

Clerval, ki tap gade mwen sou ouvèti pandan mwen te ap li lèt la, te fèk supriz pou wè tristès la k'ap okipe jwa mwen lapremye lè rive nouvèl nan zanmi mwen. Mwen mete lèt la sou tab la epi kouvri kat mwen ak men mwen.

"Chè Frankenstein mwen," Henry ekzklame, wè larm mwen ak lapenn mwen, "ou pa toujou pral tris. Sa k'ap pase, dous zanmi mwen?"

Mwen fè yon jès pou l pwan lèt la pandan mwen te ap mache avan ak dèyè nan chanm la, pote ekzanpisman anpil nan mwen. Tèt li tou plen larm lè Clerval te li sou evènman nifòtin ki rive mwen yo.

"Mwen pa ka ofri ou okenn kòlòk, zanmi mwen," li di, "tranbleman ou pa ka defèt. Ki plan ou genyen?"

"Mwen bezwen ale nan Zeneva imedyatman. Vin avèk mwen, Henry, pou nou ka oganize chwal yo."

Pandan nou te ap mache, Clerval eseye ba mwen kèk mo konsolasyon; li sòti tablet lan, li bay mwen soufrans li. "Pov William!" li di, "yon ti kè fanm ki te si byen ak si renmen. Kounye a li rete avèk manman li nan men'w ange! Tousa ki wè l, byen klere ak plezi nanjouven fòm li, ta anka pleye pou pèt li nan tan ki pa bon! Mouri nan yon fason konsa terifyan; pou yon mòdous yo nan tèt yon mòdè! Sa anko yon tragepi pi gwo, pou dechwe inosans ti konsa! Piti ti gason pov! Nou ka sèlman jwenn konsolasyon nan fèt ke zanmi li ap fèjere ak pleye, men li nan repo. Doulè fini, lapenn li fè a fini pou tout tan. Li kouche anba latè, gratis de nenpòt doulè. Li pa bezwen petyisyon nou ankò, sa nou dwe rezève pou sa ki kontinye sibi."

Clerval te pale mo sa yo pandan nou te pran lari a rapid. Yo rete nan panse mwen, e mwen ralanti sou yo pita le mwen te sòti sòl. Menm lè chevale yo rive, mwen ale prese nan yon kabriyolet ak di orevwa bay zanmi mwen.

101   Vwayaj mwen te tris anpil. Nan kòmansman, mwen te vle kwaze pou konsolasyon epi pou mwen ka pwoche moun mwen renmen yo ki te anndane lanmò, men lè mwen te ap pwoche lakay mwen, mwen te ralanti. Mwen pa t kapab jere tout sentiman ki ranpli nan kè mwen. Mwen t travèse kote yo konnen mwen nan lè mwen te jèn, men mwen pa t wè yo depi prèske sis ane. Mwen te mande tèt mwen kijan tout bagay ta ka chanje pandan tan sa a! Te gen yon chanjman brus ak kraze je, men anpil ti bagay ta kapab gen lontan kòz lòt chanjman ki ta menm dekwa enpòtan. Mwen t t anpeche ak pa t kapab avanse paske mwen t te panse tout pwoblèm enkonnye ki fè mwen t ap tremble ak pè, menm si pa t gen mwayen mwen ka di preseman ki sa yo te ye.

Mwen te rete nan Lausanne pou de jou, annapre sa. Mwen t ap gade sou lak la; dlo a te trankil ak lapè. Tout bagay ki t alantou mwen t rete imobilye ak siklòn, e montay yo ki te bay mwen sans nan "pwòp palè lanati," pa t chanje. Ase pou ase, trans nan scèn lanmou ak bèl sa a te ede mwen santi mwen pi byen, epi mwen kontinye vwayaj mwen nan direksyon Jeneva.

Wout la te swiv kote lak la te konte, epi lè mwen te ralanti nan lakay mwen, lak la te vin pi estreye. Mwen te ka wè bò nwa Jura yo ak somèy klere Mont Blanc la nan yon fason plis klè. Mwen te plere tankou yon ti moun. "Chè mòn! Bel lak mwen! Kijan ou akeyi moun ki pèdi nan panye? Te somèy ou klè, syèl la ak lak la ble ak trankil. Sa vle di gen lapè, oswa se sòti nan mamay mizè mwen ap taye?"

102   Mwen pè, zanmi mwen, mwen gen tan pote sou kòb bagay sa yo ki te pase nan premye mwa yo. Men, se te jou bonè kote mwen te konn jwenn yon certain fè konfò, kote mwen kenbe nan lespri mwen avèk lanmou. Oh, peyi mwen, peyi mwen kè mwen! Se sèlman yon moun ki fèt isit la ki ka konprann jan kè mwen te kontan lè mwen wè rivyè, mòn yo, epi pi plis tou, bèl lak la ankò!

Men, lè mwen t'ap vin plis apwòch lakay mwen, tristès ak pè

pran dominasyon ansanm. Nwit tonbe, ak lè mwen poko ka wè mòn yo fènwa, tristès mwen t'ap ankò plis toujou. Sèn nan t'ap parèt kòm yon kote toutandwa ak pwoblèm, e mwen t'ap santi nan fòm sa a nan pwoblèm yo, e menm jan sa a, mwen santi nan pye mwen ke mwen t'ap vin moun pi malerè sou latè a. Men tristès la, prediksyon mwen fè a te vre, e mwen sòti nouvel la sòti granmoun nan yon bagay sèlman: mwen pa t' kapab imajine oswa prevoi menm yon ti bagay nan tout soufrans mwen t'ap pase yo.

103   Li te trè nwa lè mwen rive sou limit jenèv. Pòt vil la te deja fèmen, konsa mwen te oblije pase lanwit nan yon vil ki rele Secheron, ki te solimam yon lig devan lavil la. Syèl la te klè, e depi mwen pa t 'ka dòmi, mwen deside ale vizite kote pitit gason mwen te vyole. Paske mwen pa t 'ka pase atravè lavil la, mwen te oblije atravè lak nan yon bato rive jwenn Plainpalais. Pandan vwayaj kout sa a, mwen te wè fwate kreye fòm bèl sou tèt Mont Blanc. Lantouraj la t 'ap preche, e lè mwen rive sou bor, mwen te moute yon ti mòn pou mwen ka gade l avanse. Li te vin rankontre vit; syèl la te rablabla, e mwen vit senti lapli ap kòmanse tonbe dousman nan gwo gout, men li te vin pi en tensyon.

104   Mwen leve depi sou tab la e mwen kontinye mache, menm si li t ap vin pi nwa e pi laj la tempèt la t ap vin pi fò chak minit. Tonè an klouke anwo tèt mwen, li te reflete soti nan Salêve, nan Jura yo, e nan zòn Alp Savwa a. Rafay blye m t ansanm avèk limyè klerèn, e klere lak la fè l santi pou m li tankou yon gwo fey louvè. Apre sa, menm si se pou yon ti moman sèlman, tout bagay vin nwa a jiska je mwen te ka adapte ak tèt ansasen demen nwa sa a ankò. Nan Swis, tempèt yo souvan parèt nan diferan pati nan syèl la nan menm tan. Tempèt pi fò a te dirèkteman nou nan miray lavil la, ant Belrive ak vilaj Copêt. Yon lòt tempèt voye balan se kout flach ki ale Jura yo, pandan yon lòt ankò fè Môle a, mòn ta kònenkònen nan, kek fwa vizib e kek fwa kache.

105   Pandan mwen t'ap gade siklòn an, si bèl menm wayom, mwen kontinye mache rapid. Lè yo t'ap goumen divin nan syèl la, sa te fèm santi mwen byentè. Mwen fèmen men mwen ansanm, epi mwen di

dèpi nan fon kè mwen, "William, cheri mwen! "Pandan mwen t'ap di mo sa yo, nan trèb, mwen wè yon modèl k'ap pi lwen soti nan dyòl a nan bann pye bwa. Mwen kanpe imob, gade ak anpil atansyon. Mwen pa t' ka fè erè. Modèl la pase prese sou kote mwen, epi mwen pèdi li nan trèb yo. Pa gen anyen ki gen fòm moun ki ta ka kraze ti gason an jis. Li te se touye mò gason mwen! Mwen pa t' ka doutel, mwen te konvètkò pszantèt karayib la. Senpleman prezans nanideya a te yon pwoz nanprenab pou fak la. Mwen te panse pou m' pouswit dyab la, men se ta soti nan vein, paske yon lot flach dekouvri li yard lap konpanse nan wòch Monte Salêve a, yon mòn ki fè limonad cho nan Plainpalais nan sid la. Li ra pote atè a byen vit, epi mwen pa janm wè l ankò.

106   Mwen te rete san mouvman. Ginyan deja ala kadans preske depi nan nwit la kote mons sa a te pran lavi a pou premye fwa epi sa a, premye krim li a? Ayayay! Mwen te libere nan mond nan yon mons ki te renmen lapenn; li pati pa te touye frè mwen?

Pa gen moun k'ap ka konprann angwazi mwen te soufri pandan rete nan nwit lan, mwen te pase li, fredi epi mouye, nan dlo. Men mwen pa t 'santi difikilte ki te nan tanperati a; imajinasyon mwen te toujou an bout nan sèn move ak dezespwa. Mwen te konsidere moun sa a mwen te voye nan mitan an moun, ak kouraj ak kapasite pou efektif rezon move, tankou zak li te fè kounye a, prese nan klere nan vamp pa mwen, espri mwen elibere nan lapenn, ak fòse a kraze tout sa ki te cher pou mwen.

107   Solèy la te kòmanse leve, e mwen te mache nan direksyon lavil la. Pot la te louvri, se konsa mwen te pran pi vit nan kay papa mwen. Premye bagay mwen panse a se konnen sa mwen te konnen sou moun kap vwazen yo ak asire ke yo chase yo apa tout bon vre. Men lè sa a mwen sispann pou panse sou istwa a mwen te dwe di. Yon kreyati mwen te kreye ak bay lavi te rankontre avèk mwen nan mitan nwit sou yon mòn danjere. Mwen sonje tou lafyèv mwen te genyen lè mwen te kreye kreyati sa a, sa k'ap ka fè istwa mwen sanble tankou mwen te dekloure. Mwen te konnen ke si yon moun lòt te di mwen istwa sa a, mwen ta panse yo te fou. Anplis, moun sa a t 'si etranj ke

sa ta fasil pou pran, menm si fanmi mwen te kwè mwen ak eseye chase li. E menm si nou chase li, kisa sa ta sèvi? Ki moun ta kapab pran yon kreyati ki kapab monte wòch montay yo nan Mont Sâlev? Apre ponde sou tout sa yo, mwen deside pou kenbe tèt mwen.

Li te alantou senk nan maten lè mwen ale nan kay papa mwen. Mwen di sèvitè yo pou pa reveye fanmi a epi mwen tounen nan bibliothèk la, kote mwen oblije tann yo leve yo.

108 Sis ane te pase, tankou yon lwen souvni, depi mwen te di dènye a djòb m' ale ba m' papa anvan m' pati pou Ingolstadt. Mwen t ap rete nan menm plas kote nou te kenbe. Pitit mwen cheri ak respè! Li toujou te prezan avèk mwen nan lesprit mwen. Mwen gade tablo manman mwen ki te andann sou dife. Se te yon sèn istoryal, peye nan demann papa mwen. Li te prezante Caroline Beaufort nan yon etat pwofon tristès, apji ba lidèt aswèl li ladan kòfwa papa li. Manman li te abitye senp, ak fas li te san koulè. Men, gen yon lejere grazi ak bote sou li ki fè difisil pou mete li mal. Anba tablo sa a te gen yon ti foto William, ak lòtèy yo montre nan je mwen te vire nan dlo. Nannen, Ernest rantre nan. Li te tande mwen rive ak li vire nan kouri p jwenn mwen. Li t 'ekspresyon lòtèl ak kontanman lè li wè m 'Yo, bIveni, cheri Victor mwen," li te di. "Oh, mwen ta renmen ou te vini twa mwa pase a. Te gen tout lòtèy plezi nan tan sa-a. Ou vini nan mitan nedtan nou k ap viv la yo k ap fè nou pran mizersi ki pa ka soulaje. Men, mwen espere prezan ou pral ankouraje tèt papa nou ki sanble pèdi lespwa a. Epi, pèti Elizabeth la pratik pou sipòte tèt li ak nanse nan lespri. Oh, piti William! Seya te frè nou tout ki nou te renmen anpil, ki te fè nou fyète ak kè kontan nou!"

109 Flèch dlo koule sou figi frè mwen, ak yon sansasyon douloure akanye nan kè mwen. Anvan, mwen sòti sèlman te gen ide sou tristès bò kay nou ki te kraze; kounye a, li frape'm kòm yon katastrof nan menm kalite ki toujou horrorize'm. Mwen eseye kalmè Ernest epi mande plis detay sou papa nou ak moun li te pale sou a, ki rive se kousin nou.

"Li menm ki bezwen konsolasyon ki pi plis la," Ernest di, vwa li plen ak tristès. "Li klandi tòti li pou lanmò pitit gason mwen ak li twòtse soul li anpil. Men depi nou te dekouvri mòtant la -"

"Mòtant la dekouvri! O Bondye! Kouman sa posib? Ki moun menm ta tet kale apre li? Se enposib, se kòm anseye lapli ki prale pran dlo ak kabòch nan menm tan. Mwen menmsi mwen wè li, li te libere yonn bòdeyè hier swa!"

"Mwen pa konprann sa w'ap di," frè mwen te reponn, tande etone. "Men pou nou, dekouvri verite a sèlman ajoute sou misè nou. Pesonn pa t' kwe sa nan kòmansman, e menm kounye a Elizabeth refize aksepte l', malgre tout preuv yo. Ki moun menm ta kwe ke Justine Moritz, ki te bon ak renmen fanmi nou an anpil, ta ka fè yon krim konsa ki pou mete tèt li nan terèbl, doulè?"

"Justine Moritz! Pòv, pòv ti fi sa a. Se li ki akize? Men se ankò just; tout moun konnen sa. Sètènman, Ernest, pa gen moun ki kwe sa?"

"Pèsòn pa t 'kwè nan sa nan yon premye moman, men apre sa, kèk bagay vin parèt ki preske fè nou kwè l '. E aksyon yo Justine te konfize konsa li ajoute plis premye ki fè nou panse li koupab. Malerezman, li pral fèt jodi a, li pral kòmanse konnen tout apre sa. "

Li di m 'ke nan maten lè yo te jwenn zamò pov William la, Justine te malad ak kanpe nan kabann pou plizyè jou. Nan moman sa a, yon nan sèvitè yo te jwenn yon foto nan manman mwen nan rad yo Justine te pote nan lannwit zamò a. Yo panse sa a se bagay sa a ki tante mòdye a. Sèvitè a te montre l 'bay yon lòt sèvitè san di fanmi an, epi sèvitè sa a ale bay yon jij. Baze sou deklarasyon yo, Justine te arete. Lè li te akize, li te aji vreman konfize, sa ki fè moun pi soulye.

Se yon istwa etranj, men li pa fè m 'ap dout. Mwen di fòt "ounan yo tout. Mwen konnen ki moun ki zamò an ye. Justine, pov ak bon Justine, se enosan. "

Nan moman sa a, papa mwen antre nan chanm lan. Mwen wè li te gade tris anpil, men li te eseye fè yon move nanmwa pou salye mwen. Apre nou di nou soulye tris nou, li te vle pale de yon bagay lòt pase terib sitiyasyon nou an. Men anvan li te ka fè sa, Ernest rakonte an krik, "Masisi, papa! Viktor di li konnen ki moun ki touye pov Willyam la."

"Se vre, nou konnen tou, malerezman," papa mwen reponn. "Mwen ta renmen pi bon jan pou mwen pa t' janm konnen ni pa t' dekouvri move nanmwa ak ingratitid nan moun mwen te divize anpil respekte nan yo."

"Papa, ou fè erè. Justine se yon moun ki pa koupab," mwen di.

"Si l la a pa koupab, mwen espere e mwen lapriyè ke li p'ap pedi kòm si li t' koupab. Li pral pase anprizon jodi a, e mwen vreman espere li pral jije kouman pou yo te jwenn li pa koupab," papa mwen di.

Mwen santi mwen pi byen apre tande pawòl papa mwen. Mwen te kwè fòt ke Justine, ak chak moun ann Ayiti, pa t' koupab nan asasinat sa a. Kidonk, mwen pa t' pè anyen ki prouve li te fè sa. Istwa pou mwen te dwe di yo pa te yon bagay mwen te kapab pataje ak tout moun; li t' twò pòv pou anpil moun ka konprann. Eske nenpòt moun, osnon mwen menm, kreyatè a, ta kwè nan egzistans rezilta trè kraze ak entelijans mwen ki mwen te libere sou mond lan?

Nou te vwazin rejwenn an avèk Elizabeth. Tan yo te chanje li depi nan dernye fwa mwen te wè li; li te vini pi bèl pase lè li te yon ti moun. Li toujou gen sòt nan li ak energi, men kounye a gen yon ekspresyon siplemantè nan sansibilite ak entelijans. Li te aksepte mwen avèk anpil lanmou. "Vini ou, kouzin mwen cheri," li te di, "ban mwen lespwa. Peye ou ka jwenn yon fason pou pwove ke Justine se enosan. Men, kiyès ki an sekirite si li kouvri krim? Mwen kwe nan anosans li jis tankou mwen kwe nan mwen menm. Kè nou anpil difisil sou nou; nou pa selman pedi ti gason nou valab yo, men gason sa a mou ki mwen vreman renmen pwal pran nan yon sòti ki pi malankòn toujou. Si li kondane, mwen pap janm jwenn lapè ankò. Men, mwen konnen li p'ap ladan', mwen sèten de sa. Epi apre sa, mwen pral kontan ankò menm aprè tris lanmò pitit William mwen yo."

"Li enosan, Elizabeth mwen," mwen di, "e nou pral pwove sa. Pa pè, fèke ginyin bon konnen Ke li pral akize an."

"Ou se si bon e jenere! Tout moun lòt yo kwè li koupab, e sa te voye sou poze mwen paske mwen te konnen li pa t 'posib. Lè wè tout moun lòt yo gen prejije tankou sa te fè mwen pèdi lespwa ak santi mwen dezesperer." Li ploré.

"Ti fi cheri mwen," papa mwen di, "rèlaje tèt ou. Si se vre ke li enosan, konfyans nan jistis nan lame e nan detèminasyon mwen an nan evite nenpòt tilou sou sa."

CHAPTER VIII

 Nou t'ap tann tristman pandan kèk èdtan jouk jiska zò yezièn, lè tribinal la t'ap sipoze kòmanse. Lè pitit nonm famni'm ak tout lòt moun te dwe la kòm temwen, mwen ale avèk yo nan tribinal la. Tout tribinal sa a te yon mònn moke terib nan jistis, e sa te toumantase nan tèt mwen tèt. Destin de de lavi yo te repoze sou desizyon sa a: yon ti bebe ki inosan ak k'ap kòmedy bay kè kontan, ak yon ti fi ki rele Justine ki te gen anpil bon kalite ak yon aveni pwomèt. Men kounye a, tout bagay yo t'ap pran soti nan men l 'nan yon fason ki mechann ak mwen menm ki pou responsab sa a. Mwen ta pito rekoni mwen se koupab ak krim Justine akize pou, menm si mwen pa t' la lè sa a te fèt. Men si mwen fè yon konfyans konsa, moun ta panse mwen fou epi sa pa t'ap klè non li.

 Aparans Justine te kalm. Li te abiye tout nwa ak figi pa li, ki toujou mobilize, te sinse, men bèl. Li te an menm tan steady ak konstan, sa ki pat sipoze wè moun ki t'ap gade a. Lè li antre nan tribinal la, li jete je l 'alantou li, epi li wouze rapido kote nou te kanpe a. Yon larm te sanble obsourdi je l 'li lè li te wè nou; men li byen vit rekiperasyon tèt li, epi yon regard afeksyontris kòlòl li te parèt pou ateste ke li totalman sen tab la.

115 Le pwosè a kòmanse. Moun k'ap defann kont Justine eksplike akizasyon an, epi yo rele plizyè temwen pou fè deklarasyon. Gen kèk fak etranj ki te sanble kont li, men mwen gen prèv pou demontre enosans li, se sa ki fè yo pa anpil traka pou mwen. Yo di li te deyò tout nwit lan ke yo te fèt gason an mouri, ak yon moun te wè li pre lavil ki te jwenn kò timoun nan nan maten an. Moun nan mande li sa li te fè la a, men li te gade etranj epi li bay yon repons ki te deranje moun yo. Li tounen nan kay la alantou sè jodi a, epi lè yon moun mande kote li te ye tout nwit la, li di li tap chèche timoun nan ak dyòl nan kè l' li mande si yo te tande anyen sou li. Lè yo montre li kò timoun an, li te gen yon reaksyon fò ak li tounen yon atè nan separe yo. Li rete nan kabann pou plizyè jou. Aprè sa, yo montre yon foto lòt moun te jwenn nan vante li. Elizabeth, pale avèk yon vwa ki tòtbòt, konfime ke se menm foto ki te nan kò timoun an chak lè li te mete l nan tou dwèt li yon lè souvanse li disparèt. Tribinal la te plen ak lorè ak kòlè.

Finalman, se te tounen Justine pou l' defann tèt li. Pandan pwoesè a t'ap kontinye, fason figi l' te chanje. Li te gen lèzòtè, terifye, ak malèz. Fwa sa yo li eseye kenbe dlo nan je l' li, men lè yo mande l' pale, li rekòlte tèt li ak yon vwa ki ka tande, men vwa li yo chanje nan fòs.

116 "Dye konnen," li te di, "kijan mwen anndan kòmplèteman enosan. Men, mwen konprann ke jis di mwen enosan pa ase pou pwouve sa. Mwen repoze sou ba yon eksplikasyon klè ak senp sou fak yo ki te di kont mwen, e mwen espere ke bon reputasyon mwen an pral fè jij yo wè bagay yo nan yon fason pozitif lè yon bagay parèt enkèt oswa sispisyon."

117 Lapre sa a, li di li te rete nan kay yon tant nan Chêne, yon ti vilaj lokalize a yon league avèk Jenova, dapre otorizasyon Elizabeth. Lè li te tounen, prèske nan nenpòt dènye disnè, li rankontre yon nonm ki mande li si li te wè pitit la ki pedi. Li te pè anpil lè li tande sa, ak li pase plizyè lè nan rechèch li. Li te obligee rete nan yon granga ki nan yon ti kay nan nan kabann bourik la paske li pa vle reveje moun ki nan lokalite a, ki te byen konnen li. Li pase anpil lè nan ladann nan pou wè, wati yo t'ap vini. Lè jou leve, li te panse li ta ka jwenn frè

mwen an. Si li te pwoche kote kadav li te ye, li pa t' konnen sa. Li pa t'
etone ke li te netann leve-andeyò lè ti machann t'ap kesyone l' pase li
te pase yon nwit san somi, epi sitiyasyon vilnerab yo te toujou pa klè
nan tèt li. Li pa t' sonje anyen sou taswèt yo.

118   "Mwen konprann," di moun sad la, "ke sa sèl bagay sa a fè mwen
sanble koupab, men mwen pa kapab eksplike l '. Lè mwen di'm
mwen pa gen okenn ide sou kijan li te rive la, tout sa mwen kapab fè
se devine kijan li ta ka fè jwenn nan pòch mwen. Men si menm nan
sa, mwen pa kapab asire w. Mwen pa kwè mwen gen lòt lòbodò, e
menm si mwen te genyen yo, mwen pa ka imajine sa ki ta fè yon
bagay konsa konsere mwen. Eske asasen an ta ka mete l la? Mwen pa
konnen kijan yo t ap gen chans la, e menm si yo te fè sa, poukisa yo ta
vòlò gem nan jis pou geri l vit?"

    "Mwen fè konfyans nan jij yo pou ranje yon jijman jis pou mwen,
men mwen pa wè anpil lespwa. Mwen ta renmen gen kèk moun ki
konnen mwen eksprime w sou karakter mwen ki bèl. Men si pawòl
yo pa depase kwayans mwen koupab, yo pral konvikte m ', menm si
m konnen m enosan."

    Plizyè temwen ki te konnen li lontan yo te rele, e yo te pale pou l
'an favè li. Sepandan, paske yo te pè ak yo te rayi krim yo te panse li
te kòmande, yo te tro pè pou vin avan. Elizabeth wè dènye lespwa l ',
bèl kalite li yo e konpòtman san defo li, pral disparèt. Menm si l 'santi
anpil traka, li mande si li ta ka pale ak tribinal la.

119   "Mwen menm," li di, "se kouzin malèrèz pitit la yo te touye la,
oswa li pi ral nan frè li, paske mwen te leve pa paran li yo epi mwen
te viv ak yo menm anvan lè pa li te fèt. Gen kèk moun ki ta kapab
konsidere sa tankou sa a pa apwopriye pou mwen pale nan
sitiyasyon sa a, men lè mwen wè yon moun an train vin nan tout
kalite danje paske voye dlo sou do zanmi yo. Mwen vle kapab pale
epi pataje sa mwen konnen sou nati pèsonaj la. Mwen konnen akize
a trè byen. Nou te viv nan menm kay ansanm, yonn fwa pou senk
ane, ak yon lòt fwa pandan pre skwatriyèm ane. Pandan tout tan sa a,

li t ap parèt pou mwen tankou yon moun ki pi bon ak plis swen. Li te okipe tante mwen, Madam Frankenstein, avèk anpil renmen ak devouman pandan maladi li dènye a. Epi apre sa, li te okipe manman li menm pandan li te malad lontan, fè enpresyon sou tout moun ki te konnen li ak devouman li. Apre sa, li te viv nan kay nonk mwen kote tout fanmi te renmen l. Li te pran bon swen pitit la ki mouri kounye a epi li te trè renmen li tankou yon manman. Pèsonèlman, mwen pa gen okenn dout pou m di ke, malgre tout evidans kap kont li, mwen kwè nan tout onètete li. Li pa t gen okenn rezon pou li fè yon bagay konsa. E byen, pou ti dokiman sa a ki se povedir li, si li ta vreman vle li, mwen ta alegra ba l la paske se konsa mwen estime ak valè li."

120   Yon murmire aklamasyon swiv apèl serye ak pouvwa Elizabeth la. Men, se sèlman bénéfisye yo te kontan avèk entèvansyon l '. Pov Justine la te fè fas a yon nouvo kolè nan piblik la. Yo akize l nan sa ki pi mal ki jan de tradiksyon. Justine te kriye pandan Elizabeth ap pale, men li pa te di anyen. Mwen te trè egzite ak angwas nan tout pwozè sa a. Mwen te kwè nan inosans l; mwen te konnen sa a. Eskiztans ki te omosidye frè mwen an (mwen pa te gen okenn dout), ka tou trahi enosan te pou larou a ak lapèch pou tifi a kòm amizman kiyès. Mwen pa t 'ka sipòte orè nan sa tout nan li. Lè mwen wè ke piblik la ak jij yo deja kondane viktim mwen nan, mwen kouri soti de sal tribinal la nan angousayis la. Soufrans akize a te pa menm vide ke l mwen an. Li te gen inosans ki pou sipe l la, men mwen te konn poukisa mwen te consumed ak remòs mwen an. Tòti pa t 'lache anndan mwen.

Mwen pase yon nwit plen ak mizè pure. Lè maten te vini, mwen ale nan tribinal la. Lib mwen ak gòj mwen te sere. Mwen pa t 'kapab fèm tèt mwen pou mande kesyon tradiksyon, men mwen te rekonèt, ak ofisye a te konprann ki lè sa a mwen te la. Bilten yo te voye. Tout te nwa, epi Justine te kòmanse mouri.

121   Mwen pa kapab eksprime sitwayen ak sove k mwen te genyen nan moman nan sa a. Nan pase a, mwen t te santi terè nan kè mwen ak t eseye mete sitwayen sa yo nan mo yo. Men pa gen mo pou deskri tristès sansasyon domine mwen sou moman sa a. Moun mwen te pale avèk la te ajoute ke Justine te deja rekoni koupab li. Li di ke

preuv sa a pa t reyèlman nesesè paske ka sa a te klè, men li te kontan li t la. Jij nou yo pa renmen kondenen yon moun sèlman sou baz sèlman sou entansyon ki pa evidan, sa ki ka konvènkan ke li ka ye yo.

Nouvèl sa a te etranj ak pa t atann. Ki sa sa ta vle di? Èske mwen te wè bagay yo? Èske vréman mwen fou konsa jan moun ta panse si mwen te di yo sa mwen sispèk? Mwen al rete lakay mwen apa, ak Elizabeth mande mwen avèk enterè pou rezilta yo.

"Li fini konsa ou te pwobableman t atann," mwen te reponn. "Jij yo pi renmen wè dis moun inosan soufri pito pase las fi nou. Men Justine avoue."

Sa te yon kou terib pou pòv Elizabeth, ki t ap kwè fò nan inosans Justine a. "Oh non!" li kriye. "Kijan mwen ka janm kwè nan byenfey moun ankò? Justine, mwen te renmen ak konsidere tankou yon sè, kijan li ka fè kòm si li te inosan epi traye nou tout? Li PA ye ki krase nan je li pat montre anyen nan move nesans oswa trichri, epi li konmete yon asasinat."

122 Pa lontan apre sa, nou tande ke poviktim lan te eksprime yon desir pou wè kouzin mwen an. Papa mwen pa vle ke li ale, men li te di ke se bay li yo deside. "Wi," Elizabeth di, "Mwen pral ale, menm si li koupab. E ou, Viktor, ou pral vini avèm. Mwen pa ka ale sòti tèt mwen." Lide vizit sa a tòtire mwen, men mwen pa t ka di non.

Nou antre nan chòt tètrenge a ak nou wè Justine chita sou kèk pay nan kwen an. Men li te chenn men li, li t ap repoze tèt li sou jenou li. Lè li wè nou antre, li leve. Lè nou rete sèl avèk li, li jete tèt li nan pye Elizabeth, kriye san kontwòl. Kousin mwen menm te kriye.

"Oh, Justine!" Elizabeth di, "Poukisa ou pran dènye lespwa mwen an? Mwen te kwè nan zòt yo, nan kout kou a, mwen pa t tris menm jan mwen an tris konsa."

"E ou menm, ou kwè ke mwen se yon moun move konsa? Ou menm tou vini jwenn lòt moun ki vyen pou kraze mwen, pou kondane mwen kòm yon moun ki touye?" Li pa t kapab pale byen ak tèt li ap kriye anpil.

"Leve w, pov tifi," Elizabeth di, "Poukisa ou sou jenou si ou inosan? Mwen pa yon nan zannmi ou yo. Mwen te kwè ou te inosan, menm lè gen tout evidans kont ou, jouk mwen tande w konfese. Ou di rapò sa a se menm blese ak mwen, chè Justine, anyen pa ka fè mwen dout ou menm nan nenpòt moman, menm si se pa konfesyon ou pa ou menm."

123   "Menm si se pousi li, mwen te rekonèt yon manti. Mwen te fè sa pou mande padon, men koulye a, manti sa a pèse sou kè mwen plis pase peche mwen yo. Pèdi mwen! Depi mwen te kondane, mwen konfesè mwen pa sispann tèt kale m'. Li te menase m' ak fè m' pè souke m', fè m' kwè mwen te yon mons nan menas li te di mwen. Li te menase pou m' ekskominike m' epi voye m' nan lanmò si mwen pa chanje opinyon mwen. Chè dam, mwen pa t 'gen yon moun pou sipòtem; tout moun te wè mwen kòm yon moun malere k ap desann nan lajwa ak dechennenman. Ki sa mwen ta ka fè? Nan yon peryòd nan fèbès, mwen te di yon manti, e kounye a mwen vreman malere. "

Li fè yon pòz nan lapenn, ap kriye epi kontinye, "Mwen te angoisse lè m 'pansé ke ou, chè dam mwen, t 'ta kwè ke Justine, yon moun ke ti madanm bondye w lan te ekonomize ak ke ou te renmen an, te ka fè yon krim sèlman dyab la t'ap kapab kòmande. Chè William! Pitit mwen cheri, beni! Map wè ou ankò byento nan syèl la, kote nou tout pral kontan. Sa ba mwen konfò menm si mwen dwe sibi koutim ak lanmò. "

"Oh, Justine! Pa kite mwen mande padon pou met doubout ou menm si se sèlman pou yon ti moman. Poukisa ou te konfese? Men pa anvayi w, jenn fi cheri. Pa pè. Mwen pral deklare ou nevin, e mwen pral prouve sa. Mwen pral adousi kèn lènmi ou yo ak lespri mwen ak lespri mwen. Ou p ap mouri! Ou, zanmi mwen, akonpanye mwen, sè mwen, p ap disparèt sou gwo ramp lan! Non! Mwen pa ta janm siviv yon katastwòf tris sa yo."

124   Justine tristman sòti tèt li. "Mwen pa pè anyen nan lanmò kounye a," li di. "Mwen jwenn fòs nan Bondye, li ba m 'kouraj pou m fè fas ak sa ki pi mal. Mwen kite yon monn tris ak trannte dèyè mwen. Si w sonje mwen ak panse mwen kòm yon moun akize a tòt fèy, mwen aksepte desten ki tann mwen an. Aprann avèk mwen, cher madanm, pou aksepte avèk pasyans sa Seyè a te planifye pou nou ".

Pandan konvèsasyon yo, mwen te retire nan yon kwen nan chanm prizon an pou mwen kache angwen mwen ekstrèm. Dezespwa! Ki moun kapab os konsa? Pòv viktim lan, ki ta pase fason kò a nan lanmò lendimenn lendi, pa t 'santi menm dyòl ak aprè gòrsèl ameri sa a ki konmanse nanm lanmou nanm mwen an. Mwen sère dantò mwen ak gémisman nan pèfondè nanm mwen. Justine te sote. Li vin prè mwen e li di, "Chè monchè, ou vrèman bon pou vizite mwen. Mwen espere ou pa kwè mwen koupab?"

Mwen pa t 'ka reponn. "Non, Justine," Elizabeth entèvensyon. "Li plis konvèti nan enosans ou pase mwen. Menm aprè li tande ou te konfese, li pa t 'kwè sa."

"Mwen vrèman bay li mèsi. Nan moman final sa yo, mwen gen plis satisfe ak moun k'ap panse nan mwen byen. Afeksyon moun yo se si dous pou yon moun tankou mwen, ki te pran tout sa a. Li soulaje plis pase yon twazyèm nan lapenn mwen. Men kounye a w, cher madanm, ak kouzin ou kwè nan enosans mwen, mwen santi mwen kapab peze lanmò nan lapè. "

125 Konsa, pou li soulaje lòt moun ak tèt li menm, achte li vle. Men mwen menm, vrè manmouch nan mwen t ap viv, ki pa bay okenn espwa oswa konfò. Elizabet te kriye tou, ak li pa t kontan, men mishap li menm te pa dife lwen responsablite. Mwen t ap soufri anpil. Yon lanfè pa tèt m' nan kè mwen, ki pa gen anyen kapab debake li. Nou rete plizyè èdtan avèk Justine, epi se anpil apach Elizabeth te ka retire tèt li nan yo. "Mwen ta renmen," li te kriye, "mwen te mouri avèk ou; mwen pa ka viv nan mond sa a soufrans."

Justine te pran yon otantik kouri,bati yon moun ki fasilman kontwole larm bouch li ki te sal. Li te kole Elizabeth nan bra l 'li ak di nan yon vwa ki gen respè, "Adye, chè madanm, Elizabet renmenm, zanmi mwen sèlman; mwen priye Bondye, nan bonte li, kontinye beni ou epi kenbe ou; piti za sa a dwe dènye mishap ou ap sibi! Viv, byen epi fè lòt moun kontan tou."

126 Epi lendemain an, Justine mouri. Pawòl kèbrize Elizabeth la pa t' rive konvenk jij yo chanje opinyon yo sou moun ki t'ap soufri senp ki t'ap koupab la. Plede mwen plen pasyon ak kòlè pa t' rive fè jij yo

tande. Lè mwen tande repons frid yo ak rezonman kè frilozèz gason sa yo, mwen pa t' kapab fè tèt mwen avoue verite a. Rezilta a ta t' fè mwen deklare sanite mwen men sa pa t' chanje sanzman ki t' t'ap ba viktim mwen an. Li mouri sou katafal la tankou yon moun ki t'ap touye!

Apresezi ak kilt, mwen vire atansyon mwen sou doulè pwofon ak silans Elizabeth. Se mwen menm tou ki responsab tou pou sa! Zak mwen fè yo mennen nan lapenn papa mwen ak destruksyon kay nou an ki te t'ap gaye. Ou ap kriye, chè nou, men larm sa yo pa p'ap dènye! Nou p'ap sispann fè tann pitit ou kriye nan lapenn a ankò e ankò! Frankenstein, pitit ou, paran ou, ak ansiyen zanmi cheri a, ki ta kapab sakrifye tout bagay pou sòti pou kont ou, jwenn sòti sèlman nan fèt ou klere. Li sòti avèk sèvis ou nan zèl. Li mande ou pou ou kriye, pou ou vèse sansan plezi. Pètèt lew fè sa, si destenn moun ka asouvi ak tout destruksyon anvan li pran lapè ou nan lanmò, ou ka jwenn soulajman soti nan lapenn ou.

 Vwa nan fon kè mwen te pale mo sa yo, anonse avni a, pandan mwen te santi mwen konplètman kouvri nan kèkil avèk koulpabilite, lapenn, ak tristès. Mwen t'ap wè moun ki te karese anpil nan kadav William ak Justine, premye viktim yo trist nan eksperyans entèdiktim mwen yo.

CHAPTER IX

128 Nou pa gen anyen ki pi douloure pou menm nan lespritan moun pase kalm ak sètènite ki vini apre emosyon ak evènman entans. Sa fè nou pa gen espwa ak pè. Justin mouri e mwen toujou vivan. Kòm mwen plen ak san, nan kè mwen gen yon pwa tè ki pousyé ak dezespwa ak regret ki pa t ka soulaje. Mwen pa t ka dòmi. Mwen santi m ' tankou yon move lespri paske mwen te fè bagay terib ki mwen menm pa t kapab wè ladanl nan mo. Epi gen plis, anpil plis, ki mwen te konvince tèt mwen mwen toujou dwe fè. Malgre tout sa a, mwen toujou santi bonjou ak yon desir pou fè byen. Mwen te kòmanse lavi mwen ak bon entansyon e te vle fè yon diferans pou lòt. Men kounye a, tout te kraze. Anplaske santi kontan avèk sa mwen te fè nan pase e gade nan yon lavni ki gen lespwa, mwen te konplètman pran nan konsa epi regret. Sa santi kòm si mwen te ap mennen nan yon kote ki soufrens ki pa kapab dekri nan mo.

Tristès sa a fè sante mwen soufri, paske mwen pa t janm rekiperasyon total anvan premye souk mwen te eksperyansye a. Mwen evite moun yo. Tout son kontantman oswa kontantman pat kapab sipoze pou mwen. Sèl bagay ki te pote konfò pou mwen se kanpe sèl nan total nwa ak silans, tankou mwen te mouri.

129   Papa mwen t'ap observe sentiman mwen yo ak li te fè tout sa l 'te kapab pou ede mwen jwenn klarete ak konfyans nan tèt mwen. Li mande mwen, "Pense ou, Viktor," li di, "ke mwen pa santi tou? Pa gen moun ki ka renmen yon timoun plis pase mwen te renmen frè ou. Pa santi ou dwe pou ou sot pouse ou yo tounen. Santi sa ou gen pou santi."

Konsèy sa a, menm si li bon, pa t 'apliken nan ka mwen. Se mwen menm ki ta dwe premye mennen kòmfòt pou zanmi mwen yo, men nan plas sa a, regret la te pran tout kòmansman. Kounye a, sèl bagay mwen ka reponn papa mwen an se yon je tristès, ak eseye kache tèt mwen soti nan vizyon li.

130   Anviwonman sa a, fanmi mwen ak mwen deside pou nou deme-naje nan kay nou nan Belrive. Mwen te tre kontan de chanjman sa a. Viv nan plas anndan lavil Zanèv te tounen yon sot restrès pou mwen paske pot yo te fèmen chak swa nan disèt zè e nou pa t 'kapab rete sou lach nan apre tan sa a. Men kounye a, mwen finalman lib.

Gen tan, lè tout lòt manm nan fanmi te ale nan kabann, mwen ta pran bato an epi mwen ta pase plizyè èdtan sou dlo a. Ak van nan pye vwa mwen, mwen ta kite l mennen m '. Oubyen kèk fwa, mwen ta rame jiska nan mitan lakay la epi kite bato a al nan pwòp tèt li tout otouke mwen te pèdi tèt nan panse mwen trist.

Te gen moman lè mwen te tante desann nan lach tètansou, espere l ap gojye mwen avèk pwoblèm mwen pou tout tan. Men, apre sa mwen te panse sou Elizabeth, moun ki kouraj ak soufrans mwen te renmen anpil, lavi li te konekte avèk mwen. Mwen te panse tou sou papa mwen ak frè mwen ki te rete. Si mwen kite yo epi kite yo enpwoteje kont kreyati a mwen te libere, sa tap yon aksyon kowad la.

131   Pandan moman sa yo, larmes te koule sou figi mwen, ak mwen te desespere pou lape nan panse mwen pou mwen ka pote kòmansman ak kontantman bay moun mwen renmen yo. Men, sa te enposib. Penitans kraze tout espwa mwen genyen. Mwen te responsab pou move sa a, ki pa t 'ka vini tounen ankò. Chak jou, mwen te pè pou mons sa mwen te kreye ta komet plis move zak. Mwen te gen yon ide ke sa pa te fini ankò, e ke li ta kontinye pou fè yon bagay konsa ki te

pral preske efase lavi li anvan krim antye sou li. Toutotan genyen yon bagay mwen te renmen an, pè ap toujou jwenn yon wout li. Mo pa ka eksprime montye dego mwen pour kreyati sa a. Le mwen te panse de sa, je mwen pran dife, je yo boule ak kolè, ak mwen te swete fèvman pou mwen mete fen nan lavi mwen avèg that mwen te fè li. Lè mwen te konsidere gravite krim li yo ak kruyante li yo, kèkenn ak dezir pou revanj mwen te genyen pa t 'ka limite. Si mwen te kapab, mwen t'ap moute nan plis tan pòk Andes yo jis pou mwen jete l' anba. Mwen te dòmi pou mwen rankontre l 'yon bò nan bò avèk li ankò, pou mwen ta ka libere fòs abominasyon mwen sou li ak venge lanmò William ak Justine.

132   Kay nou te plen ak twoublay. Evenman terib yo te afekte sante papa'm anpil. Elizabeth t'ap santi l' tris ak san lespwa. Li pa t' jwenn plezi nan aktivite yo konsa ankò, li te panse ke nenpòt plezi ta twouve ta manke respè pou moun yo te mouri yo. Li te panse ke tristès etènèl ak lapriyè se sèl fason apwopriye pou lonore andeyò ki te detwi. Li pa t' plis moun kontan ke li te solisyon yo lè n'ap labouche nou menm nan lòtò bazen an, epi n'ap diskite souf mwen ak moderasyon. Premye nan twoublay yo te vle detache nou a pou bagay zori yo, li te rive pou li e li te pran sòti pi bèl souri li yo.

133   "Lè mwen panse sou tèt chagrin nan lanmò Justine Moritz, kousin mwen ki renmen, m'ap di, "mond lan pa janm t'ap menm jan ankò. Nan tan lontan, le mwen te li sou move aksyon ak zak enjist nan liv yo oswa te tande pale soti nan lòt moun, mwen te wè yo kòm istwa nan tan lontan oswa fèt imajinasyon. Yo te parèt lwen, se sa rezon mwen te konprann pi byen pase moun sa yo te kapab imajine. Men kounye a, misè rive nan pòt kay nou, e moun parey yo parèt tankou mons ak swaf pandan y'ap swaf kò yo. Sepandan, mwen konnen mwen ap fè kesyon. Tout moun te kwè ti fi pov sa a te koupab, e si vreman l' te kòmanse krim li te aksize pou, li ta gen te konsidere kòm moun ki pi mechan. Pou touye pitit benefaktè ak zanmi l'yo, yon moun li te swete depi nan lè li te fèt yo epi li te renmen kòm pa l', tout sa pou yon kèksye bijou! Mwen pa t'ka janm dakò pou la mòt moun, men mwen ta t'ka kwè ke yon moun tankou

sa yo pa t' merite viv nan mitan sosyete. Men li t'innonsan. Mwen konnen li, mwen santi li, e opinyon ou menm ki pase anpil mwen. O non, Viktor, lè menso ekzibisyon laverite a, kouman nou ka janm santi nou si pouvòwa sou kè kontan? Li santi tankou mwen t'ap mache sou wout fo, ak mil patizan ki ap pouse m' ale kote kankann lan. William ak Justine yo te mouri, e moun ki te touye yo li nan libète, epi p'ap ka gen menm respekte nan lemonn. Men menm si mwen te dwe kondane pou menm krim yo, mwen pa t'janm vle switch plas ak yon moun malere konsa."

134   Mwen te santi yon gwo doulè lè mwen tande pawòl li yo. Nan yon fason, se mwen menm tèt ansasen an. Elizabeth te wè doulè mwen nan je mwen, e li tenn men mwen avèk afeksyon e li di, "Zanmi mwen ki pi chè, ou dwe kalm. Evènman sa yo te afekte mwen anpil, men mwen pa konsa malè kòl nan kè ou. Mwen pè lè mwen wè je ou plen ak dezepwa ak yon gade vandiktatif. Victor, tanpri kite lòt fwa sa yo moun akòz sa yo. Sonje zanmi ki swete wè ou kontan ak vivan. Èske nou pèdi kapasite fè ou kontan? Tanti kè nou renmen nou nan kote ki trankil ak bèl sa a, pa ou peyi a, nou ka jwenn tout benediksyon lapè. Sa ki ka deranje lapè nou yo?"

Est-ce ke pawòl li yo, soti nan moun mwen te renmen pi wo pase tout bagay, te ase pou chasè bèt enteriè mwen ki te vle kraze m'. Pandan li pale, mwen t'ap fè pas rapprochman vers li, pè ke nan menm moman an, dezabijan an te kote la a, pre pou l' pran li nan men mwen.

Men ni chochaj fanmi, ni bote peyi a, menm bote syèl la, pa t', pa menm mo lanmou t' ka soulaje mwen nan kè mwen. Mwen te nan mitan yon nuyaj kote pa gen anyen pozitif ki t' ka penetre. Meer chire, menm tranbleman nan jenou yo, ki ap tire pye li tout blase pou yo wè flech ki te chire li a ak mouri, t' yon simbole de sitiyasyon mwen menm.

135   Fwa se te lè mwen te kapab kontwole tristès la ki te pran men mwen. Men lòt fwa, emosyon m'ap bouleverse a te pouse mwen jwenn soulajman nan egzsis. Mwen sou dofen lakay mwen sou dirijem ale nan wòch teazyon Alpin yo. Mwen te swete ke grandè ak

nati sòti nan kote sa yo ta ede mwen bliye tèt mwen ak sòti mwen sòti sòti nan sekretè tout kò mwen tankou yon moun. Mwen te ale espesyalman nan lavalye Chamounix la, ki mwen te vizite anpil fwa lè mwen te ti. Sa te fèk siks ane depi dènye vizit mwen, epi pandan mwen te yon dezòd, sa yo imaj sispann menm jan.

136   Mwen te kòmanse vwayaje mwen an owo pye a. Answit, mwen loue yon bourik paske yo plis stadyon ak mwens chans antre kat chemen difisil sa yo. Bò isit, soley la te bèl, se te omwen mitan mwa out, pre eskasalen Justine la mouri. Sa te yon tan vreman tris pou mwen. Men, lè mwen te adanse nan tranpe a nan Arve, mwen santi mwen te yon ti kras miyò. Gwo mòn yo ak klif yo tout kote m, ochan foumi-rivyè a kouri atravè wòch la, ak chit chita ki kraze, te montre yon fyòs ki plis fò pase nenpòt sa nan mond lan. Mwen pa t rete pa kite pè oubyen ankenn move sou sa ki te fèt ki kontwole tout bagay kote m. Lè mwen te ale pi wo nan vale a, li te vin pi eksploze ak enpresyonan. Genyen vye kay kache sou ti mòn kouvri nan pyebwa pin, gwo rivyè Arve a ki fò, ak piti kay yo k'ap monte la-a ap parèt sou tout pyebwa yo. Sa te yon scèn bote. Men sa ki te fè l pi enkwayab te Alp yo. Gwo, pèpè yo ki klere epi pen cattro tou yo fè imèt sou tout lòt bagay, tankou yo te apartenir nan yon lòt mond, kay yon lòt kalite moun.

137   Mwen atravèse pon Pélissier la epi mwen kòmanse moute mòn nan kote kote sou foum kanyon rivyè a. Apre sa, mwen antre nan lavalye Chamounix la. Lavalye sa a se yon bagay k ap etone ak majestik, men li pa bèl ak pittoresk tankou lavalye Servox la mwen sòti nan lontan. Gwo mòn ki kouvwi aveye a te limite li yo, men mwen pa wè ankò okenn chato abiye oswa jaden ki fètil. Gwosè glac yo te k ap vini pre a wout la, e mwen tande gwo bruit boulo vidavalanch yo ak mwen wè wout fimen ki te kite dèyè yo. Mont Blanc, mòn kote pi wo ak pi majestik la, kanpe sou lavalye a ak somèl gran li yo.

Pandan vwayaj sa a, mwen souvan te santi yon jan plezi ki te manke m nan lontan. Pafwa, yon tounen nan wout la oswa yon bagay nouvo mwen t ap wè tap fè m sonje jou ki sòti yo epi rann memwa m de le yo mwen te kontan avèk tout mwen ti pwoblèm nan nan timoun yo. Men lè sa a, sansasyon konfòtab sa a t ap disparèt - mwen t ap jwenn tèt mwen bloke nan lapenn ankò, nan tris nan panse mwen yo. Lè sa a, mwen t ap ankouraje bèt mwen ale devan, ap eseye dezespere pou mwen bliye lemonn, pè pa mwen, epi anpil nan tout, tèt mwen. Oswa nan moman totèl dezespwa, mwen t ap desann nan bèt mwen ak mwen t ap tonbe sou bèl zèb la, anba pesi pa jwenn mwen nan pè ak dezespwa.

Finalman, mwen rive nan vilaj Chamounix la. Mwen te totalman fatige, fizikman ak mantalman. Mwen rete nan fenet la pou yon ti tan, ap eseye wè klere flach ki ekleren Mont Blanc la epi koute sonwo gran rivyè L'Arve ki koule anba. Son sa yo, ki kalmant, swiv kò mwen anba kò a, ap touye panyòl nan nanm mwen. Lè mwen te mete tèt mwen sou zòrye a, somèy te vin anvwè mwen. Mwen te an konesans lè li te rive, ak mwen te santi mwen an rekonesan pou ota soulajman li te pote a.

CHAPTER X

139   Mwen pase jou k-ap vini a eksplore lavalye a. Mwen rete kote ki nan kad avèriv la kòmanse, ki ap kouri soti nan yon glasye ki ap desann doucement depi nan tout wotè mòn yo vini bloke lavalye a. Mòn jwenn mwen yo te twò gwo, ak yon glasye glase kap tennin anwo. Te gen kèk pye bwa pwazon k-ap kiye. Se sòti nan lavwadl rivyè a, brize gwo morso a, epi zonyon gwo pyès glasye k-ap tonbe, ak dezòd gran ime nan dezòd avalanch k-ap sòti nan kò a mòn yo se sòti sòti sòti sòti sòti an sòti tan an ale. Glace a t 'sòti sanvabal, men li ta kase ti tavay kòkòdekwa tankou yon jwe. Sa yo pase ti kafe ak virebrasyon te pote pou mwen pi plis konfò mwen te ka jwenn yo. Yo fè mwen santi mwen pi gwo pase pwoblèm mwen yo e menm jan yo pa ta ka kraze tristès mwen an, yo te kalme ak modere m. Yo tou ede distri lèspri mwen nan panse ki te konmanse pran mwen depi nan dènye mwa a. Lè mwen ale dòmi nan lannwit la, rèv mwen te plen ak imaj majestik mwen te wè pandan nan jou a. Tout tap tou wòch an blan piti a, somèt ki klere a, bwa pye pye, bil kay, ak ogi k-ap monte wo nan syèl la - tout te rasanble alavil pote mwen epi di m jwen lapè.

140   Kote yo ale lè m' leve maten an? Tout bagay ki ranpli lavi mwen ak enspirasyon yo disparèt ansanm ak dòmi, e yon tristès sibi fon

chak panse mwen. Lapli t ap koule abondaman, ak yon bwouyor epès te kouvri tèt montagn yo, konsa mwen pa t ka menm wè figi zanmi vanyan sa yo. Men, mwen te determinen pou mwen dezake yo nan kachèt yo nan nwaj yo. Sa lapli ak lalwa fè mwen nenpòt? Bèt mwen te rive bay anvan pòt la, e mwen deside monte jiska nan somè Montanvert. Mwen sonje kouman gwo wòchè a ki bouje toutan afekte mwen nan premye fwa mwen wè l '. Li te ranpli mwen ak yon ekzitasyon magnifik ki te leve lespriti mwen ak pèmèt li leve soti nan monn òdinè a jwa ak limyè. Wè bagay ki enspire ak majèstik nan lanati toujou te gen pouvwa fè mwen santi menm adore epi bliye soukouri lavi chak jou a. Mwen te pran desizyon pou mwen ale t

141   Chemen pou moute mòn lan rek rek, men li gen anpil retrèseman ki ede ou moute a isit. Peyi a vrèman dezolet. W ap wè rezilta dalanche chimè paske tout kote, bwa yo kase ak disse sou tè a. Genyen ki detwi konplètman, pandan ke lòt yo penche ak repoze sou wòch yo oswa sou bwa lòt pwochen yo. Pran w twò wo, keminn lan atravèse ak ravenn yo plen nan nej, e wòch yo toujou roule desann nan pi wo a. Yonn nan ravenn sa yo se yon danje espesyal paske menm yon ti sòti, tankou pale a fò, ka pote kraze sou moun nan. Viyèt la pa grandi oswa frilans, men yo wouj ak enfliyan nan scèn an. Mwen wè nan fon vallè a anba a, ak mwen ka wè je pa l ap leve nan lari yo ki te kouri atravè l'. Nèj kònekte ak mòn yo pou lòt bò a, kache somèt yo nan nan nouvèl la. Te gen lapli soti nan syèl kwa, e sa fè objè ki nan entouraj yo santi ankò tris ak graj. O, poukisa moun yo enifòme pon ak emosyon nou yo pwòp? Li sèlman fè nou plis kwitab. Si nou te sòti nesesite baz tankou labou, swaf, e dezir, nou ta ka preske lib. Men kounye a, tout bagay afekte nou, chak ti bagay ki pale oswa yon scèn nou wè a.

142   Nou fè yon ti kou e yon rèv ka kraze somèy nou.

    Nou leve e yon lotèl nou ki vire nan menm sa a soufle jounen nou.

    Nou eksperyans, imajine, oswa panse. Ri oswa plere,

    Nou pran tristès tristès, oswa kite souvni nou sòti...

    Se menm bagay la: ke sa se bonè oswa tristès,

    Fason li disparèt rete menm jan.

Pase yon moun p'ap janm ka tankou lavni yo;
Pa gen anyen ki ka fèt sauf chanjman!

143   Li te preske midi lè mwen rive nan tèt mòn nan. Mwen te chita sou yon wòch ak tèt vire sou lanmè glasye anba a. Yon brouyè te kouvri glasye a ak mòn yo nan mitan. Men, apre sa, yon van vin soufle epi klè brouyè a, konsa mwen kòmanse mache desann sou glasye a. Sipèfasyal la te pike, tankou vag sou lanmè tonbe, ak pwen ba ak kòni fon nati ant yo. Chantye gladè a te gen apeprè yon milye lajè, ak sa pran mwens pase de zè nan kwen l. Sou lòt kote a, te gen yon mòn roche ki tonbe. Soti kote mwen te kanpe, mwen te ka wè Montanvert, yon kote ki apeprè yon milye lwen. Epi anlè li, te gen Mont Blanc, yon mòn majestik ki te sanble vrèman enpòtan. Mwen jwenn yon kote nan wòch yo e jis tèt vire nan premye pyèj sa a tet chaje. Larivyè glasye a tounen sou li sòti nan mòn yo, ak pike gwo yo klere nan solèy la anlè nan nwaj yo. Kè mwen, ki te tris anvan sa, kounye a santi yon ti jan kontan. Mwen pa t ka rete pase di, "Si gen lwa k ap vwayaje la a, tanpri, pèmèt mwen gen ti kontan sa a, oubyen pote mwen avèk ou, lwen sòti nan traka lavi a."

144   Lè mwen pale, tout kou a, mwen wè yon moun nan lwen, soti moute vèsyon mwen vit-pase nenpòt moun. Li sote sou fente nan glas, kote mwen t'ap mache pridan. Lè li rapproche, mwen te reyalize ke li te pi gran pase yon moun òdinè. Mwen te pè ak mwen t'ap santi tèwtlè, men vent fredi montagne yo te pote mwen tounen tèt mwen. Mwen wè, ak tandans, figi k'ap rapproche a se mons ki te kreye a. Mwen te plen ak kòler ak pè, epi mwen te deside konfwonte li ak batay jiska lanmò. Li vin plis pre, figi li montre doulè ak lapenn, ak foutèt li ki pa natirèl fè li preske twò terib pou gade. Men, mwen te konplete ak foumi ak kòler pou mwen pa te remake. Nan kòmansman an, mwen pa t' ka pale akòz emosyon mwen byen fò, men apre, mwen jwenn vwa mwen ak lachè ponpye ak menkontan sou li.

"Wòlòkò!" mwen kraze. "Kijan ou kontre mwen konsa? Eske ou pa pè vengeans fèwo k'ap tonbe sou w? Sòti, kreati degelese sa! Men, rete! Mwen vle poudre ou nan dyòl! Oh, si sèlman mwen ka rete peyi a nanm ki pèf nan ou ak malisite ou jwenn yo!"

"Mwen te t'ap tann sa sa a," di mons la. "Tout moun rayi moun nan mizè, mwen konnen se mwen yo rayi! Men ou menm, kreyatè mwen, ou menm tou rayi mwen! Ou vle touye mwen. Fè dwa wapre mwen, e mwen pral fè mwen nan wap wout ou ak rete nan pè. Sepandan, si ou refize, mwen pral sati zòrèy lanmò a avèk san zanmi wou tou yo."

"Monstè! Djab ki nan mizè! Ou rayi mwen paske ou te kreye mwen e kounye a mwen pral etenn lavi w lan!"

Kòlè mwen te san poz. Mwen sòti sou li, pouse pa tout sentiment ki ka ame yon moun kont egzistans yon lòt moun.

Li te fasilman evite mwen, e li di—

"Tanpri, kalm kontan! Mwen mande ou pou ou tande mwen anvan ou deklanshe kòd ou sou mwen. Eske mwen pa soufri ase? Poukisa ou vle fè mwen plis malè? Lavi, menm si li plen ak doulè, se premyeval pou mwen, e mwen pral pwoteje li. Sonje, ou fè mwen pi pouvwa pase ou. Mwen pi wo ak plis fè-men. Men mwen pap tante lite kont ou. Mwen se kreyasyon ou, epi mwen pral dakò ak janti ak obeyisant ak kreyatè natirèl mwen an si ou fè sa ou gen pou fè tou. O Frankenstein, pa maltrete mwen san jistis pandan ou gen bon kè ak tout moun lòt yo. Sonje, mwen se kreyasyon ou. Mwen ta dwe tankou Adam ou, men anplis, mwen santi tankou yon zanj dechennen, koupe depi nan bonnèt nan menm pa gen okenn rezon. Pandan mwen gade alantou, mwen wè kè kontan mwen pa janm ka eksperyans. Mwen t 'te bon ak bon, men soufrans fè mwen vin yon mons. Fè mwen kontan, e mwen pral tounen yon moun ki gen lavirti ankò."

"Ale! Mwen pap tande ou. Nou pa ka janm gen yon relasyon. Nou se lènmi. Ale, osinon kite nou tès fòs nou nan yon lit kote yonn nan nou dwe defèt."

"Kijan mwen ka persuade ou? Èske pa pliye mwen ka fè w gade avèk bon yen sou kreyasyon w la, ki mande pou bonjou ak konpasyon w? Kwè mwen, Frankenstein, te bon kè nan tèt li. Lavi mwen te plen ak renmen ak mounite. Men kounye a, mwen pa sòti sòti, terib manman sòt! Ou menm, kreyatè mwen, meprise mwen. Ki espwa kapab genyen nan lòt moun, ki pa dwe anyen fè mwen? Yo rejte ak rayi mwen. Montay vid ak twou fro nan glas se sèl refij mwen genyen. Mwen te vire alantou isit la pou anpil jou, sèlman jwenn konsòl nan lavant ki glase sa yo menm moun pa renmen. Mwen aksepte syèl kras, paske yo traite mwen pi byen pase menm zanmi moun yo. Si mond lan te konnen sou mwen, yo te fè sa ou fè - abiye tèt yo pou detwi mwen. Pa dwe mwen rayi moun ki meprise mwen? Mwen p'ap fè pawòl avèk lènmi mwen yo. Mwen sòti nan boukan-nen, ak yo dwe konnen bout misè mwen tou. Men sa ou gen kapasite pou ranbouse mwen ak sove yo nan malè sa ou kapab kreye sa fò konsa, pase pa sèlman ou ak fanmi ou, men mil yo p'ap kraze nan li tou. Tanpri, fòk ou gen konpasyon ak pa rejte mwen. Tande istwa mwen an. Apre ou tande li, ou ka aba mwen oswa santi paj nan mwen, daprè sa ou panse mwen merite. Men, tanpri, tande mwen. Menm kriminèl, dapre lwa moun yo, gen dwa pou yo defann tèt yo anvan yo pataje yo pa yo. Tande mwen, Frankenstein. Ou akize mwen nan moutrezi, men ou t ap, san refleksyon, detwi kreyasyon ou menm. O, sa yon tistaman nan jistis etènèl nan lwanjèt moun! Men, mwen pa mande ou pou ou sove mwen. Tande mwen, epi, si w kapab, si w vle, detwi sa ou fè yo."

148   "Poukisa ou sonje m ', mwen reponn, "bagay ki fè m peur ak regrèt la, lè ou konnen mwen se sak te mezirab kòz ak kreyatè yo? Bondye ka malede jounen an, dyab yo te ap jwenn premye fwa nan egzistans lan! Ale! Sere mwen soti nan je ou yo ki degoutan."

    "Alò mwen pral sere ou, kreyatè mwen", li di tristè, li kouvri je mwen avèk men l ', ki mwen fòse pitche lwen. "Mwen pral retire yon je ou ki ou meprize. Men ou toujou ka tande mwen ak montre mwen kòmsadwa. Mwen mande sa a nan ou baze sou bonte mwen te genyen. Tande istwa mwen. Se ou ki va detèmine si mwen kite mounite pou tout tan epi viv yon lavi lapè, oswa si mwen tounen yon peyizan nan anpil moun ak kòz pou demolisyon ou inivitabl."

149   Lè li di sa a, li te ale sou glas la e mwen te swiv li. Kè mwen te pi

plen e mwen pa t' reponn li, men lè nou mache, mwen konsidere diferan bagay li te di yo epi mwen deside tande elimen yo sou menm sa. Mwen te kèkòt epi mwen te santi komiserasyon pou li, sa ki fè mwen rete fè desizyon mwen an. Anvan konsa, mwen t'ap panse se li menm ki touye frè mwen, konsa mwen te vle konfime oswa retpwoche sa a kwayans la. Se te premye fwa tou mwen te reyalize ke kòm kreyatè li, mwen te gen yon devwa pou kale li kontan anvan mwen plen mwen tande plent li yo. Pou sa, mwen te dakò ak lòtèl li a. Kidonk, nou mache atravè glas la epi nou monte lot bò a. Li fè frèt ak li te kòmanse lapli ankò. Nou antre nan kay la, kote kreyatè a te fèt plezi, pandan lè mwen t'ap santi mwen tris ak kè mwen towoche. Men, mwen te dakò tande li e mwen chita pwochen dife a li te pòte. Se lè sa a li kòmanse istwa l '.

CHAPTER XI

150 "Li vrèman difisil pou m' sonje tout bon kòmanseman egzistans mwen. Tout sa nan moman sa yo fè bliye ak enpen ak doute nan tèt mwen. Mwen te viv yon melanj etranje sansasyon - wè, santi, tande, ak santi bon odè toupatou an menm tan. Li pran yon bon bout tan pou mwen rive konprann kijan pou mwen distenge yo. Anpil pou piti mwen sonje kòman yon limyè tu lwa lage m' santi'm ap gen yon trè. Sa a fè mwen dwe fèmen je'm. Obskitè te antoure'm ak sa te fè mwen anstrije, men jak mwen ouvè je'm, limyè retounen an. Mwen te mache, ak pase ke mwen te desann, men bagay yo te kòmanse santi diferan. Anvan, mwen te antoure pa objè fennen ak dwat ke mwen pa t' kapab wè nan menm tan an epi kole yo pa t' kapab manyen. Men kounye a, mwen te ka deplase libereman san okenn baryè ki bloke wout mwen. Limyè a te kòmanse vin plis fò ak pi difisil, ak chalè a te fè mwen fè fatig pandan mwen te mache. Mwen t'ap chèche yon kote kote mwen ta ka jwenn yon ti fos where I could find some shade. That's when I found a forest near Ingolstadt. I rested next to a stream, recovering from my exhaustion. But soon, hunger and thirst started to bother me. That woke me up from my almost sleeping state, and I ate some berries hanging from the trees or lying on the

ground. I quenched my thirst from the stream and then lay down, falling asleep."

151 Mwen depi rive soufle mwen epi li te nwa. Mwen te santi frèt epi yon ti jan fache paske mwen t ap sèl mwen menm. Anvan mwen kite chanm ou a, mwen te kouvri tèt mwen avèk kèk rad paske mwen t ap santi frèt. Men, yo pa t kenbe mwen ase cho kont dlo kap tombe nan lannwit la. Mwen te yon pòv, san defans, ak malere. Mwen pa t konnen ni konprann anyen, men mwen te santi doulè nan tout kò mwen, konsa mwen chita epi mwen kriye.

Apre sa, yon limyè lejè kòmanse klere syèl la epi li fè mwen santi kontan. Mwen leve mwen epi wè yon fòm klere k ap sòti nan pyebwa yo. Mwen gade l' ak etonman. Li te deplase dekadan men li klere wout mwen, konsa mwen soti pou mwen retounen jwenn toutmoun te konnen yo. Mwen te toujou frèt, men mwen jwenn yon gwo kòbnè anba youn nan pyebwa yo. Mwen kouvri tèt mwen avèk li epi mwen chita sou tè. Panse mwen te melanj ak konsi. Mwen te santi mwen an lejè, grangou, swaf, ak mwen te sere de nwa. Mwen tande anpil son diferan epi mwen santi diferan ode omwen mwen. Sèl sa mwen te ka wè klèman te se lwil klere a, epi mwen fòkis gade l' avèk plezi.

152 Plizyè jou ak nwit pase, ak mwa a te pi piti lè mwen kòmanse konprann santiman mwen yo. Mwen te ka wè klè rivyè a ki bay mwen dlo ak pyebwa ki bay ombrad ak fèy yo. Mwen te santi mwen kontan lè mwen reyalize ke son bèl mwen tande souvan soti nan ti zwazo kap vole alantou mwen.

Mwa a te disparèt nan pyèj nan nwit la epi li rive tounen, men pi piti. Mwen te toujou nan forè a. Nan se tan sa a, mwen te kapab konprann pi byen santiman mwen yo, epi lespri mwen te ap jwenn nouvo ide chak jou. Mizèt mwen yo te adapte ak limyè a epi mwen te ka wè objè yo klèman nan fòm yo kòmsadwa. Mwen te ka fè diferans ant ensèk ak plant, epi ti krasèn yap aprann yo jwenn nan yon plant nan yon lòt. Mwen dekouvri ke zwazo pwezi fè son ki sanble rèd, pandan ke griven ak vansan fè chante dous ak envitay souple.

153 Yon jou, nan yon jou frèt, mwen jwenn yon dife ki te kite anba tèt pa kèk malere. Mwen te kontan anpil ak lafwa li ban mwen. Nan

eksitasyon mwen, mwen te touche brikèt ki te anmè ak men mwen men fè mwen ale vit paske li te fè mwen fè mal. Se te etranj pou mwen kouman menm bagay la ka gen effè diferan kon sa a. Mwen gade dife a byen epi mwen te kontan lè mwen wè li te fèt ak bwa. Mwen eseye rasanble kèk branch, men yo te mouye epi yo pa te vle boule. Sa fè mwen tris, konsa mwen chita epi mwen tann dife a. Lè branch mouye yo te vini pi pre ak chalè a, yo seche epi yo te koumanse boule tèt yo. Mwen panse sou sa a, epi mwen touche kèk branch diferan pou mwen konprann poukisa. Apre sa, mwen kòmanse rasanble anpil bwa pou mwen ka seche yo ak gen anpil dife. Lè lannwit rive epi mwen kouche, mwen te pè anpil ke dife a ta kraze. Mwen kouvri l 'ak kèham sèch ak fèy epi mwen mete branch moun sou li. Apre sa, mwen mete mantout mwen sou tè a epi mwen tonbe nan yon dòmi byen fonn.

154 Lè mwen leve nan maten an, prensipalman, premye priorite mwen te tcheke sou ap genyen apenn yo. Mwen dezòd li, ak yon brizè ki dou ap vit fè li vire yon flanm. Mwen remake sa a ak panse a yon fason pou kenbe pichon pa yo vivan lè yo te kase mache. Mwen fè yon vantan avèk branch yo, ki ede pou ranmase apenn nan. Lè vini lannwit ankò, mwen te kontan wè ke apenn yo pa sèlman bay chalè men tou se ekleraj. Mwen te reyalize ke desouvèti sa a te ede lè mwen te fè manje mwen yo. Mwen te jwenn kèk resi ki yo ki te kite pa vwayajè yo, e yo te wouze. Yo te gou anpil pi byen pase bèbè ki mwen gen tandans manje sòti nan pyebwa yo. Donk, mwen te eseye fè manje mwen yo menm jan an, yo mete l \'sou apenn ki vivan. Mwen te aprann ke sa a fè bèbè yo tounen mal, men li amelyore gou nwa ak rasin yo.

155 "Lajan manje tounen difisil pou jwenn, e mwen souvan pase tout jou a ap chèche, men mwen pa t 'ka jwenn anpil fey kokom akòz grangou mwen. Lè mwen te konprann sa a, mwen deside kite kote mwen te rete epi chèche yon kote lòt kote ta pi fasil pou jwenn kèk bagay mwen te bezwen. Mwen te vreman tris pou pèdi dife a mwen te kòmanse pa aksidan epi mwen pa t 'konnen kijan pou fè yon lòt. Mwen te reflechi sou pwoblèm sa a pandan yon bout tan, men mwen

pa t 'kapab jwenn yon solisyon. Mwen pase twa jou ap eskplòre ak finalman jwenn tè ouvè. Te gen yon gwo lapli nej nan okenn lapenn anvan lannwit la, e tout bagay te kouvri nan won. Li t 'fè mwen santi tris epi sa te fè mwen santi frèt."

156   Te bonè nan maten, alavanswen sètèn èdtan, e mwen vrèman bezwen jwenn manje ak yon kote pou mwen rès. Finalman, mwen wè yon ti kay nan kòmansman yon montay. Li tap sètènman fèt pou yon pèdi, yon kote pouri. Sa te nouvo pou mwen, konsa mwen te trè enterese ak mwen ale wè l kote li. Satikman, pòt la te ouvè, konsa mwen antre ladan l. Te gen yon granmoun ki sòti nan ap byen ladan l antravè, ap fè pitit li a manje. Lè li tande mwen, li kriye epi li kouri fache nan mitan jaden yo, menm lè li gen kòrèk. Mwen te eksepte ak aparan bizar li yo ak espasad li. Men, mwen te plis dekouvèti sou kay la menm. Se te yon prizonye kote lapli ak lanèy pa t kapab rantre, ak tè a te sèk. Pou mwen, li t 'apresye kòm yon bèl kote, kòm jan lanfe ap parèt bay lesprits yo nan istwa Pandæmonium lè yo sòti nan soufri yo nan lak dife a. Mwen bwè ak apati ka ki te genyen nan dejene pèdi a - yon ti pen ak fromaj, lèt ak diven - men mwen pa't vrèman renmen gou diven an. Apre sa, mwen te si fredi pou mwen mennen tètèspi ansanm, e mwen tonbe nan pwat an fèn pou mwen dòmi.

157   Mwen leve nan midi epi solèy cho ki te klere sou tè glase yo te atire mwen. Mwen deside lè sa a li te tan pou mwen kontinye vwayaj mwen. Mwen ranmase manje ki rete nan òtin paò a nan yon sak mwen te jwenn epi mwen pati travèse plant sa a pandan plizyè lè. Lewa solèy la, mwen rive nan yon vilaj, e sa te tankou yon mirak pou mwen! Kay ki te senp, ti kay ak kay gwo te pran toujou mwen te adore yo. Gade legim nan jaden ak lèt ak froma ki te ekspoze nan fenèt kay kèk ti kay te fè vant mwen grangou kwape. Kèk kèk ti kay karaktè, mwen t ap kote nan yon nan kay ki pi byen yo, men lè mwen antre, timoun yo kite kriye e pi plis yon fanm tonbe nan fimen. Tout vilaj la te leve sòti kòd, e kèk moun kouri ale pandan lòt yo atake mwen. Mwen te pataje kout pye ak lòt objè jouk mwen te rive eskape nan andeyò doubay m. Anpeche, mwen jwenn renmèt nan yon ti kabann ki te poko refè al wontewible ankò kòmkidire li te pi mal

sitou kòmsa li te ye sou bèl pala ki te wout la nan vilaj la. Men, kabann sa a se te konèkte ak yon ti kay nèt e afab. Apre eksperyans terifyan mwen an, mwen pa osè antre nan kay la. Kabann mwen te nan te fèt nan bwa epi li te byen ba a tel pòt te difisil pou mwen rive chita dwat. Lòd la te fèt nan tè men li te sèk. Malgre van ki antre nan atravè atik panse bann ki te bay yon rèfij trè pòt nan lapli ak nan lannwit la.

158   Konsa, mwen jwenn yon tibib nofè pou mwen ka chape move tan ak moun mechand. Nan maten-an, mwen kite kachèt mwen pou mwen ale gade lakay ki t'ap pre pran tèt yo. Li te sitye nan lonndinaj lakay la, avèk yon chodye kochon. Mwen te gen ase limyè ki te pase nan li, sa te bon pou mwen.

Aprè mwen ranje nouvo kay mwen akouche travay limye nan listwa a, mwen te al rete. Mwen wè yon nonm nan lwen epi mwen sonje kouman yo te tretè mwen nan lannwit la, se konsa mwen pa vle riske mwen jwenn kapte. Men, anvan sa mwen asire mwen gen ase manje pou jou-a. Mwen pran yon pènpen bwa ak yon kou-pòt pou bwè dlo nan rivyè-a pi fasil. Listwa a te souleve yon ti jan pou kenbe-l sèch, epi lè li pre ti kay la, li te kreye yon ti chalè.

159   Avèk bagay ki nesesè mwen yo nan men mwen, mwen pran lafwa mwen pou rete nan sa cham timanitayen nan jiska yon bagay rive ki ta ka chanje desizyon mwen an. Men wè sou mwen te oblije rete nan lanbi ki monte nan pye bwa nan forèt dezòdyab ki te kote mwen te reziye nan, ak tout bra li tonbe lapli ak gason ki mouye, kote sa a te yon paradis. Mwen te renmen manje pandan maten an epi mwen te prepare mwen pou retire yon pank pou mwen rive jwenn yon ti dlo, lè mwen tande piyaj. Pandan lè sa a mwen te sovekòlote nan yon tou piti, mwen wè yon ti fi jenn pote yon seau sou tèt li pase devan lakay mwen. Li te gen yon kalite ak dousòf ki pa t' tankou moun mwen ta jwenn vivan nan kay yo ak travay nan jaden. Li te klere pandye, ak yon rad sik moun pa t' styliye, epi li t'ap pè sanble pafen men tris. Li disparet nan je mwen, men apre anviron senkant minit, li tounen avèk seau a, ki te kouri diveni yon ti bout lèt. Pandan li t'ap mache, nan batay ak nan chay gwo chaj la, yon jenn gason li regrèt pi plis te

antre nan ken ou pase. Li te di yon kèk mo ak yon èkspresyon malankolik, pui li pran seau a soti nan men li epi li pote l nan kay la tèt li. Li te swiv dèyè, epi yo te fin dezaparèt nan dis. Apre yon ti tan, mwen wè jenn gason an ankò, li te kenbe kèk zouti pandan l rive atravè koutou a dèyè kay la. Ti fi a te tou okipe, ale retou nan kay la ak nan lakou a.

160   Mwen t'ap esplwate kay mwen an epi mwen remake ke youn nan fenn yo te anvan te yon pati nan lakay la, men li te kouvri ak bwa. Nan youn nan panel bwa yo, te gen yon espas ti kras ki pèmèt mwen jete yon pòv kou d'je nan andedan. Nantravè espas sa a, mwen te wè yon ti chak pi ti kras k ap soti nan yon chanm nan ki te pwòp men ki pa t' gen akeyi. Sot nan lakòn, pre pandye sou men l, te gen yon granmoun ki te parèt tris anpil, men li te repoze tèt li sou men l. Jèn fi a te trè okipe ranje kay la, men li pran yon bagay nan yon tirwa ak li te chita bò kote granmoun nan. Lè li rive pran yon enstriman, li kòmanse jwe yon mizik pi bèl, menm pi dous pase chante zwazo yo. Se te yon tablo ki te degaje, sitou pou mwen ki pa t janm wè anyen pi bèl pase sa anvan. Cheve grisonn granmoun nan ak fèt siperyè li yo te genyen respè mwen, ak konpòtman jentil fi a te pran renmen mwen. Li jwe yon melodi tris nan yon fason ki fè jèn fi a kòmanse kriye. Granmoun nan pa t di anyen jiskaske li tande li rayi. Lè sa a, li fek kreye kèk son, epi fi a sispann travay, li tonbe ajenou devan l. Li leve l ak li souri li avèk yon bonte ak lanmou k ap touche kò mwen nan yon fyèl mwayen. Se te yon santi etranj ak pwisan, diferan soti nan nenpòt bagay mwen te tande soti nan grangou, fredi, cho, oswa manje. Anpil jan, mwen divaye tèt mwen soti nan fenèt lan, paka kontwole sentiman fò sa yo.

161   Pitit-pitit tan apre sa a, jèn gason an tounen t ap pote yon pakèt bwa sou do l '. Ti fi a te salye l nan pòt la ak ede l defè bwa yo. Yo pote kèk nan bwa a nan ti kay la ak ajoute yo nan dife a. Apre sa, yo de kontinye ak diferan travay.

162   "Vye nonm nan te nan refleksyon, men lè kòmantè li yo rive, li vin plis gayan, epi yo t ap chita pou manje. Yo finn manje vyann an vit. Jèn fanm nan kòmanse ranje ti kay la, pandan ke vye nonm nan te fè

yon ti mache nan solèy la, li t ap rete sou bra jèn nonm nan. De moun sa yo te diferan anpil, men yo te kòmplementè yo byen. Vye nonm nan te gen cheve gris ak yon fason lanmou epi bon. Jèn nonm nan te gen yon figi tankou laplipa ak fèt li yo te byen ekilibre. Men nan je li e nan langaj kò li te montre tristès ak dezespwa. Vye nonm nan tounen ladan kay la, epi jèn nonm nan, avèk zouti diferan pasevan, vin mache atravè chan yo."

163   Nuit rive vit, e mwen te etone lè mwen wè moun nan kay la te gen yon fason pou kenbe limyè a anlè swa ak bouji. Mwen te entousiasmen pou mwen jwenn ke lè solèy la kouche, mwen toujou ka gade vwazen mwen yo. Mwen te obsève yo fè yon bagay mwen pa t' konnen. Mwen pita aprann ke jèn gason an te ap li awo, men nan moman sa a, mwen pa t' konnen anyen sou mo yo oswa lèt yo.

Apre pase yon ti tan ap fè sa yo, fanmi a kouvri limyè yo ak tounen kouche, oswa sa mwen te sipoze.

CHAPTER XII

164   MWEN TANN SOU ZÒTÈY MWEN, men mwen pa t 'ka dòmi. Mwen te panse sou sa ki te pase pandan jou a. Sa ki frape mwen anpil se kijan moun yo te amical ak kòmandman. Mwen te vle kontakte yo, men mwen te twò pè. Mwen sonje kijan vilaj yo te maltrete mwen yon lannwit avan sa, se pou sa mwen deside pou rete kalm nan ti kaswen mwen pou kounye a. Mwen tap kontempler yo epi eseye konprann poukisa yo te fè sa yo fè.

Lendemi a, moun ki nan lakaz yo leve anvan solèy la. Ti fi a te rantre lakaz la ak fè tout bagay pwopte epi li fè pitit dejè, pandan jenn gason an kite apre manje.

Jounen an pase menm jan ak jou anvan sa. Ti gason an toujou okipe deyò, epi jenn fi a te gen plizyè travay difisil nan lakay la. Vye gason an, mwen te konnen li se aveug, pase tan libre li nan jwe enstriman li yo oswa reflekfli. Timoun yo ki pi jenn yo te tretman li ak anpil renmen ak respè. Yo te pran swen li ak koutezi, epi li te souri pou montre rekonesans li yo.

165   Yo pa tèlman kontan. Gen moun kapab wè kouman jèn gason sa yo ak zanmi li yo ta separe epi kriye. Mwen pa t 'konprann poukisa yo te tris konsa, men sa te afekte mwen anpil. Si moun konsa konsa

dròl, sa ta fè sans, mwen, kòm nanm imparfait ak selitè pa mwen an, ta santi toupizi nanm tou. Men, poukisa moun bon kè sa yo te respire tèlman? Yo te gen yon bèl kay (oubyen, omwen nan je mwen), epi tout sa yo te ka vle. Yo te gen yon louvèt cho lè yo te froid, ak manje delisye lè yo te grangou. Yo te blis ak rad bèl, men, ki pi enpòtan, yo te gen lòt yo. Yo te montre afeksyon ak bon jan chak jou. Kidonk, ki te rezon ki te kache dèyè larm yo? Eske yo vreman te santi doulè? Nan kòmansman, mwen pa t 'kapab konprann repons yo nan kesyon sa yo. Men, avèk atansyon ak tan, mwen kòmanse konprann kèk nan bagay yo ki te konfize mwen nan kòmansman.

Te pran yon ti tan anvan mwen te dekouvri youn nan rezon ki te fè moun bon kè sa yo santi yo si alese: se te pa gen lajan. Yo te soufri anpil ak li. Yo te sòti sèlman sòti legim yo te plante nan jaden yo ak ti kalite lèt bèf yo bay, espesyalman pandan sezon grenn menm ak rive jwenn ase manje pou bèf a. Mwen kwè yo te souvan grangou, sitou manman ak timoun yo. Anpil fwa, yo te bay manje bay vi an wòch lè yo pat kenbe anyen pou tèt yo.

166 Bonté moun lakay yo touche kè mwen. Nan lannwit, mwen te konn pran manje yo pou mwen men lè mwen reyalize sa te fè yo sòti nan doulè, mwen sispann. Lòt kot, mwen satisfè grangou mwen ak fwi bwi, ak rasin mwen jwenn nan yon forè tou pre.

Mwen te jwenn yon lòt fason pou mwen ede yo. Joukou lannwit, jèn gason-an ap kolekte pye bwa tout lajounen pou dife yo. Lè lannwit, mwen te pran zouti li yo epi mwen te ramanse ase pye bwa pou fè yo sòti pou plizyè jou.

Mwen sonje premye fwa mwen fè sa, jenn fanm nan te sòti nan maten an epi li te wè yon gwo tas pye bwa. Li te di yon bagay byen fò, epi jenn gason-an te al jwenn li, tou lè li wè li te sòti nan fwa a. Mwen te kontan wè ke li pa ale nan forè a jou sa a. Li te pase jou a repare kay la ak okipe potag la.

167 Graduelman, mwen te fè yon dekouvèt enpòtan. Moun sa yo te gen yon fason pataje eksperyans yo ak santi yo lè yo te pale. Mwen remakè ke mo yo te itilize ka fè lòt moun santi yo kontan oswa tris, epi menm fè yo souri oswa parèt tris also. Sa te menm jan avèk yon

pouvwa espesyal, epi mwen vrèman t'ap aji l 'kòmande li . Men, san sòti jan mwen ta eseye, mwen pa t 'kapab konprann l'. Yo te pale vit, epi mo yo te itilize pa t 'sanble gen anyen nan relasyon ak bagay yo mwen kapab wè. Mwen pa t 'jwenn kòti pòt pou dekouvri mistè a. Men, apre pase anpil mwa nan ti kay mwen, mwen finalman aprann non yo te itilize pou bagay konnen. Mwen aprann mo tankou dife, lèt, pen, ak pye bwa. Mwen aprann non yo tou. jèn gason nan ak zanmi li yo te gen plizyè non men, granmoun nan te rele papa, ti fi a te rele sè oubyen Agata, epi jèn gason nan te rele frè oubyen pitit gason. Mwen pa menm ka kòmanse dekri kijan mwen te kontan lè mwen konprann sa vle di mo yo sa yo ak mwen te kapab di yo tèt mwen menm. Mwen t 'konnen lòt mo tou, menm si mwen pa t 'konnen prese sa yo vle di ankò. Mo tankou bon, sòti nan fon kè, ak malè.

168   Mwen pase yon sezon ivè konsa. Moun k ap viv nan ti kay la te bon ak gentan, e m'aprese moun yo anpil. Lè yo te tris, li fè mwen tris tou. E lè yo te kontan, mwen te pataje nan kontantman yo. Mwen pa t wè anpil lòt moun ale nan kay la a, men si gen moun lòt ki te vin nan kay la, mwen te panse yo te gro maletman e pa bon kòm zanmi mwen yo. Mwen ka wè ke granmoun lan t ap eseye fè pitit li, ki li rele yo nan kèk moman, santi yo konfyans pou yo santi yo pi byen lè yo tris. Li t ap pale nan yon vwa kontan ak yon ekspresyon bon kè ki fè mwen kontan tou. Agatha t'ap tande l' avèk respè e li t'ap genzwa gen larm nan je l ki te lè sa l' te vle kache yo. Men mwen te wè ke apre li tande papa l' a, li te santi plis kontan. Men, Felix, de pati lòt moun nan gwoup la, t'ap toujou pi tris. Menm si mwen pa t gen anpil eksperyans, mwen te kapab wè ke l te pase nan moman difisil. Men menm si li t'ap sanble tris, vwa l' te parete kontan lè l' pale ak granmoun lan, espesyalman.

169   Mwen wè anpil egzanp ki te montre nati bon nan moun syampatik sa yo. Menm si yo te pòv ak fòse ak sosèsès bazik, Felix ta pote premye ti flè blan ki soti anba nan lanèj bay sè mwen, e sa fè li kontan. Anvan li leve nan maten, li ta netwaye yon chemen pou l jiskaske lakay lapèchè a, li ta retire nan lanèj yo. Li ta tou pran dlo

nan pwi a ak pote bwa mete nan lapiyè a. Pandan jou a, li te travay tou pou yon kiltivatè ki ta pran lontan e li pa tounen jis tan dinè, men li pa janm pote bwa ak li. Lòt fwa, li te travay nan jaden an. Piske pa te gen anpil bagay pou fè nan sezon fret la, li ta li bay vye nonm nan ak Agatha.

170   LEKTI SA A TE KONFIZE MWEN ANPIL PREMYE FWA, men apre sa mwen te rive konprann ke nonm nan te fè menm sonorite lè li te li ak lè li te pale. Kidonk, mwen te sispek ke li te konprann siy yo sou papye a kòm mo. Mwen vreman te vle konprann yo tou, men kouman mwen ta ka fè sa lè mwen pa t 'konprann son yo reprezante? Mwen te gen yon panse. Si mwen te konnen lang yo, pèp la ta gade anndan bèl yo, ki mwen toujou t 'wè kòm kontwast ak bote yo.

Mwen te admire bote imèl la yo– konbyen grasi ak bote yo te ye avèk po yo pòt. Men, lè mwen te wè refleksyon mwen nan yon dyòl klè, mwen te k aprann ke mwen te yon mons. Ti moun pa t 'konnen konsekans terib sa a nan te parèt konsa.

171   Lè solèy kòmanse cho ak jou yo fèt plis lontan, Felix te gen plis travay pou fè, e tanzantan ki t'ap montre ki jan manke manje sòti yo te disparèt. Manje yo, mwen te aprann apre sa a, te dike, men sa bon pou yo, e yo te kapab jwenn ase nan li yo. Nouvo pye kòmanse grandi nan jaden an.

Vye nonm nan te poze sou pitit li ak yo te sòti chak jou nan midi, leswa li te ap leve lapli, tankou yo rele li lè dlo te tonbe soti nan syèl la. Sa te rive souvan, men yon gwo van vitòsèkche sechèy vit tè a, e sezon an tounen pi plezi pase avan.

172   Tout rezim jounalye mwen nan ti til mwen te menm chak jou. Nan maten, mwen t'ap tande sa moun lakay yo t'ap fè, e lè yo t'ap ocipe ak travay yo, mwen tap dòmi. Res la jou a, mwen t'ap obsève zanmi mwen yo. Nan lannwit, si gen latèlwil oswa etwal yo ap klere, mwen t'ap ale nan bwa yo ak kolekte manje e bwa pou machèt la. Lè mwen tounen, mwen t'ap òganize lawis nan wout yo ak fè menm bagay ki te ede-mwen wè Felix fè. Pita, mwen jwenn nan konnen ke

yo te estone nan jan moun yo pa t' wè ki te fè tache sa yo. Menkwa, byenke gen tan yo tande yo di bagay kikan epi "cho koulye a" nan okazyon sa yo, mwen pa t' konprann sa a vle di nan mo sa yo nan moman sa a.

173   An pami, mwen te kòmanse panse plis ak tounen kèkòs sou tristès Félix ak Agatha, nèg ak madanm sa yo ki bon. Mwen tèt-mwen bètman te kwè mwen ta kapab fè yo fèt ankò. Lè'm t'ap dòmi oswa li pa t' la, mwen ta rèvè sou papa a vyann, ak Agatha la delikat ak Felix eskelan. Si sòlmant m'ap ka rankontre yo, mwen panse yo ta degoutan an premye, jouk lè mwen pral souliye yo ak konpòtman matant mwen ak mo zanmi yo, pou petèt mwen ta merite lanmou yo.

Ide sa yo fè mwen santi mwen eksite ak enspire m' ankò pou ap travay pi rèd sou aprantisaj lang yo. Mwen te konnen se yon fason pou m'gan yon lanmou e yon respè nan kè yo.

174   Lan syèl, lapli ak solèy k ap vini réchòf fè tè a parèt diferan. Moun yo k ap kache nan grot yo sòti, yo kòmanse fè diferan fòm agrikòl. Zwazo yo kòmanse chante ak plis kè kontan, ak fèy pye bwa yo kòmanse grandi. Tout tè a te si kontan ak pi bon, menm si pa lontan li te fredi, mouye, ak pa enfòme. Lè m te wè bèl nati a, sa te fè mwen santi mwen kontan ak bliye souvan sou nan pasé. Tout bagay kounye a te parèt kalm, ak mwen santi mwen plen espwa ak eksitan pou nan lòt kote.

CHAPTER XIII

175   Mwen vle kounye a pale de pati ki pi emosyonèl nan istwa mwen. M ap rakonte w sou zèv ki fè m santi bagay yo ki te chanje m depi depi.

Lè venn tou, tan an vin pi bon ak syèl la klè. Mwen te sòti nan divès kote mwen te wè kote te vid ak fènwa ane sa a ak richès.

Yonn nan jou sa yo, lè moun nan ti kay yo te pran yon repo nan travay yo, granmoun an jwe gita l, e timoun yo tande lè l ap jwe. Men, m te remakke ke Felix, pitit la, te gen yon fason voye tris sou figi l. L te soufri anpil, e nan yon moman, granmoun an sispann jwe e te santi l'ap mande l kisa ki te fè l' tris. Felix te reponn ak yon vwa kontan, e granmoun an te kòmanse jwe mizik li ankò, lè yon moun frappe nan pòt la.

176   Te t 'te yon madanm nan sou cheval, ak yon moun nan peyi a kòm gid. Madanm nan te klere nan yon sityasyon nwè, ak yon véyi nwa trè gwo. Agatha te poze yon kesyon nan kèk moun nouvo a, ki te reponn gade sèlman, nan yon aksan dous, non Felix la. Vwa l te mizikal, men diferan soti nan nenpòt nan zanmi mwen yo. Lè l tande mo sa a, Felix rive vit. Madanm nan dekouvri bèl figi li ak cheve li. Li te pran souf li.

177   Felix te konn nan kè Pou li wè l'. Tous tristès li disparèt, Ak fason

pou li fasil plezi li koute pou mwen pa t' panse te posib. Je li brilkòn, Jou li chanjewkòlè wòj ak jwa. Nan moman sa a, mwen te panse li te wè kòm zanmi li. Li te ka admet maladi ki diferan yo genyen. Li te swiyef so nan je l ' epi tann men l ' pou Felix, ki bese w plen ekzanp. Li rele li byen vit "ti cherim kazèb" li men li pa t ' gen lètou li te gen lide. Li te senpleman ri. Li te ede l ' desann soti sou chwal la epi di gid li ale. Apre sa, li mennen l ' nan ti kay la. Li te pale ak papa l ', epi jenn dam lan dwejenou devan granmoun nan. Li vle ba li lèt paske l ' ouvri l ' ak fouken anvinite.

178   Mwen remaké byen vit ke, menm si etranje a te pale yon langaj ki sonnen tankou mo vre. Yo te sèvi ak jès yo ke mwen pa t 'kapab konprann, men mwen te wè ke prezans li a te pote kontanti nan kay la. Felix te espesyalman kontan e te akeyi etranje a avèk kè chalè. Agatha, toujou bon kè, te bese men etranje a byen renmen. Li te montre frè l 'ak fè siy ki sanble vle di ke li te tris jiska lè li te rive. Yon kèk èdtan te pase konsa, ak figi yo montre kontanman, men mwen pa t 'konprann poukisa. Apre sa, mwen remaké ke etranje a te rete repete yon son apre yo pandan tout tan, ap eseye aprann lang yo. Sa bay mwen idée pou mwen patisipe nan menm leson yo pou mwen aprann tou. Etranje a aprann omwen venn mo nan premye leson an. Mwen deja te konnen pliparèt nan yo, men mwen aprann kèk nouvo mo tou.

179   Lè nanwit rive, Agatha ak Arab la ale nan kabann omwen bonè. Lè yo di orevwa, Felix te tounen ak yon bese befo estranje an ak di, "Bonvwè, joli Safie." Lè sa a, li te pale sou li anpil.

   Lendi a, Felix ale travay, e aprè Agatha fin ranpli travay li yo, Arab la tande nan pwen pye granmoun nan. Li pran gita li ak jwe kèk chante ki bèl anpil k'ap fè mwen santi mwen nan menm tan tristès ak kè kontan. Granmoun nan menm sezi ak li, peze nouvo nan fas Agatha yo ak eseye eksplike li bay Safie a. Li te parèt vle ekspresyon konbyen kè li te kontan mizik li yo te pote l '.

180   Jounen yo te kontinye nan kè poze, e ekspresyon tizann moun ami yo te anplase nan kè kontan. Safie ak mwen te fè gwo pwogrè nan aprantisaj lang nan, e nan nenpòt de mwa, mwen te ka

konprann kòm peyi mwen t ap viv di nan gran majorite nan bagay ki te di pa gadyen mwen yo.

Pandan tan sa a, tè a vire nwa ak plan yo, pandan bank yo tou vèt ekspoze anpil flè dous plis nan kantite ki te parèt bèl ak bonòj. Mwen te apresye mache nan nwit, men mwen te pè ap vanye pandan jou yo, raple mistreatment mwen te konnen nan premye vil mwen te rankontre.

Mwen te mete jou mwen nan aprantisaj lang lan ak byan souf. Mwen tou te konnen kijan pou li e ekri, jan ti etranje yo te aprann. Sa a te ouvri yon mond entere san kont li nouvo nan konesans e te pote mwen anpil kontanman.

181   Liv ki te sèvi kòm liv pou Felix tabil Safie te rele "Volney's "Ruins of Empires." Mwen pa t 'konprann liv sa a si Felix pa t' eksplike l 'nan detay pou mwen pandan li a. Li chwazi liv sa a paske li te ekri nan yon stil ki similye ak sa van akte yo ekri. Lè mwen li liv sa a, mwen gen yon konpreyansyon baz sou istwa ak mwen te aprann sou diferan anpil empi ki ekziste nan mond lan jodi a. Li ban mwen yon ti kras sou koutim, gouvènman ak relijyon diferan nasyon yo. Mwen aprann sou moun ki kalm nan Asy, entelijans impozan ak kreyativite nan Grec yo, ak lagè ak virti siprizan Premye Romain yo. Mwen tou aprann sou deklòn gradyèl nan ponpizan Imeperyal Romain lan, byenke konpèt chivalri, Kretyen, ak wa. Mwen desouvri istwa sou jan Amerik yo te jwenn, ak mwen te santi tristès ansanm ak Safie pou malèzonè aktyèl moun ki te rezidan prensipal yo.

182   "Sa nouvo komen yo tap pale, sa te ankouraje mwen anpil. Pou mwen, yon gwo e nòmal moun paret se pi gwo estati ak pou yon moun krizinèl e siy silans, sa se pire bagay yon moun ta dwe ye. Pandan yon bon bout tan, mwen pa t' kapab konprann kijan yon moun ka ale e touye frè li, oswa menm poukisa gen lwa ak gouvèn-man. Lè mwen tande detay sou move konsyans ak ensentite, kourajim mwen otonbe, e mwen deklare mwen dedanm mwen jwenn degout ak degòti.

Chak konvesasyon ki te genyen nan tibwen yo patap ouvri nouvo toujou pou mwen. Lontan mwen t'ap koute enfòmasyon sa yo ke

Felix te bay Arabyen an, mwen te kapab konprann system etranje sosyete imen. Mwen aprann ase anpil bagay."

183   Mo ti mache nan flôt mo la. Mo aprann ke moun valè de bagay ki pi enpòtan yo: fèt nan yon fanmi rich ak respè. Si yon moun te gen sèlman yon nan bagay sa yo, yo ta toujou wè l kòm yon moun ki merite respè. Men, si yo pa te gen anyen nan sa yo, yo ta konsidere l kòm yon banyon ak yo tretè l tankou yon esklav, oblije travay pou moun rich yo. Epi kisa sou mwen? Mwen pa te gen anyen, ni lajan, ni zanmi, ni okenn bagay nan men mwen. Anplis, mo te gen yon bèlte ki te kraze e ki te degoutan anpil. Mo menm, mo pa te menm jan ak moun. Mo te pi rapid ak mwen te ka siveye avèk mwens manje. Mo te kapab reziste nan temperati ekstrèm yo pi byen. Epi mwen te anpil pi gwo pase yo. Lè mwen gade alantou mwen, mwen pa wè okenn moun menm jan ak mwen. Eske sa vle di ke mwen te yon mons? Eske tout moun te fui ak rejte mwen?

Mwen pa ka menm dekri kòman doule sa a pote mwen. Mo te eseye bliye sa, men, pi plis mwen te konnen, plis mwen t ap vin tris. Oh, mwen swete mwen te rete nan fòret mwen pou tout tan, san okenn konesans ak sansasyon ki soti nan fèmen vant, swaf, ak chalè.

184   "Konesans se yon bagay etranj! Lè l'antre nan tèt ou, li kenbe sou ou menm jan plant nano nan wòch. Pafwa, mwen ta renmen desann tout pansé ak santiman yo. Men, mwen te konprann ke sèl fason pou mwen sispann santi doulè a se lanmò, sa ki te fè mwen pè, menm si mwen pa t' vreman konprann li. Mwen admire bon konpòtman ak sentiman bon. Mwen te renmen fason moun nan ti kay yo te gentleman ak bèl. Men, mwen pa t' kapab entèaksyonnen avèk yo ouvètman. Mwen sèlman te kapab gade yo an sekrè epi aprann soti nan yo san yo pa konnen. Sa sèlman te fè mwen ankò pran ladan mond yo. Pawòl ki bon soti nan Agatha ak souwèt ki kontan soti nan moun Arab yo pa t' pou mwen. Konsèy saj soti nan vye nonm nan ak konvèsasyon plezi soti nan Felix, ki mwen te renmen, pa t' pou mwen. Mwen te yon moun malèz, malèz!

Mwen tou aprann lòt leson enpòtan. Mwen tande sou diferans ant ti gason ak ti fi yo. Mwen te aprann sou kijan bébé yo fèt ak grandi. Mwen te wè kijan papa yo renmen ti soubi yo ak pran plezi nan jwe ak timoun plis gran pase yo. Mwen te wè kijan manman yo kite lavi yo nan pran swen pitit yo. Mwen te aprann kijan lespri moun jèn yo grandi ak aprann konesans. Mwen te aprann sou frè ak sè ak tout diferan fason kounye a moun konekte ansanm kòm fanmi."

185   Men sa kote zanmi ak fanmi mwen yo te ye? Yon papa pa tèt kale mwen lè mwen te yon bebe, ak pa gen okenn manman ki te montre mwen renmen ak ti souri ansanm ak kòlapò. Oswa pètèt yo te fè sa men, men tout sa se yon choses flou nan memwa mwen kote mwen pa ka sonje anyen. Lontan mwen ka sonje, mwen te gade menm nan wotè ak fòm nan. Mwen pa t janm wè anyen ki te rasanble avè mwen oswa ki te di yo te konnen mwen. Ki moun mwen ye? Kesyon an pa t janm sispann vini, epi sèl repons ki te genyen se kriye nan fustrasyon.

Mwen ap eksplike byento kote santiman sa yo t ap mennen mwen, men pèmèt mwen retounen pale sou moun nan ti kay yo. Istwa yo fè mwen santi anpil bagay diferan - kòlè, lapè, ak etonman. Men nan fen tout sa, sa te fasil kite lavi mwen plis renmen ak admire yo (se sa mwen te renmen rele yo, men se yon fason menm soufle devan mwen t ap fè mwen ba drapo sou sa).

CHAPTER XIV

 Te pran kèk tan anvan mwen te konnen istwa zanmi mwen yo. Se yon istwa ki te frape nanm mwen an gravman.

Vye nonm nan, ki rele De Lacey, sòti nan yon fanmi respèktab nan peyi Lafrans. Li te viv la pandan plizyè ane, ap jwi yon lavi pwòspèrite ak ganye respè moun yo. Pitit li sèvi nan peyi yo, pandan Agatha mélé ak fanm kanpe wo nan estati li. Jis kèk mwa anvan mwen rive, yo te rete nan yon gran vil moun te rele Paris. Yo te antoure ak zanmi yo epi yo te gen tout sa yo kapab dwe. Jistis, entèlijans, rafinman, ak yon fòtin konfòtab te fè pati nan lavi yo.

Desann fanmi De Lacey te rive gras a papa Safie a. Li te yon komèsan soti nan peyi Tiki ki te viv nan Paris depi plizyè ane. Pou rezon ki pa klè pou mwen, li te vini yon sibòk gouvènman an. Jou menm lè Safie te rive soti nan Konstantinopol pou al li, li te arete ak jete nan prizon. Li te mennen lavanwa ak li te kondane a mò. Enjistis nan kastigos li a te kout, ak moun yo nan Paris te kòlere. Gen kèk moun ki te kwè ke relijyon li ak richès li, kidonk, pa krim sipoze li te fèt la ki te kondwi nan sa ki te rive l '.

 Felix te swaf pase atire nan tribinal la pa aksidan. Li te kraze epi li te anmède lè li tande desizyon kou a. Nan moman sa a, li te fè yon sòti palmantè pou sove prizonye a epi li te kòmanse chache yon fason pou fè li. Apre plizyè tantativ san siksè pou antre nan prizon an, li finalman te dekouvri yon fenèt trè bwote nan yon zòn ki pa t ap fè mantiwas sou bati a. Fenèt sa a te pèmèt limyè ak sane nan panye kote malè jenès prizonye a, yon nonm muslim ki rele Mahometan, te la nan chenn. Mahometan te tann nan dezespwa pou kòmansman tout kriminèl kriminèl la. Nan lannwit, Felix te vizite fenèt la epi li te dekouvri plan li pou ede prizonye a. Mahometan te santi nan pèp, li te rekonesan epi li te eseye motive Felix pou li te ofri l avan atizay richès ak lajan. Men, Felix te refize ofri yo ak degout. Sepandan, lè li wè Safie, ki te bèl la, ki te otorize vizite papa li, li te santi tèzòn kapiv nan prizonye a te genyen ta fè tout sòti l ak risk l yo merite.

Turk la, Mahometan, te remakke trè rapidman efè pitit fi li te fè sou kè Felix la. Li te eseye pran fidelite komple kesyon Felix la nan men li lè li te ofri li men Safie nan maryaj aklè yo rive nan yon kote sekirite. Sepandan, Felix te twò onorab pou l te aksepte dirèkteman ofri sa a. Men li te pa t ka evite antisipe posiblite sa a, paske li ta pote l anpil kè kontan ak satisfaksyon.

188 Pandan kèk jou kap vini yo, pandan yo te pral pare pou machann yo echape, Felix te santi ajan plis detèminasyon apre li resevwa kèk lèt soti nan ti fi a. Malgre li pa t 'kapab pale lang li, li jwenn yon fason pou kominike. Nan lèt sa yo, li di mèsi Felix pou ede papa li epi li montre tristès sou sitiyasyon li menm.

Mwen gen kopi lè sa yo paske mwen te jwenn materyèl ekri lè mwen te abite nan kay ki mal fèmen. Felix ak Agatha ta li yo souvan. Anvan mwen ale, mwen pral bay ou lèt sa yo kòm pwov pwopoze nan istwa mwen. Men pou kounye a, pandan solèy ap kouche, menm si mwen gen tan pou eksplike pwen yo prensipal la.

189 Safie te eksplike ke manman li te responsab pou endepandans lespri li, ki te entèdi pou fanm yo kap swiv pa yo Mahomet. Madanm sa a te mouri, men leson li yo te grave nan lespri Safie a, ki te malad jiska lide nan tounen nan Asyè. Sa sòti t'ap mennen li sòti nan tout moun e viv yon lavi li pa vle. Pwospektif maryaj ak yon Krisyan, epi

rete nan yon peyi kote fanm yo gen dwa pran youn ròl nan sosyete a, te antrenyen li anpil.

"Jou a pou egzekisyon Turk la te fikse, men nan nwit la anvan l ', li kite prizon l', e anvan maten li te lwen kek leg nan Pari. Felix te jwenn paspò nan non papa li, sè li, ak li menm. Li te deja kominike plan l 'yo ak l 'ansyen an, ki te ede li kote li kite lakay li, nan prensip yon vwayaj, ak kache tèt li, ak pitit fi li, nan yon pati obskur nan Pari.

Felix te gide koup ki te reyisi fwote atravè peyi France, kote negosyan an te gen lè pou li jwenn bon opòtinite pou antre nan teritwa Turk yo.

Safie te pran desizyon pou rete avèk papa l jiska li pa ale. Felix te rete avèk yo, t-ap tann sanpati pou moman sa a. Pandan tan sa a, li te renmèt nan prezans Safie. Safie te fè plezi Felix lè li t-ap chante bèl chante nan peyi l.

Turk la tèteman pèmèt konsantman ant Safie ak Felix yo grandi e menm ankouraje jenn lanmou yo, fèm li menmen sere nan kè l. Li te ka rive dedwètman méprize ide l toujou nan tèt li lè li te tande lide pitit fi l ap marye avèk yon Krisyan, men li t ap krentifkèzi kolè Felix la si l te montre nenpòt siy dezaprouve. Turk la te konnen li toujou sòti nan Felix pou kenbe sekrè yo, paske li ta kapab dezòd nan otorite Italyen yo si li ta vle. Turk la te pase atravè plizyè plan pou kenbe dezepsyon yo jouk li vin inapwopriye. Li tap mennen pitit fi l nan sekirite l lè li te kanpe ale. Nouvèl yo ki te vini sòti nan Paris te ede plan li yo.

Gouvènman fransèz te vrèman fache lè prizonye yo te eskape, e yo te fè anpil efò pou jwenn ak kondane moun ki te ede l. Plann Felix la te dezafè trè vit, ak De Lacey ak Agatha ki te mete nan prizon. Lè Felix te tande nouvèl la, li desann nan panse li plezi. Papa l ki zonbi e vye granmoun li, ak sò pityab ki byenvev ki te pere nannan yon selye sal li menm jan ak Santral yo. Ide sa a tòtire li. Li rapid fè yon akò ak lidyen yo ke si yo jwenn yon bon kesyon pou eskape anvan Felix ka tounen an Italy, Safie ta rete nan yon konvèn nan Legen. Lè sa a, li kite konpayon li arab cheri l e li kouri bay fotoikay la nan Paris e li ankadre tèt li nan lalwa, espere sove De Lacey ak Agatha.

Men li echwe. Yo te kenbe yo fèmen ankò pou senk mwa jouk jan sa te rive, e yo te pran tout richès yo ak fòse yo kite peyi yo pou tout tan.

Yo te jwenn yon kote malenn nan yon kazare an Almay, kote mwen te jwenn yo. Felix byento aprann ke lidyen tricheur la, ki te mete anpil soufrans nan li ak fanmi l, te tounen yon trèt pou bonte ak onè. Lidyen yo kite Italy avèk pitit fi l la epi voye yon ti kras lajan bay Felix, tankou si li vle mòdew, di li sa kapab ede l jwenn yon fason pou sipòte tèt li nan lavni.

192   Se te bagay sa yo ki t'ap pese anpil sou kè Felix la epi ki t'ap fè l la plis malfeliz nan fanmi li lè mwen te rankontre l pou premye fwa. Li t'ap ka jere li mize, e si li dwe sibi koz bont li, li t'ap fye nan sa. Men, detwertidite a nan Turk la ak pèt lanmou li pou Safie, sa te anpil pi mal e pa t' ka reyab. Lè sa a, lè Arab lan rive, Felix te santi l vivan ankò.

Lè lide a rive nan Leghorn ke Felix te pèdi tout lajan li ak estati sosyal li, komèsan an di pitit li pou bliye lanmou l ak kòmanse prepare pou tounen nan peyi li. Safie pa t' renmen sa epi li t'ap eseye pale ak papa l sou sa, men li pati epi li t'ap kontan anpil.

Kelke jou apre, Turk la antre nan chanm fi l la epi li rapidman di l ke li gen rezon pou kwè ke moun nan Leghorn te konnen kote yo ye. Li te panse ke gouvènman franse a t'ap kaptire l byento. Kidonk, li te fè chofè yon bato pou li mennen l nan Konstantinòp, epi li t'ap kòmanse vwayaje nan kèk èdtan. Li te gen plan kite pitit li avèk yon sèvitè ki te gen konfyans, epi li t'ap vini pita avèk lajan plis li yo, ki pa t' rive nan Leghorn ankò.

193   Lè Safie te sèl, li te panse sou sa li ta dwe fè nan sitiyasyon difisil sa a. Li te vrèman pa vle viv nan peyi Latèkri paske sa t'ap kontrarye relijyon ak santiman li yo. Li jwenn kèk papye ki te nan men papa l, yo te pale de sa ke lanmou li yo yon kote, e yo te di l kote li t'ap viv kounye a. Li panse sou sa pou yon ti tan, men nan fen li pran desizyon. Li pran kèk bijou li yo ak lajan, epi avèk yon sèvitris ki te ka pale twakwa, li kite Itali epi ale nan Almay.

Li rive an sekirite nan yon ti vil pa twò lwen nan lakay Leghorn, men sèvitris lan vin malad grav. Safie te pran swen l avèk tout kè l, men malerezman, sèvitris lan mouri. Kounye a, Safie t'ap tout sèl e li pa konnen lang peyi a oswa anyen sou kijan bagay yo fonksyone la. Men fòtènman, li te fini nan bon men. Moun Italya a te sitènen non kote yo t'ap pral, e apre sèvitris la mouri, madanm nan ki te gen lakay kote yo te rete a asire ke Safie rive nan lakay lanmou l la an sekirite.

CHAPTER XV

 Se te istori sa a mwen te renmen anpil a gangann enpesyone yo. Li te fè yon dènye imprèsyon sou mwen. Mwen te panse yo te moun byen pafwa.

Men, mwen te konsa nan yon moman aprantisaj. Yon bagay enpòtan te pase nan debut mwa out la ane.

Yon nwit, pandan mwen te nan vizit mwen nan bwa kote mwen kolekte manje mwen ak tala mwen te pran lakay gadyen mwen yo, mwen te jwenn sou tè a yon kazilet. Se te tèlman etranj pou mwen jwenn li, men mwen te vrèman eksite retounen lakay mwen yo ak li nan men mwen. Mwen te akwizi 'Paradis Pedwi,' yon volim' 'Lavi Plutark,' ak 'Peyizaj Vreu.' Mwen te kontan-- yon egzèsis pou lespri mwen!

 Mwen pa kapab eksplike konplètman sa kisa yo pral fè mwen. Yo fè mwen santi anpil bagay nouvo ak imajine anpil imaj nouvo. Nan moman yo, yo fè mwen vrèman kontan. Men nan plis pase sa, yo fè mwen vrèman tris. Nan 'The Sorrows of Werter', olye de istwa enteresan ak tris la, li pale sou anpil ide ki te konfize mwen anvan. Li fè mwen panse ak haynen sou bagay yo tout tan. Liv la dekri moun ki byenveyan ak renmen ki gen tou rèv gwo. Li fè mwen sonje moun ki te pran swen mwen ak sa mwen te vle nan lavi a. Men mwen te panse ke Werter te pi ekstròdinè pase nenpòt moun reyèl mwen te wè. Li pa t' fè prensip fè lòt moun, e sa fè yon gwo demach sou mwen. Nan pòs ki gen rapò ak lanmò ak tanti, sa vreman sòti nan lòdine. Mwen pa t' konprann yo tou, men mwen te santi tris anpil pou gwo nonm nan, menm si mwen pa t' konnen poukisa.

196   Kòm mwen t'ap li, mwen pa t' kapab evite aplike pawòl yo sou sentiman ak sitiyasyon mwen an. Mwen wè ankòntrant ant mwen menm ak moun yo nan liv la, men tou mwen te remake kèk diferans. Mwen te konprann ak kòmanse santi pou yo, men mwen toujou te anpil ap grandi ak jwenn solisyon nan bagay yo. M pa t'ap repoze sou anyen ankò, ak pa t' gen anyen ankò moun t'ap repoze sou mwen. Mwen te gen libète pou al kote mwen te vle, ak pa t' gen anyen moun k'ap santi mal si mwen disparèt. Moun t'ap panse m te sanble mal ak enòm. Ki sa sa vle di? Ki moun mwen te ye? Ki sa mwen te ye? Ki kote mwen sòti nan? Ki kote mwen t'ap ale? Kesyon sa yo pa t'ap sispann vini nan tèt mwen, men mwen pa t' kapab jwenn repons yo.

197   Mwen te gen yon liv ki rele "Plutarch's Lives" ki te rakonte istwa premye lidè yo nan repiblik anisyen. Lè mwen te li liv sa a, sa te diferan anpil soti nan lekti "Sorrows of Werter". Pandan Werter fè mwen santi mwen trist ak moure klere, liv Plutarch's la bay mwen enspire ak bon penpanse. Sa a leve mwen sòti nan penpanse trist mwen yo. Mwen te li sou moun ki te anplwaye nan gouvènman ak lagè. Sa a fè mwen pase nan ap batay pou fè byen ak deteste move aksyon. Mwen te kòmanse admire moun ki fè lwa anpeche tankou Numa, Solon, ak Lycurgus, plis pase lidè agresif tankou Romulus ak Theseus. Ak fason gardyen mwen yo t ap viv lavi yo, ide sa yo tounen anpil enpòtan pou mwen. Si premye rankont mwen ak moun yo te te fèt atravè yon jèn sòlda ki vle glwa ak fè mal lòt moun yo, pètèt mwen ta santi diferan.

198   Men 'Pèdi Paradis' fè mwen santi yon bagay konplètman diferan ak anpil plis fòs. Mwen te li l 'li tankou si li te yon istwa vre, menm jan ak liv yo mwen te li anvan. Li fèm leve anpil emosyon etonan ak plezi. Mwen pa t 'kapab lage tèt mwen soti nan imaj God ki gen pou

li dekonsrui kreyasyon li yo. Fwa a, mwen t 'jwenn similatè ant sitiyasyon yo nan liv la ak vi mwen menm.

Konplè souvan, menm jan ak Adam, sam fin vini konnen li pa gen okenn koneksyon ak lòt moun nan mond lan. Men sa a se kote sòti sa yo nan similatè yo. Adam te kreye nan pafeksyon pa BonDye, li te kontan epi li te gen tout sa li bezwen. Li menm t 'kapab pale ak moun ki piwo epi aprann soti nan yo. Men mwen te tris, san sekou, ak kòmansman tout sèl nan peyi sa yo. Souvan, mwen wè tèt mwen plis tankou Satan, santi anvi amè lè mwen tann sou fèlè an moun kap mande pou mwen.

199   Yon lòt bagay rive k ap ranfòse santi mwen ankò. Peryòd kout tan apre mwen rive nan ti sit spasyal la, mwen jwenn kèk papye nan pòch rad ou ke mwen pran nan lab ou. Premye fwa, mwen pa t ap bay anpil atansyon bay yo. Men, lè mwen aprann li mo yo nan papye yo ekri yo, mwen kòmanse etidye yo atansyon. Papye sa yo se jounal ou pandan kat mwa anvan mwen te kreye. Ou te ekri chak etap ou te pran pandan travay sou pwòj ou. Ou te ekri tou sou bagay ki pase nan lakay ou. Ou p poko sonje papye sa yo. Isit la yo ye. Yo rakonte tout bagay sou debi mizerab mwen an. Yo dekri ak detay tout bagay ki te moun fèt pou mwen egziste a. Yo enkli menm yon deskripsyon detaye sou aparyans m' ki degoûtan. Li fè mwen santi maladi. "Kijan jou a te terib lè mwen te vini nan lavi!" mwen kriye nan doulè. "Ou menm, moun ki te fè mwen, poukisa ou te kreye yon mons ak nan tout bagay ki poukisa ou menm te vire tèt blan w depi'm nan degoutans la? Bondye fè moun yo bèl menm jan ak li, men fòm mwen se yon refleksyon lèd tèt ansanm ak ou, pito pi mal. Satana te gen kò-pwezi li yo, lòt deyòl yo, ki te la ak li fè l' santi byen nan tèt li. Men, mwen sòti nan menm so nan tout moun ak mwen te bouke."

200   Te sa yo te nan tèt mwen pandan tan tristès ak souf. Men, lè mwen te panse sou bon kalite moun nan ti kay la, kouman yo te bon ak swen yo te nan mwen, mwen te panse yo ta santi pitye pou mwen ak pa t 'fè anyen konsa pou figi mwen. Èske yo ta ka rejte yon moun, li menm jan nonèt, ki te mande pou kondi ak zanmi yo? Mwen deside ke mwen pa tap kite lespwa ak ke mwen tap fè tout bagay mwen ka

fè pou prezante tèt mwen men yo nan yon rankont ki ta detèmine avni mwen. Mwen deside pou tann ankò kèk mwa. Mwen te vle prepare tèt mwen ankò pi byen.

201   Plizyen chanjman, nan mitan sa a nan fèt nan ti kay la. Laprès Safie te amezi fè bonn nan mitan moun ki rete la. Felix ak Agatha te satisfè ak kontan. Santiman yo te sere ak dayè, pandan ke mwen, pandan chak jou ki te pase, te bò regbwazman. Ogmantasyon nan konesans sèlman te montre mwen plis klèman konbyen yon ekzile malè mwen te ye. Mwen te rispèkte lespwa, se vre, men li disparèt, lè mwen te gade refleksyon kò mwen nan dlo.

Mwen t ap fè efò pou kraze pè sa yo. Sepandan, mwen te sèl. Mwen te menm gen kreyatè mwen. Kote li te ye? Li te kite mwen, e nan pè souf mwen an, mwen sweti li.

202   Asandye konsa pase. Mwen te sòti souspriz ak tristès pou mwen wè fèy yo fane ak tonbe, ak tout mond lan vin san vèt kòm premye fwa mwen wè bwa yo ak bel latè ou. Men soufrans la pa deranje mwen konsa menm jan ak cho paske jan mwen te fèt la. Bagay ki pi renmen mwen yo te fèl, zwazo yo, ak tout bagay ki klere ak kè kontan nan ete a. Lè sa yo te disparèt, mwen kòmanse bay plis atansyon moun nan kabin yo. Absans ete a pa fè yo mwen pase mwens kontan. Yo te renmen lòt yo ak te pran swen lòt yo, epi lapè yo pa te afekte pa move bagay yo k ap rive alantou yo. Peye plis atansyon mwen te pwan yo, plis mwen te vle yo pwoteje mwen ak gen tòt mwen. Mwen vrèman vle yo konnen mwen ak renmen mwen. Mwen pa t kapab soufri ide nan yo retezi ak deteste mwen. Pòv moun ki te vini nan pòt yo pa t janm vire tounen. Mwen te mande plis pase jis manje ak kay pou repoze. Mwen te vle byenfwa ak konpreyansyon, men an fon kè mwen, mwen pa t panse mwen tèlman sòti nan mwa a.

203   Sezon ivèn vini epi sa yo chanje depi m lavi. Kounye a, premye bagay mwen kwaze nan panse mwen se pou mwen prezante tèt mwen bay moun k'ap pran swen mwen. Mwen panse sou plizyè ide, men mwen deside ke mwen pral antre nan lakay yo lè granmesi a sòti yo. Mwen te reyalize ke moun te pi pe antanke mwen te gade, pa antanke mwen te pale. Kidonk, mwen kwè ke si mwen ka gen

konfyans De Lacey granmesi ki anvan pou m' ede, pè, pè, lòt moun yo ta ka aksepte mwen tou.

Yon jou, lè solèy la te voye klere ak tè a te kouvri nan fèy wouj, Safie, Agatha, ak Felix te ale nan yon gwonde machan nan kanpay. Granmesi a, tèt li kite chwazi, rete nan kay la tann sèl. Apre pitit li yo te kite, li pran gita li ak jwe plizyè chante tris men bèl. Li te pi bèl ak tris pase mwen te janm tande l jwe anvan. Nan premye tan, li t'ap voye klere, men lè l te jwe, li tounen penpan nan panse li ak tristès. Sou nan, li sispann jwe ak chita tann la pèdi nan panse li.

204 Kè-mwen bat vit. Se nan tan-èske sa a ak moman devwa a pral rive, kote sa ap deside espwa-m yo oswa reyalize pe yo. Sèvitè yo te ale nan yon bèl-lit ki tou pre. Tout bagay te kenbe silans nan men ak otou kay-la. Se yon bon okazyon sa a. Men, lè mwen te kòmanse deplase, malendren mwen tèt an tou. Mwen pran yon respire fon nan bèlè lè-a.

"Mwen t chòke. 'Ki moun la?' di ansyen moun nan - 'Antre ale.'

"Mwen antre: 'Padonem,' mwen di: 'Mwen nan vwayaj ak mwen bezwen yon ti repo. Eske mwen ka chita bò kache-w?"

"'Antre,' di De Lacey; 'e mwen pral eseye ede ou. Timoun mwen yo sòti, epi mwen se zòrèy, se pou sa mwen pa kapab trè bon anfitri la kounye-a

"'Pa deranje tèt ou. Mwen gen manje. Sa mwen bezwen sòti sèlman yon kote pou mwen chita.'

"Nou chita nan tèt ansanm ak finalman, ansyen moun nan envite mwen:

"'Dapre lang ou a, etranje, mwen sipoze ou soti nan kote konsa? - Èske ou Franse?'

205 "Non, men mwen te aprann nan yon fanmi franse. Mwen pral tou mande kèk lòt moun mwen konnen kèk ti kalite yo ede mwen."

"Yo se almay??? l yo?"

"Non, se franse yo ye. Men, pale nou nan yon lòt sijè. Mwen se yon moun sèl. Mwen sòti wouze ak pa gen fanmi ni zanmi nan monn lan. Moun yo bon kè mwen pral rankontre a pa janm wè mwen anvan, e yo konnen trè ti bagay sou mwen. Mwen plen ak lanmò paske si yo refize mwen, mwen pral yon meprize pou toutan."

"Pap pedi lespwa. Kwe nan espwa ou yo. E si moun yo bon ak bon kè, pa lage lòt bò a."

"Yo bon. Yo se moun pi bon nan lemonn. Mwen jis gen yon ti krikòk sa mwen pè ke, olye yo wè yon moun ki pran swen ak akomodasyon, yo sòti sèlman gade yon monst ki orib, ki pa merite vreman."

"Sa vreman malere. Men si vreman ou pa fè anyen mal, ou pa ka demontre pou yo yo gen tort?"

"Mwen pè. Mwen swen anpil pou moun sa yo epi mwen te fè bagay bon pou yo, men yo ta ka panse mwen vle fè yo mal. Mwen vle chanje opinyon yo sou mwen."

"Ki kote zanmi w yo rete?" moun nan mande.

"Yo rete pre kote la," ansyen nonm nan reponn.

Ancyen nonm nan te sispann yon ti moman epi li di, "Si w di mwen istwa ou san okenn bare-nan, mwen ta ka ede w. Mwen se yon moun andikape. Mwen menm tou ka fè misè epi lwen lakay mwen, men sa ta fè mwen vreman kontan pou mwen ka ede yon moun."

"W'ap yon moun anpil bon! Mwen rekonesan pou èd ou. Mwen deja santi mwen gen plis lespwa. Mwen angoise yo panse mwen te fè move bagay, men mwen pwomèt mwen pa fè sa."

"Li enpòtan pou w'ap onèt. Mwen menm tou mwen te konn afwonte katras. Fanmi mwen ak mwen menm te akize san jistis, donk mwen konprann sa vle di soufri."

"Kijan mwen ka di ou mèsi, manm mwen, ak sèl moun ki ede mwen? Ou se premye moun ki montre mwen bonjou. Konsa, mwen pare pou mwen wè zanmi mwen yo."

"Eske ou ka di mwen non yo ak kote zanmi sa yo rete?"

Mwen te ezite. Mwen te konnen ke sa a te moman kritik ki ta kapab pote ouvèti mwen ak détrenpe li. Mwen t'ap eseye fò pou mwen jwenn fòs pou mwen reponn li, men efò sa yo a fè mwen las. Mwen tonbe sou chèz la epi koumanse kriye. Nan bonè sa a, mwen tande pase pyès pitit mwen yo. Tan ap fini. Mwen pran men granmoun nan epi mwen mande li, "Kounye a se tan! Tanpri sove mwen epi pwoteje mwen! Ou ak fanmi ou, ou se zanmi mwen ap chèche yo. Tanpri pa ban mwen kite lè mwen bezwen èd anpil!"

"Oh nonmesye! Ki moun ou ye vre?" ban granmoun an di.

Lè sa a, nan moman sa a pòt kay la te louvri, e Felix, Safie, ak Agatha antre. Ki moun kapab dekri terè yo lè yo wè mwen? Agatha tonbe san kòlè. Safie, ki pa t 'kapab ede, kouri soti nan kay la. Felix sote devan nan mwen e frape mwen vyolaman ak yon ti chodye. Mwen t 'ka touye l 'nan kò a, men kè mwen te lou. Mwen te rete nan lakay mwen, dèyè kay la.

CHAPTER XVI

 "Mwen koutnadem, koutnadem kreyatè! Poukisa mwen te dwe viv? Poukisa, nan moman sa a, mwen pa te sèlman mete fen nan lavi ou a ke ou te ban mwen san pou pòte? Mwen pa konnen;dezespwa te pat pran kòmmandman anko. Mwen te konsume nan kolè ak yon desi pou vengans. Mwen ta te pran plezi nan detwi lakay la ak tout moun ki nan li, nan lapèche nan vwa ak doulè yo.

Lè nui vin, mwen kite kachèt mwen ak mwen te pase nan bwa yo. San pè pou mwen pa t'rete kite m' fèmen nan kri trèmite mwen yo. Mwen te tankou yon bèt jalouzi libète li nan trap li a, detwi nenpòt bagay nan devan mwen ak mwen deplase nan bwa yo avèk vitès yon bich. Oo, kòman yon nwit pase mizè mwen te sibi! Zetwèl yo frèt tiye mwen, ak pye bwa yo taptapanni sou m 'la. Chak premye nan lè yon zanmi louvri nan shyans lanmò-a. Tout moun, men mwen, te nan lapè oswa nan plezi yo. Mwen menm, tankou yon diable, mwen te kouri yon tourmant fanatik nan andedan mwen. Senti tèlman sèl ak pa konprann mwen, mwen te vle deskalte pyebwa yo, kreye kòz ak destruksyon, epi jis chwazi yo divèti nan dechoukay la."

 "Men sa a te yon santi ki pa t 'ka dure lontan. Mwen te fatige epi te pran ret. Depi nan moman sa a, mwen deklare lagè kont tout mennaj yo, espesyalman moun ki kreye mwen ak forse m 'nan soufrans insoportab sa a.

Solèy leve. Mwen tande moun ap pale, epi mwen te konnen mwen pa t 'ka retounen nan kach mwen pou tou rete jou a. Donk, mwen jwenn yon kachète nan yon pyebwa ak deside pase kèk èdtan ap panse sou sitiyasyon mwen an.

Chalè solèy la ak lè frai nan jou a pote kèk lapè nan m 'sou. Lè mwen panse a sa ki te pase nan lakay la, mwen te reyalize mwen kapab te aji twò rapidman. Mwen sètènman fèk fè kèk erè. Li te klè ke konvèsasyon mwen an te fè papa a enterese nan ede mwen, epi mwen te fou pou mwen leve tèt mwen nan terè nan pitit fi li yo. Mwen ta dwe piti piti rive fè konfyans ansyen De Lacey a ak fèt chwal a rive montre tèt li bay lòt manm nan fanmi a lè yo te anvi. Men, mwen pa t 'kwè erè yo mwen fè te inpòsib pou kòrige; apre ap Panse pou yon long tan, mwen deside tounen lakay la, jwenn ansyen nonm nan, ak eseye konvansyonnen l 'pou li vin rejwenn kote mwen ye."

211 "Pans sa yo kalmem, e nan aprèmidi a mwen tòmbe nan yon dòmi pwofond, men lafèv nan san mwen fè mwen fè move rèv. Finalman, lè aswè rive, mwen sòti kache mwen, e mwen ale chache manje.

Aprè mwen manje, mwen tounen nan toulalit mwen. Maten vini e nan lakay la lòt bò kote a te fènwa, e mwen pa tande okenn move. Mwen te anpil inquiet. Mwen pa ka dekri lagòzi nan dezavantaj sa a.

Nan pwochen moman, de nonm pase, men mwen pa t 't gen okenn ide sa yo t'ap di. Pwòch sòti, sepandan, Felix vin pran lòt nonm ak li. Mwen te sòti sòti tankou mwen te konnen ke li pa t 'te kite lakay la maten an, e mwen t 'tann nan angois pou wè sa k 'te pase."

212 "Eske ou panse," zanmi l 'li pou li dwe peye twa mwa nan lwaye a ak pedi rekòt nan jaden w lan? Mwen pa vle profite sou ou, sa a mwen mande ou pou ou pran kèk tan pou ou panse sou desizyon ou a."

"Li pa sèvi anyen," Felix reponn. "Nou pa janm ka byen viv nan kaz ou ankò. Lavi papa mwen an nan danje anpil àkòz sa mwen te di ou a. Madanm mwen ak sè mwen pap janm rekiperasyon soti nan gwo move yo. Tanpri pa eseye rezonnen mwen ankò. Pran kay ou a tounen, e pèmèt mwen kite kote sa a."

Felix tèt li tremblè lè li pale. Li ak zanmi l 'li antre nan kay la, kote yo te rete pou kèk minit anvan yo kite. Mwen pa janm wè anyen nan fanmi De Lacey yo ankò.

213   Mwen pase tout lòt jou nan ti kay mwen, santi tèt mwen plezi-a epi bèt-a. Moun ki te pwoteje mwen yo te kite-m ak kraze sèl bagay ki te konekte mwen ak mond lan. Pou premye fwa, mwen te santi yon gwo desir pou vengans ak lapenn. Mwen te panse nan De Lacey yo avèk kè kontan-an, men ankò, lè mwen sonje ke yo te rejte ak abandone mwen, kòlè a te retounen, yon kòlè fò. Paske mwen pa t' kapab fè wounen nanm moun, mwen te dirije fach mwen sou bagay ki pa t' kapab santi anyen. Lè lannuit rive, mwen mete divès bagay k-ap boule alantou kay la, epi apre kraze tout bagay nan jaden-an, mwen t-ap tann nan pa patyèl kòb la desann pou mwen ka kòmanse plan mwen an.

214   Lè lannwit fèt plis fènwa, yon van fòt frape soti nan bwa yo, fè nouvèl yo ki te ap woule nan syèl la. Van an te santi fòs li, tankou yon gwo lavalyans, epi li te fè m' santi mwen t ap pèdi tèt mwen. Mwen jwenn yon branch sèch nan yon pye bwa ak mwen te mete li dife. Mwen kòmanse danse nan yon konfizyon alantou bungalot la, je mwen konsantre sou orizòn an kote mwa a te pre lwe. Piti a piti, mwa a kòmanse disparèt dèyè kote li te fini, epi mwen sote ak branch mwen k ap boule. Li tonbe, epi avèk yon kri fò, mwen mete dife nan menm pwa pa, ze la, ak tchoukou mwen te rasanble. Van an te soufle plis fò, epi flanm yo rapidman afèmen bungalot la, liche li avèk lang lanmò yo ki touye.

Lè mwen te reyalize pa gen moun kap kapab sove okenn pati nan kay la, mwen kite sitiyasyon an epi m'ale chache tèt ansanm nan bwa yo ki pre.

215   "E koulye a, mwen menm mwen ta dwe ale? Mwen te panse sou eseye jwenn ou. Nou te di Geneva kòm non vil natal ou; e se nan kote sa a mwen te deside al chache.

"Mwen menm, mwen pa t konnen kijan mwen ta dwe dirije tèt mwen. Mwen pa t ka panse sou anyen sa a. Sa mwen te konnen sèlman se ke mwen te dwe jwenn ou. Mwen te bezwen repons ak ou te bezwen bay yo pou mwen."

216   Vwayaj mwen te long ak mwen soufri anpil. Mwen kite zòn kote mwen te rete pou yon bon tan nan dènye aot. Mwen sèlman vwayaje nan lannwit paske mwen te pè wè nenpòt lòt moun. Lanati yo ki te sou kote mwen te mache a te ap mouri. Pi mwen te rapwoche sòti nan kote ou te rete a, pi anpil lajistis mwen te santi mwen. Lapli te tonbe ak tout bagay te vin glase, men mwen pa t' sispann. Gen kèk fwa, mwen t'ap jwenn kèk bagay ki montre mwen wout la, epi mwen te gen yon kat rejyon an, men mwen souvan te pèdi kòmandman. Mwen te anpil soufrans, pou sa mwen pa t' ka repoze. Chak bagay ti kras ki te rive t'ap aliyenasyon ak mizè mwen an. Men yon bagay ki rive lè mwen rive nan fwontyè nan Swis, lè solèy la kòmanse tounen chalè ankò ak latè a te parèt vèt, sa fè santiman mwen anpi plis amè ak terifyan.

217   Mwen te repoze souvan nan jou yo ak sèlman vwayaje nan lannwit pou pa gen moun ki wè mwen. Men, yon maten, lè mwen te dwe travèse yon gwo fò, mwen deside kontinye vwayaj mwen apre solèy la te leve deja. Se te yon nan premye jounen prentan, ak sousi akèy ak lè-a ak chalè-a fè mwen santi mwen aleg, sa ki byen etranje pou mwen. Mwen te agreyabman sòti nan nouvo emosyon yo ki delike ak lapè ki te monte nan kè mwen. Nan yon ti moman, mwen bliye sou sòl mwen ak aparyans mwen, epi mwen pèmèt tèt mwen yo alegri. Lèzòt nan kè mwen desann nan zye mwen, epi mwen menm leve tèt mwen ak dlo nan je nan rekonesans pou yo te pote kè kontan nan kè-mwen.

218   Mwen te kontinye mache nan chemen bwa jouk mwen rive nan bout li, kote gen yon rivyè fon ak rapid. Kèk pye bwa te kraze sou rivyè a avèk branchès nouvo nan prentan. Mwen pa t 'konnen ki kote mwen t 'dwe ale, se konsa mwen sispann epi mwen tande vwa yo. Mwen deside kache anba yon pye matpye. Menm lè sa a, yon ti fi kouri dèyè mwen, ap ri tankou l 't'ap jwe ak yon jwèt goumen. Li te

kontinye kouri sou berg rivyè a ki te ra ak li byen vit ak li tonbe nan dlo kouran an. San reflechi, mwen sòti nan plas kache mwen epi mwen mete tout fòs mwen pou sove l 'ak mennen l' sou tè a. Li pa te konsyan, epi mwen eseye tout sa mwen te ka pou reveye l '. Byen vit, yon moun nan kominote a, ki te fètman sa a te jwe avèk, rive pre mwen. Lè l 'wè mwen, li pran tifi a nan men mwen ak li kouri vit nan fon bwa yo. Mwen te swiv aprè yo, san mwen pa t 'kwè kisa. Men lè l 'wè mwen nan apa kouri pi pre, li montre yon pye bwa sou mwen ak li tire. Mwen tonbe sou tè a, epi li kouri vit kite bwa yo.

219   Sa se te rekòmpans mwen pou bonswa mwen! Mwen te sove lavi yon moun, e an retou, kounye a mwen soufri nan doulè a ak yon fonn blesi gwo. Santi espri bonswa ak delikates mwen te genyen la anvan sa te chanje anraje entans ak vyezi nan tout moun. Doulè a te domine mwen, fè mwen tonbe soti sou janm ak ijan.

Pandan kèk semèn, mwen te viv yon lavi mizerab nan bwa yo, eseye geri blesi mwen. Mwen pa t 'konnen si bal la te toujou ladan mwen oswa si li te pase. Anplis, pa t 'gen chemen pou mwen retire l '. Chak jou, mwen pran anpil fwa jure pou pran revanj.

Apre kèk semèn, blesi mwen finalman geri, e mwen kontinye vwayaj mwen. Mizè mwen te endure a pa t 'kapab ankò soulaje pa solè cho oswa briz kè menenm levanjil. Anyen plas sa a te santi kòm yon blag kriz, raple mwen sou egzistans sèl mwen ak fè ke mwen pa t 'kapab jwenn lapè.

Men, batay mwen yo pa t 'loin fini. Nan de mwa, mwen rive pre Gène.

220   Te fè anlè nan nwit lanne mwen rive, se konsa mwen jwenn yon kote pou kache nan kawotèl ki anviwon vile a. Mwen te bezwen tan pou mwen panse sou kijan pou m'apwòchew ou. Mwen te fèt, grangou, epi trò byen tris pou mwen apresye briz bezwen etranj a oswa gade solèy la k'ap kouche dèyè mòn Jeratou wo yo.

Nan moman sa a, mwen tap sòti nan yon dòmi leje, jwenn yon kèk soulajman nan panse trounblan mwen yo. Sepandan, repo mwen koupe lè yon ti moun bèl pase nan menm kote kach mwen te chwazi a, plen ak lanmou jwa men ajoune. Lè mwen t'ap gade l', yon ide frape mwen - ti moun sa a te inosan epi li pa t' ase tan pou l te devlope yon pè fòme. Si mwen ta ka pran li ak grandi li kòm konsansòt mwen epi zanmi, p'apre sa mwen ta ka santi mwen pa si sèl nan monn sa a ki plen moun.

Mwensye pa impilso sa a, mwen pran ti moun nan lè l t'ap pase epi mwen retire l nan kote l' sou pyès. Lè l te wè fòm mwen, li kouvri je li avèk men li yo epi li voye yon kri byen wo. Mwen fòse retire men li yo nan figi l' la epi mwen di, "Ti moun, poukisa ou reyaji konsa? M'pa vle fè ou mal, jis koute mwen."

Li batay kont priz mwen yo epi li kriye, "Lage mwen! Monstwo! Kreyati difòme! Ou vle manje mwen epi kraze mwen! Ou se yon ogrè! Lage mwen, oswa mwen p'ap di papa mwen!"

"Ti gason, ou p'ap wè papa ou ankò. Ou dwe vini avèk mwen," mwen reponn.

"Monstwo dekonpoze! Lage mwen! Papa mwen se yon moun enpòtan. Li se Misye Frankenstein, yon Sindek. Li pral pwononse ou. Ou pa gen dwa kenbe mwen!"

"Frankenstein! Konsa w ap rive nan men lènmi mwen, moun mwen te swete pou mwen venje pou tout tan. W ap se premye viktwa mwen," kreyati a deklare.

Ti moun nan pa t sispann lit ak mwen epi linsilte mwen ak pawòl ki te pike kè mwen. Pou kalmel li, mwen pran kou li, epi nan yon segonn, lavi li kite kò li nan pye m.

Lè mwen gade viktim mwen yo, yon santi konsolasyon ak sòti nan nanm mwen epi jwa malisye ranpli kè mwen. Map pyese men mwen ansanm, mwen egzklame, "Mwen menm tou, mwen kapab kòmanse kraze. Lènmi mwen pa envinasyab. Lamò sa a pral fè l angoisse, epi pase mizè ap tòtiye li."

Pandan mwen t ap gade tèt mwen ranmase nan ti moun nan, mwen remake yon bagay ki klere sou po li. Mwen pran li, konprann ke li se yon pwotreye yon bèl fanm. Menm lè mwen te gen enterè malisye, imaj li te adouci ak espere mwen. Pou yon kout moman, mwen te swete nan je nwa li yo ak lèv li ki bèl yo. Men avan, kòlè mwen retounen. Mwen sonje ke mwen toujou pran nan bonè nan kòb k ap bèl tankou sa a kapab ofri mwen. Si li te wè mwen, ekspresyon divin li nan bon l-handshpe li yo tap transforme nan yon dezyèm degoutans ak pè.

Ka w kapab imaginen lòd ki monte anndan mwen nan moman sa a lè mwen te panse sou sa yo? Se sèlman mwen etone ke nan moman sa a, olye mwen rele ak doulè ak dezespwa, mwen pa kouri nan monn lan ak pèi mwen pou mwen kraze lòt moun.

222 Tandis que mwen te andan anpil santiman sa yo, mwen kite kote mwen te touye a. Mwen te chache yon kote kote pi trankil pou mwen kache, epi mwen rantre nan yon grang vid. Nan kraze grang nan, gen yon jenn fanm ki tap dòmi sou yon soley. Li pa te tankou fanm nan imaj nan mi mwen te kenbe a, men li te gen yon figi plezi ak li te san devan. Mwen panse nan tèt mwen, isit la gen yon moun ki pataje souri yo plezi yo ak tout moun, sauf mwen. Mwen pase tèt mwen nan direksyon li epi mwen di dousman, "Reveye w, cheri mwen. Lanmou ou la, yon moun ki ta koute lavi pou wè yon sòti smè nan je w. Cheri mwen, tanpri reveye w!"

Li kòmanse remen, thenn nanm mwen. Sa ta fè si li reveye, wè mwen, akèy akèy mwen kòm yon moun ki touye moun? Se sa li sòti tap fè si je l 'ouvè ak li te wè mwen. Se sa sa te mache m fòl. Li reveye mechanste nanndan mwen. Mwen deside li, pa mwen, ki ta dwe soufri. Mwen te kòmanse taptap nan lè li sou do epi mwen ranpli yon poze nan rad li, mennen swadizan se pa ka gen pi lwen. Li remouche ankò, epi mwen kouri vit vit.

223 Pandan yon kèk jou, mwen te retounen nan kote ki kote sa yo te fèt la. Lè sa a, mwen te vle wè ou, e lòt fwa, mwen te panse sou kite lemonn nan ak tout pwoblèm li pou tout tan. Finalman, mwen te vire nan direksyon mòn sa yo eksplore zòn kache yo, nan mitan nan yon desir fò k ap pran mwen, sa se sòl ou kapab satisfè. Nou pap ka wete chemen jiska ou pwomèt fè sa mwen mande. Mwen tout sèl, santi mwen malere poutèt moun pa pral alantou mwen. Men, yon moun ak tou pa trè konsa kòm mwen pa tap di non bay mwen. Kòmpagnon mwen dwe menm kalite ak menm defo yo. Ou dwe kreye moun sa a pou mwen.

CHAPTER XVII

 Entite a te sispann pale ak gade nan mwen, t'ap tann yon repons. Men, mwen te konfize e m'pa t' kapab òganize panse mwen ase pou konprann sa li t'ap mande. Li te kontinye,

"Ou dwe fè yon konpayon fanm pou mwen. Mwen egzije l kòm yon bagay ou dwe bay mwen."

Lè li fin di istwa li a, kòlè mwen te boule ankò. Mwen pa t' kapab kenbe kòlè mwen ankò.

"Mwen refize," mwen di fòman. "Panka twòtòti p'ap ka fè mwen dakò. Ou ka fè mwen tonbe nan pi gwo mizè, men ou p'ap janm fè mwen sanble atanke tèt mwen. Èske mwen ta dwe kreye yon moun tankou ou, pisans malefis li ka detwi mond lan? Ale! Mwen deja ba ou repons mwen. Ou ka eseye twòtòti mwen, men m'ap refize toujou."

 "Ou twòp fò," di bèt la. "Anplas de manase, mwen vle diskite avèk ou. Mwen mechand sou mizèkòd, sa ki fè mwen mechand. Tout moun rejte ak detèste m', woukretè mwen menm tou. Ou vle twonpe sou mwen ak pouvoi w'ap sanble viktorye. Sonje sa a epi di m' poukisa mwen ta dwe gen pitye nan moun lè yo pa janm gen pitye nan mwen? Ou pa ta rele sa yon omosid si w'ap kapab jete mwen nan yonn nan sa yo fente glas nan ak detwi nan kò w'ap fè. Estime moun yo lè yo meprize mwen? Ann viv ansanm ak ben ak kè kontan, epi anplas nan kraze lòt la, mwen ta bay ou chak benefis avek lespwa ak gratitid nan je ou lè w'ap aksepte yo. Men sa a pa kapab fèt, paske sans nou yo diferan fè l' enposib pou nou fè yon sèl kò pyès. Mwen p'ap janm tounen esklav nenpòt moun. M'ap pran revanj pou sa w'ap fè nan mwen. Si mwen pa kapab enspire lanmou, mwen pral fè moun yo pè sou mwen. Epi mwen pral dirije plis pè sa a sou ou, lènmi mwen, paske ou se kreyatè mwen. Mwen jire pou ou m'ap pran avèti, mwen pral travay pou detrui w'ap pa sispann jouk mwen kraze kè w'ap fè ou regrete nouvèl ou fèt la."

Yon kolè feroz konswomi l', epi figi li deforme nan yon fason ki twop terifyan pou nenpòt moun t'ap kapab wè. Men byento li retabli kalm nan epi kontinye-

226 "Vreman, mwen te vle rasonnen w. Emosyon entans yo fè konsa fè m mal, men w pa konprann ke se w ki lakòz enstansite li yo. Si kèlkonkenn moun te montre m bonnè, m ta retoune sa a yon santèn fwa. Pou pèsonn sa a, m ta fè lapè avèk tout moun! Men kounye a, m sòlman rèv pou yon fètizan mwen pap janm genyen. Sa mwen mande a ou jis ak jis ak rezonab: mwen vle yon konpayon. Mwen konnen nou ta rejte nan sosyete a, men sa a sèlman fè nou plis antanke nou aksepte. Lavi nou pap kontan, men yo ta lib nan misè a. Tanpri, pa refize m."

Mwen te afekte anpil. Lide sou sa ki ta ka rive si mwen dakò te fè m trasonnen, men te gen verite nan aksyon li yo. Istwa li ak santi li kounye a montre li kapab eksperyans emosyon pwofon. Kòm kreyatè li yo, mwen pa dwe li sa ki bonè mwen ta ka bay li? Li remakè chan-jman nan kè mwen epi kontinye pale...

227 "Si ou dakò, nou pap janm tcheke nou oswa nenpòt moun lòt ankò. Mwen pral ale nan mòn soufwans Ayiti. Mwen pa manje menm manje ak moun. Goute ak grenn aw kondi m'ap jwenn sifizan manjman. Kòmpagnon mwen pral menm jan ak mwen epi li pral satisfè ak menm manje a. Nou pral kouche sou fèy sèch. Nou pap bezwen anpil. Menm si ou te kwasans ak mwen, m'ap wè

kòmandman nan je ou kounye a. Lè sa a, kite mwen pran opòtinite sa a pou mwen konvenk ou fè mwen konmansman mwen dezi wanòdman sa a."

"Ou sijere," mwen te reponn, "ke ou ta dwe kouri ale viv nan mòn kote sèlman bèt yo pral kòmpagnon ou. Kijan ou, ki ap laboure pou lanmou ak konprann moun, pral kontinye avèk estranjman sa a? Ou pral tounen epi chèche bon konprann yo ankò, men yo pral rayi ou. Desir mal ou yo pral tounen, epi apre sa ou pral gen yon kòmpagnon pou ede ou kreye destruksyon. Sa pa ka rive. Tanpri sispann debat, paske mwen pa ka dakò ak demand ou a."

228 "Kijan byen vit sentiman ou yo chanje! Menm yon ti moman lontan, ou te emosyone pa sa mwen te di, men kouman ou konyen nan kè ou koulye a? Mwen pwomèt ou, sou latè kote mwen viv ak moun k ap kreye mwen, si ou ba mwen yon kèkwayan, mwen pral kite sosyete imanite epi mwen pral viv kote mwen ka viv, menm nan kote ki plis danjere yo. Desire malice mwen yo pral disparèt paske mwen pral gen kòmpagni. Mwen pral pa malefikse se moun kòte mwen ye yo."

Pawòl li yo te gen yon efè etranj sou mwen. Mwen te santi regrè pou li. Mwen panse ke depi mwen pa ka santi menm jan li fè, mwen pa gen dwa refize li ti kras pyès kontantman ke mwen ka ofri li.

"Ou pwomèt," mwen di, "yo pa fè anyen move, men ou deja montre yon ti gòch ki fè sa rezonab pou mwen pa konfyans ou? Pa ta ka sa a tout yon manti pou ogmante satisfaksyon ou nan pèmèt ou chèche ankò plis revanj?"

229 "Ki sa ki pase? M'ap pa t'ap itilize ak légèreté, e mwen vle yon repons. Si mwen pa gen koneksyon oswa lanmou nan lavi mwen, mwen pral plen ak lapèch ak vès. Se sèlman lanmou yon lòt moun ki pral fè mwen pa komèt zak kriminèl, e mwen pral vin yon moun ki pa gen moun ki konnen egziste. Mwen kondwit mal mwen yo soti nan sèlitude mwen rayi, e bon kalite mwen yo pral natirèlman parèt lè mwen nan konpayi yon egal. Mwen pral viv emosyon tankou nenpòt moun santi ak mwen pral fè pati nan chèn lavi ak evènman soti nan ki mwen eksklou a."

Mwen te pran yon tan tèt chaje pou reflechi sou tout bagay li te di e sou argiman li te fè yo. Mwen te konsidere pwomès benediksyon yo. Mwen te panse tou sou pouvwa li ak menas yo: yon kreyati ki kapab survive nan kav fredi ak kache nan klif pou ki pa aksesi pa yo ta gen kapasite ki pa ta fasil pou fè fas a. Apre yon moman kraspé refleksyon, mwen te deside ke jistis, pou li ak pou semèn mwen yo, mande mwen bay demann li a. Men, lè mwen vire vers li, mwen te di annouyin--

230   "Mwen dakò ak demann ou, men ou dwe pwomèt answòm pou kite peyi Ewòp ak nenpòt lòt kote ki pre moun pou tout tan. Lè mwen ba ou yon kòmkonn fanmi pou eksil ou an, ou dwe kenbe pwomès ou a," mwen di l '.

Li sèvi ak tyalè, li di: "Mwen sware. Wap pa janm wè mwen ankò tout tan gen yon lòt moun yo vivan. Tounen nan kay ou epi kòmanse pwojeksyon ou. Mwen ap tann ak anpesan pwogres yo e lè ou prè, mwen pral parèt."

Apre lè sa a, li koule byen vit kite m ', pè, peutèt li ta te panse ke senzasyon mwen yo ka chanje. Mwen te gade li tonbe vit sou mòn lan, li deplase plis vit pase yon oldi nan vol, e byen vit li disparèt nan vag glase yo nan lanmè.

231   Istwa li teye tout jou a, epi li te pre yo kouche solèy lè li te ale. Mwen te santi mwen mal lè mwen panse sou li ap fè wout li ale. Mwen tann anpil epi mwen kenbe men mwen ansanm nan soufrans. "O, etwal ak nimaj ak van," mwen di, "Si vreman ou santi pena pou mwen, retire santiman mwen ak souvenans yo epi fè mwen disparèt. Men si ou pa vle, ale, ale, epi kite mwen nan nwit la."

Se te reyalite foll ak malere sa yo.

232   Mwen rive nan vilaj Chamounix nan maten, men mwen pa pran okenn repo. Anplis, mwen imedyatman tounen nan Jenèv. Mwen pa t 'kapab jwenn mo pou mwen eksprime kijan mwen te santi, kòm emosyon mwen te sòti nan mwen akòz sa t 'ap soufri m' tankou yon mòn lou. Konsa, mwen tounen lakay mwen ak m 'ale nan kay la pou mwen ka reyini ak fanmi mwen. Yo te trè angous, lè yo wè jan fòm

mwen te fèt, men mwen pa reponn okenn kesyon ak gade ti moun nan. Mwen te totalman pèdi nan panse sou sa mwen te dwe fè apre sa.

CHAPTER XVIII

233 Mwen pase anpil jou ak semèn nan Ginebra, men mwen pa t 'jwenn kouraj pou mwen kòmanse travay ankò. Mwen te pè revanj mons tranblese dezespere a, ak mwen pa t 'vle fè tach mwen te ba li. Pou kreye yon fanm, mwen te bezwen etidye ak fè rechèch pandan plizyè mwa ankò. Mwen te tande sou yon syantifik Angle ki te fè kèk desou-vèti enpòtan ki ta ka ede mwen, ak mwen te panse pou mande papa mwen si mwen ta ka ale Angle pou sa. Men, mwen t 'kòntinye jwenn eskiz pou reta, ak mwen pa t' vle pran premye etap nan yon tach ki pa t' santi li piye ankò. Yon bagay te chanje nan mwen: sante'm te pi byen, ak espirasyon mwen te pi wo lè mwen pa t 'ap panse sou pwomès malere mwen yo. Papa mwen te kontan wè chanjman sa a, ak li eseye jwenn fason pou ede mwen libere tretman tristès mwen yo, ki pa t 'revini epi fè tout bagay sanble fè nwa ankò. Pandan moman sa yo, mwen te jwenn konsolasyon nan fèt nan total sèl. Mwen ta pase tout jounen sou lanmè nan yon ti bato, gade nwaj yo ak tande son wav yo. Sa te fè mwen santi repoze ak lapè. Epi lè mwen tounen, mwen ta salue zanmi mwen yo avèk yon souri pi chalè ak yon kè pi kontan.

234 Aprè mwen tounen nan yon nan mwen fè, papa mwen mande

pale avèk m 'an prive. Li di, "Mwen kontan wè ou ap apresye ancienn plezi w yo ankò epi kòmanse tounen tounen. Men, ou toujou tris ak evite rete ak nou. Mwen te eseye konprann poukisa. Kisa k'ap pase avèk ou?"

Mwen te vrèman frekante pa jan sa komanse li, ak papa mwen te kontinye, di: "Mwen rekonesan mwen toujou kwè ke ou ak Elizabeth ta marye ak pote bonè nan kay nou yo. Ou de sitwayen se kòmansman te fèmen depi ou te ti bebe, etidye ansanm ak gen enterè simila. Men gen lè moun pa wè sa yo dwe klèman. Sa mwen te panse ta ede plan mwen ka aktyèlman kraze l '. Peye ou sèlman wè Elizabeth kòm yon sè na sè 'ak pa vle marye li. Mwen ta mete w la nan yon lot moun ou renmen, ak ou santi ou nan prizon akòz angajman ou bay Elizabeth la. Sa a batay sa a ka pwovoke tristès fò ou montre la."

235 "Chè papa mwen, tanpri pa fè ou pa'w anmizman. Mwen vreman ak fòtman renmen kouzin mwen an. Elizabeth se sèl fanm ki janm fè mwen santi admizyon ak afeksyon konsa. Mwen pa ka imajine avni mwen san espwa pou marye li."

"Pawòl ou yo pote anpil kè kontan nan kè mwen, pitit mwen Victor. Si ou santi konsa, nou tou de sètènman pral jwenn bonè ak plasaj nou ansanm, byenke gen difikilte nou pral fè fas ak yo. Men mwen santi gen yon bagay k'ap deranje ou anboche nan fon ou. Tanpri, di mwen si ou gen okenn enkyetid sou fe matrimonyal la imedyatman. Nan tan ki pase, nou te fè fas a evènman malen ki kraze lapè nou te genyen an. Mwen se pi gran pase w, epi mwen konprann ke ou gen yon kantite lajan. Marye prese pa ta dwe anpeche w fè plan pou fè siksè ak fè byen nan lemonn. Men, mwen pa vle fòse kontanman nan ou, epi si ou bezwen plis tan, li pa pral bay mwen anpil sizana. Tanpri konprann entansyon mwen yo ak di mwen onètman panse ak santiman ou yo."

236 Mwen tande tèt ou kòmkwa tèt ansritan e mwen pap kapab reponn pandan yon moman. Espri mwen ansekle vit ak anpil sa yo panse kòm mwen eseye pran yon desizyon. Men, lide marye ak Elizabeth nan imedyat mwen te espante mwen e plen mwen ak kay tansyon. Mwen te fè yon pwomès solanel ki mwen pa t ' fin konpli

ankò, e mwen pa t ' kapab ranpe li. Si mwen te fè sa, sa tap ka fè tout kalite bagay tèrible rive mwen ak fanmi mwen renmen an. Kijan mwen ta ka ale nan yon selebrasyon chaje ak pwa lou sa nan kou mwen, kòròmsan mwen kouri alapoz? Mwen te dwe kenbe pwomès mwen e kite mons la ale ak patnè li anvan mwen ka jwenn lapè nan bonè nan maryaj nou an.

237 Mwen sonje tou ke mwen te dwe ale an Angletè oswa kominike avèk filozòf ki nan là pou jwenn konnen ak dekouvèt yo mwen bezwen pou pwòj ki an kou a. Dezyèm opsyon an, ekri lèt de pijonnen, te twò lontan ak pa satisfaksyon. Anplis, mwen vrèman pa t 'vle rete nan kay papa mwen fè dezòdite relekant devan moun mwen t'ap swete. Mwen te konnen ke tant bagay kapab ale mal, menm nan zafè ki pi piti kapab fè jwenn vrezi a atro sou tout moun ki tou pre mwen. Mwen te bezwen pou mwen t'ape travay pou mwen ka rete solitè. Apre mwen te fini ak pwomès mwen yo, mons la tap fèt pou tout tan. Oubyen (si mwen te pèmèt tèt mwen fantezi a), ka gen yon bagay kapab fèt ak li ak libere mwen soti nan sèvitid li pou tout tan.

238 Mwen te di papa mwen sou santi mwen yo epi mwen mande si mwen ta ka ale Angleter. Mwen pa revele vre rezon pou konsa, men mwen fè l'ap parye mwen gen sòti pou plezi. Li te dakò.

Li konsanti pou mwen deside pou kòmant tan mwen ta vle rete la a, bay mwen kèk mwa, menm yon ane tout otan plis. Li t'ap asire w pale mwen pa ta rete sèl pandan vwayaj mwen an. San yo pa di m'm nan avanse, li ak Elizabeth fè aranjman pou zanmi mwen, Clerval, ale avèk mwen. Mwen te kontan, men tou yon ti jan enkyetid. Mwen ta bezwen fokis vre. Men, prezan Henry la a ta ka anpeche lènmi mwen sòti nan pwoblèm mwen yo. Si mwen rete sèl, li ta ka fòse tèt li nan lavi mwen, anonk mwen ta sonje travay mwen oswa veye sou travay mwen.

239 Mwen te detèmine pou m'ale Angleter, ak li te konprann ke lè mwen tounen, mwen ta marye Elizabeth toudimèt. Papa mwen, ki pi gran pase mwen, pa vle anyen ki retade sa yo.

Mwen te kòmanse fè plan pou vwayaj mwen, men yon pè te toujou deranje mwen. Ki sa ki ta rive zanmi mwen pandan mwen te lwen? Yo pa t' konnen sou lènmi nou yo ak yo pa t'ap an sekirite kont atak li yo. Li te pwomet li t'ap suive mwen kote mwen te ale, se konsa li ta vini avèk mwen nan Angleter sa? Sa a te fè mwen pè, men menm tan an, li te ban mwen yon ti konsolasyon, paske sa vle di zanmi mwen yo ta an sekirite. Mwen te traka ak posiblite sa ki pa t' pase. Men, nan tout tan mwen te sou kontwòl kreyasyon mwen yo, mwen te kite tantasyon yo gide mwen, ak santi mwen nan prezan an te fòteman sijere ke mons nan ta swiv mwen epi kenbe fanmi mwen nan plan mal yo.

240   Nan dènye semèn nan mwa septanm, mwen te kite lakay mwen ankò. Te se ide'm pou m'ale nan vwayaj sa a, ak Elizabeth ki te dakò, men li te inkyete pou mwen rete lwen. Li te vle mwen tounen vit, men li pa t' jwenn mo yo pou li eksprime tout sentiman melanj li lè nou di nan douleur oubyen.

Mwen moute nan karèt la, san vrèman konnen kote mwen t'ap antre epi san fè atansyon sou sa k'ap pase nan kote mwen ye. Mwen te gen tout zouti mwen yo avèk mwen. Menm si mwen te konnen wout la pou kote m'ap ale te bèl, tout sa mwen t'ap panse a te se misyon m'avan.

241   Aprè yon kèk jou andis ke mwen te vwayaje yon long distans, mwen rive nan Strasburgh. Mwen tann la pou de jou pou Clerval. Finalman, li vini. Men, oh, kijan nou diferan! Li te eksite sou chak bagay sa li t'ap wè nouvo. Li te kontan lè li wè kanèl solèy la bel ak li ankò plis kontan lè li wè lavant li swiv li ak yon nouvo jou. Seryez-man, mwen te konplètman okipe nan penye tris. Mwen pa t' remake etwal swa nan swa oubyen kanèl solèy la dore maten an. Li t'ap gade peyizaj la ak yon sansisite emosyon ak eksitasyon, ki pa janm egziste nan refleksyon mwen yo. Mwen sèlman yon moun ki nan lapenn, kenbe nan soufrans, ak pa kapab jwenn anyen ki ka fè mwen kontan.

242   Nou te genyen yon plan pou fè yon vwayaj an bato sou Ren nan Strasbourgo rive nan Roterdam, kote nou ta koumanse moute yon bato pou London. Pandan vwayaj sa a, nou te pase devan anpil ti zile kouvri ak pye salix ak nou te wè kèk vil bèl sou wout la. Nou te fè youn sòti yon jou nan Manheim, epi nan senkyèm jou depi nou te

kite Strasbourgo, nou rive nan Mayence. Anba Mayence, Ren an pran yon environman pi pitoresk. Larivyè ap kouri vitman ak li kontourbe devan te ki pa gen kanpe anpil, men ki gen fòm kras tèt. Nou te wè anpil zam vyey yo nan ruine sou wout la nan falèz litel blayi sou ak pye bwa fènwa ki wo e ki difisil pou rive. Pati sa nan Ren ofri yon peyizaj ki differan e ki chanje kontinyèlman. Nan youn kote, ou ka wè mòn kraze, zam vyey ki anwo falèz trankilman, avèk Ren an fon anndan. Lè ou fè yon vire, ou wè tè kiltive ki bonè koupe tèt deve a, avèk bank penti vèt e yon larivyè tòti, ansanm ak vil vivan ki lapliye moun.

243   Nou te vwayaje pandan tan rekòt rasin yo e nou te tande travayè yo ap chante pandan nou t ap glide sou larivyè a. Menm si mwen te tris epi mwen te genyen panse tris, mwen t ap santi mwen kontan toujou. Mwen kouche anba bato a epi mwen gade nan syèl ble klè a, santi yon lapè mwen pat santi l depi lontan. E si mwen t ap santi konsa, imajine kòman Henry t ap santi l. L te panse l te transfere nan yon kote magik epi l t ap viv yon bonn kote ki raman pou moun yo. "Mwen te wè," li di, "plis bèl bagay nan peyi mwen. Mwen te ale nan Lake Lucerne ak Lake Uri, kote mòn nève ale dwat nan dlo a, kreye lonbray nwa ki ta ka tris epi malere si se pa pou zile vèt lapliye tout bagay la. Mwen te wè tanpèt sou lake yo, ak van ki fè dlo yo vire dous nan woulib. Li ba nou yon kap chalmafne sou gwo lanmè. Vag yo tonbe vyolan kont baz mòn nan kote yon pwat divis ak lanmò yon padri ak renmen li nan jwenn yo. Yo di w ka toujou tande vwa yo nan vant lanèt. Mwen te wè mòn nan Valais ak Vaud, men kote sa a, Victor, pi plezi pase tout mèvèy yo sa yo. Mòn enrikonpreyansib yo nan Swis yo pi gwo ak plis etranje, men gen yon bagay espesyal sou bank sa yo nan larivyè sòti nan lòt bò n ap gade a. Gade kòz la k ap kale sou klif la ak sa a sou zile a, kache nan grenn frè yo. Kounye a gade gwoup travayè k ap soti nan venn yo ak vil la kache nan kwen mòn nan. O, se sòti ki viv la epi ki pwoteje kote sa a ki konprann ak konekte pi byen ak moun pase moun k ap monte glasye yo oswa kache sou pi gwo pwen ki inoble nan peyi nou ki pa bay moun konn kite"""",

. . .

244 CLERVAL! Chè zanmi! Mwen tant kontan pou mwen te ka ekri pawòl ou yo kounye a ak panse sou kompliman ou merite vre. Ou te tankou yon pèsonaj nan yon bèl powèm, kreye pa tèt li menm. Sa ase vreman lwenpòtans ak enpòtans wou a te genyen te byen menm nan kè wou. Ou te gen anpil lanmou nan lèn nan kè wou, ak zanmi wou an te si fon ak si ekstraòdinè ke moun di sèlman nan istwa yon moun sa yo ka egziste. Men, menm si wou te gen beny lespri ak lòt moun, sa pa t 'a ase pou kè wou ke tout bagay nan monn lan. Ou te gen yon pasyon bouyonan pou lemonn natirèl la ke lòt moun sèlman te admirasyon, men ou vreman te renmen:

"Kaskad bouch poze oubyen richès tandans ou. Ròch gwo, mòn yo, ak bwa sòti nan nwa yo avèk tout koulè yo ak fòm yo te plis pase jis sòti yo pou wou. Yo te tankou manje pou nanm wou, yon bagay pou santi ak renmen byen fon. Wou pa t' bezwen anyen plis, tankou panse oswa lòt enterè, pou fè yo ankò pi espesyal. Men jis gade yo ak je ou menm se te ase."

E kounye a, kote wou ye? Èske pèsonn di'dousman epi gentan disparèt? Èske lespri briyan sa a, plen ide kreyatif ak panse senen ki te fòme yon tout mond, mòn nan te egziste sèlman paske yo te fòme vle-dire lavi kreyatè li a—eske lespri sa a disparèt? Èske sèlman nan memwa mwen li ye kounye a? Non, sa pa vre. Kò wou a, bèlman kreye ak radye, se ka rantre nan dekompozisyon, men lespri wou a toujou vizite ak konfòme zanmi wou ki tris.

245 Mwen eskize tristès mwen. Mwen sonje Anri anpil. M'a kontinye rasanbleman mwen an.

Pi lwen pase Kolòn, nou desann nan plantin peyi Oland.

Vwayaj nou an pèdi enterè ki sòti nan bèl peyizaj yo; men nou rive nan kèk jou nan Rotèdam, kote nou kontinye atravè lanmè pou jwenn Angletè. Se te nan yon maten klè nan dènye jou Desanm mwen t'ap wè klif blan Angleter. Gwo blanpawot bank Thomès yo te prezante yon nouvel scèn. Yo te plat, men frèt, ak preske chak vil te marke pa memwa yon istwa. Anpil istwa.

CHAPTER XIX

 Londrè se kote nou deside pouse yon ti tan. Nou te planifye pou rete la pandan plizyè mwa nan lavil sa ki ekstraòdinè ak koni. Clerval te vle rankontre ak pase anpil tan avèk moun ki te gen talan ak entelijan nan moman sa yo. Men pou mwen, sa pa t 'te prensipal objektif la. Mwen te konsantre prensipalman sou jwenn enfòmasyon ki te bezwen pou mwen ranpli pwomès mwen. Mwen te byen vit profite nan lèt enstriksyon mwen te pote avèk mwen yo. Lèt sa yo te adrese bay syantifik ki pi byen konnen.

Si vwayaj sa a te rive pandan jou kè mwen te ap etidye ak kè mwen te ap kontan, li ta bay mwen youn pòtrè imèn. Men, lavi mwen te afekte pa yon foule trajezi, kounye a mwen te vizite sèlman moun sa yo pou mwen rasanble enfòmasyon ki te desesperman bezwen. Li te difisil pou mwen lè mwen t 'alantou lòt moun. Lè mwen te sèl, mwen te ka pèdi tèt mwen nan mirak ki te rasanble nan lemonn a. Vwa Henri a te konfòte mwen, e pou yon moman kout, mwen te kapab fè mwen menm kwoke nan yon santi lapè. Men, lè mwen te wè figi ki anpil travay, ki pa enteresan, ak ki kontan, sa sèlman te ranmase doulè mwen. Mwen te santi tankou gen yon baryè konverte kapasite ant tèt mwen ak lòt moun. Baryè sa a t 'te grafe ak san Vilhelm ak Justine yo. Panse sou evènman yo konekte a non sa yo te ranpli mwen ak lapenn.

247   Nan Clerval, mwen te wè yon refleksyon nan tèt pa'm. Li te kòrye ak enpasyans pou aprann. Li te jwenn diferans nan jan moun yo kondwi yo byen enteresan ak amizan. Li te toujou okipe, e sèl bagay ki rete li nan kè li sòti lanmou mwen an. Mwen te fè tout mwen kapab pou kache li, pou mwen pa anpeche l' viv kè kontan nan yon nouvo chapit nan lavi san okenn soucis oswa soufrans nan memwa douloure. Anpil fwa, mwen te rejte envitasyon li yo, pandan mwen te di mwen te gen lòt obligasyon, pou mwen kapab rete tèt pa'm. Nan lapenn sa a, mwen te komanse ranmase materyèl ki te bezwen pou kreyasyon nouvo mwen an. Sa te fè mwen santi mwen soufri kòm si tòti a te ap mitanm ak chak bri dlo nan tout tan mwen te panse sou sa a. Menm fè yon sèl referans li te fè lèm di sa a te fè lespri'm tranble ak kè mwen bat pi vit.

248   Apre pase kèk mwa nan Lond, nou te resevwa yon lèt soti nan yon moun nan Scotland ki te fè vizit nan nou lè nou te nan Geneva. Yo te pale sou konbyen peyi yo te bèl epi envite nou ale pi nò nan Perth, kote yo te rete la. Klerval te vreman vle ale, e menm si mwen pa't renmen rete avèk moun, mwen te vle wè montay ak rivo ankò, ak tout bagay ekstraòdinè nan Nati kreye nan kote sa yo.

Nou te rive nan Angletè nan mwa Oktòb, e kounye a se te mwa Fevriye. Nou te deside ke nou tap kòmanse vwayaje nou nan nò mwa nan mwa pwochen an. Anplas de pran wout prensipal la pou Edinbou, nou planifye vizite Windsor, Oxford, Matlock, ak lak nan Cumberland. Nou vle fin vwayaje sa a rive nan fen Jiyè. Mwen te pran zouti chimye mwen ak bagay yo mwen te kolekte, nan prentan pou mwen fini travay mwen nan yon kote ki swete nan Highland nan Scotland.

Nan 27 mas, nou kite Lond ak rete nan Windsor pou kèk jou. Nou te esplwate bèl forè li yo, ki te nouvo pou nou soti nan lòtbò dlo yo. Gwo pye chenn ak abondans nan bèt, ansanm ak group madiane vanyan, se tout bagay nou pat janm wè yo anvan.

249   Nou al nan Oxford apre sa. Lè nou rive nan lavil la, nou pa t ka fè

ak non bagay enpòtan ki te pase isit la plis pase 150 ane ki fèt la. Se la kote Charles I rasanble lame l '. Oxford rete fidèl nan l ', menm lè lòt peyi yo te rantre nan kote parlamant la pou la libète. Ralanti sou malè sa a wa a ak ansyen asosye l yo - Falkland, Goring, li renmen wa a, ak pitit gason li yo - fè chak pati nan lavil la santi espesyal, tankou si yo te pito viv nan lè a. Lavil la tèt li t 'apresye ase bèl nan eksplikasyon nou, menm san yo sentimental sa yo. Yo te vye ak pitoresk kolèj yo, epi lari yo te impozan. Nò te moso flise zipiyon flise a bò lavil la, andam otou pa jaden vèt bèl. Dlo kalm te reflete tou anpil tou, pye kachen, epi kòn, ki t 'gen aksidan nan pami zansèt bwa vye granmoun yo.

250   Mwen vreman renmen sèn nan sa a, men plezi mwen te diminye lè mwen sonje sou sa ki pase nan letran epi mwen panse sou futir nan. Mwen te dwe santi mwen kontan ak lapè. Lè mwen te jenn, mwen pa janm santi mwen malè, e si janm mwen te santi mwen anwi, gade bèlte nan lanati oswa etidye bagay sòti nan men moun toujou te fè mwen santi mwen pi byen. Men kounye a mwen santi mwen kraze, tankou yon pye bwa ki te pran wòch la. Lè sa a, mwen te konnen mwen ta survwa, men mwen ta vin yon bagay amesab ki pa kapab sipòte.

    Nou te pase yon bon tan nan Oxford, esplorasyon zòn ki nan li yo epi eseye jwenn kote ki te enpòtan pandan yon tan eksitan nan istwa Angleter. Avantou nou yo te pran plis tan pase sa nou te pral atann paske nou te kontinye jwenn bagay enteresan. Pou yon segond, mwen te osè santi mwen lib e kourajis ankò. Men doulè a te pran kontwòl sou mwen, e mwen tounen nan kèk peur epi san kap.

251   Nou te kite Oxford avèk yon ti tristès nan kè nou, e nou rive nan Matlock, kote nou pral rete. Peyi a kote kominote a ye te sanble yon ti jan ak Suis, men li te pi piti e li pa te gen mòn blan gwo wòch lwen. Nou te ale wè yon gwo toupòl ak yon piti mizè nan yon muse ki gen bagay enteresan kote sou lanati. Li fè mwen sonje koleksyon yo nan Servox ak Chamounix. Men evokasyon Chamounix an te fè mwen pè paske nan sa ki te rive la a, se konsa mwen kite Matlock vit paske sa rann mwen sonje.

Depi Derby, nou kontinye monte pou ale nan Cumberland ak Westmorland, epi nou pase de mwa la a la. Li te sòti yon santi tankou mwen nan mòn Swis yo. Patisyon nej sou mòn yo, lòtèy yo, ak rive kouri yo te fè mwen sonje ak bagay ki te deja konnen epi ki te espesyal pou mwen. Nou te tou fè kèk zanmi ki fè mwen pito bliye pwoblèm mwen yo ak fè mwen kontan. Klerval, sitou, te renmen rete dirèkteman avèk moun ki gen talan yo ak te dekouvri nouvo bagay sou lokalite li. Li di mwen, "Mwen kapab viv isi pou tout tan e apati lwen Suis ak Ren an, mwen konsa piti."

252   Men li te dekouvri ke fè pati tankou yon vwayajè an anpil moman se plezi ak doulè tou. Emosyon li yo toujou nan yon eta de tansyon. Lè l' kòmanse pran kalkilasyon yo, li reyalize ke li dwe kite kote li t'ap plezi a ak pase ale nan yon bagay nouvo. Bagay nou sa pran atansyon li, men li kite anraje pou plis eksperyans nouvo.

253   Nou te eksplòre dènyèman lak yo nan Cumberland ak Westmorland epi nou te kòmanse renmen kèk nan moun yo ki te viv la. Men, se te tan pou nou wè zanmi nou nan Eskos, konsa nou te dwe kite ak kontinye vwayaj nou yo. Pèsonèlman, mwen pa t' twò fache pou kite a. Mwen te neglije yon pwomès mwen te fè, e mwen te pè ak jan kreyati a ta reyaji si mwen pa t respekte l nan sa mwen te promèt li. Mwen te anpeche ke li ta rete an peyi Swiss ak chache revanj sou fanmi mwen. Pens sa a t'ap pèsekite mwen epi t'ap fè l difisil pou jwenn nenpòt repo oswa lapè. Mwen t'ap tann lèt mwen yo avèk ango, pè ke sa pi mal si yo te retade. Lè yo te rive finalman, epi mwen te wè ke se te Elizabeth oswa papa mwen ki te voye yo, mwen preske t'ap tèlman pè pou mwen li yo epi wè ki sa ki tap rive avèk mwen. Gen lè yo te konsidere ke kreyati a t'ap swiv mwen, sou pre pou fè mal kòmandan mwen kòm kòlè pou erè mwen yo. Pandan moman sa yo, mwen rete blòk bò kote Henry kòm yon lonbraj, anseye tòti de nou seleman pou pwoteje li kont fache imajinè enèmi nou yo. T'ap santi tankou mwen te fè yon bagay teribman move, menm si mwen te inosan. Men, mwen te fè sou mwen yon move lasirans, menm jan si mwen te komet yon krim vre.

254   Mwen te ale nan Edinburgh ak yon sansasyon fatige ak dezinterè.

Menm moun ki pi malchans te t'ap jwenn lavil sa enteresan. Clerval pa't renmen'l konsa tankou Oxford paske li te prefere vye lòt lavil la. Sepandan, bote ak bèlte lavil nèf Edinburgh la, pote laranj li yo, ak kote diver plen sòti atò kòm Arthur's Seat, St. Bernard's Well, ak mòn Pentland yo, ranpli yo ak kontantman ak estonèman. Men mwen te chaje pou rive nan fen vwayaj mwen an.

Nou kite Edinburgh yon semèn apre sa a ak nou vwayaje atravè Coupar, St. Andrew's, ak bò wout Lari Tay jiska Perth, kote zanmi nou an t'ap tann nou. Men, mwen pa't nan mood pou diskite ak sosyalize ak moun etranje oswa konprann santi yo ak plan yo tankou yon bon envite ta dwe. Se konsa, mwen di Clerval mwen te vle eksplore Skosyal sou kont mwen. "Ou," mwen di, "amize ou e nou jwenn nou isi a. Mwen ka ale pou yon mwa oswa de, se konsa, tanpri pa eseye kontwole sa mwen fè. Ban mwen yon ti tan sèl ak lapè. Mwen espere ke lè mwen tounen, mwen gen yon kè ki pi kontan k"ap koresponn ak ou menm."

255 Henry te fè anpil egzijans mwen le sa a, men mwen te detèmine pou mwen kontinye ak plan mwen. Li mande mwen pou kenbe tèt nou an kontak atravè lèt. Li di, "Mwen ta pi renmen pou mwen ye avèk ou nan mache solitè ou yo pase avèk moun sa yo nan peyi Skos mwen pa konnen yo. Vini vit, chè zanmi mwen, pou mwen ka santi yon sans lakay ankò. Mwen pa kapab fè sa lè ou pa la."

Lè mwen di Henry a mwen kousèyèzman, mwen te fè decide pou mwen vizite yon pati izole nan peyi Skos ak konplete travay mwen an tèt ansanm. Mwen te sèten ke mons nan te swiv mwen epi li ta revele tèt li lè mwen fini, pou nou ka rete ansanm.

Avek desizyon sa nan tèt mwen, mwen vwayaje atravè nan syelwan ezèb yo ak mwen chwazi youn nan zile Orkney ki pi lwen kòm kote travay mwen an. Li te anviwonman pafè pou travay mwen an. Li te tout sèl li menm.

256 Nan tout lile a, sèlman gen twa tay yo, e lè mwen te rive, youn nan yo vid. Mwen loue li epi mwen t jwenn li nan yon eta terib. Rooft la te kraze, muri yo te san rad, e pòt la te kraze. Mwen fè li reparasyon, mwen achte kèk mebli, e mwen deplase. Evennman

sipriz sa a pa fè anpil sosye nan piti lakou sa yo, paske yo te twò anmò nan pòvrete ak bezwen. Yo pretfann pratikman reyalize oswa enkyete tèt yo, e yo pa montre anpil apresyasyon lè mwen ofri yo manje ak rad. Soufrans gen yon fason pou te anmòmenm ki pi fò nan sans yo.

Nan kòtin sa a ki sezon, mwen travay nan maten yo. E lè lanmè pèmèt, mwen fè yon tounen sou plaj roche pou tande vag yo gronde. Li te yon spektak repete men tou konstanman chanje. Mwen panse sou Zwis, ki se yon gwo diferans soti nan peyizaj dezole ak pè.

257 Tankou sa a, mwen divize tan mwen lè m te rive isit la. Men, lè mwen te kontinye travay mwen, sa t ap vin pi terib ak pi fyèb pou mwen. Gen fwa mwen pa t ka fòse tèt mwen rantre nan lab mwen pandan jou yo, e lòt fwa mwen te travay jou ak nwit pou mwen fini sa mwen te fè. Se te yon pwosesis ki pa t tawon nan li. Pandan premye esperiment mwen an, mwen te telman ap jwe nan egzanp sa a, mwen pa t panse sou kijan travay mwen an te orible. Mwen te konsantre sou rive fini travay mwen ak mwen te prezime orè travay la epi mwen te ignore orè travay la. Men kounye a, mwen abòde li avèk yon lespri klè, e souvan mwen santi degoutans nan sa mwen t ap fè.

Nan sitiyasyon dezagreyab sa a, fè travay ki pi move nan mitan sòlèy kote anyen pa t kapab distranche atansyon mwen nan sa mwen t ap fè a, sa te fè lènmi mwen sosye. Mwen vin enkyete ak angois. Chak moman, mwen te pè pou mwen ronte ak moun k ap kouri dèyè m. Gen lè mwen te rete ak je m konsantre sou tè a, pè pou mwen leve tèt mwen nan ka m te wè moun mwen t ap kwe sou. Mwen te pè pou mwen rete tèt sèl, nan ka l te parèt pou pran m.

Men nan mitan tout sa yo, mwen kontinye travay la, e mwen te fè anpil pwogrè deja. Mwen te egzite wè ak yon lespwa ki te trè touye e mwen pa t t kapab mande tèt m di kesyon. Men nan menm tan, gen yon santi nan yon bagay move k ap vini ki fè m malad ventre mwen.

CHAPTER XX

 Yon aswè, mwen te chita nan laboratwa mwen an. Solèy la te kouche ak lalin te kòmanse leve soti nan lanmè a. Mwen pa t 'gen ase limyè pou travay mwen an, konsa mwen pran yon kanpe pou reflechi sou si mwen ta dwe sispann pou lapenn oswa kontinye jouk mwen fini. Pandan mwen te chita la a, mwen te kòmanse reflechi sou konsekans sa mwen te fè a. Twa ane de sa, mwen te fè menm bagay la ak kreyasyon yon mons ki te pote anpil doulè ak regret nan lavi mwen an. Kounye a, mwen pral kreye yon lòt etranje, men mwen pa t 'gen okenn ide ki jan l 'ap ye. Nouvo kreyati sa a ta ka pi mechan pase patnè li yo, jwenn plezi nan kòz mal ak soufrans. Tandiske kreyati gason an te pwomèt yo rete lwen nan moun ak kache nan dezè, fi a ta ka pa fè menm pwomès la. Li, ki pral vin yon moun ki kapab panse ak rezoneman, ta ka refize pou obéi akò a ki fèt anvan l 'te egziste. Yo ta ka menm deteste lòt. Kreyati ki deja egziste té sòti nan lafwo li yo, konsa est-ce-que sa kapab devlope yon lapè plis gwo kòlè lè li wè yon vèsyon fanm li menm? Li ta kapab tou repouse li epi atrè yo bote nan bèlte moun. Li ta ka kite li, epi li ta tounen sòt li tou sèl ankò, santi plis kòlè ak blese paske yon lòt nan kalite li deja kite li.

     Menm si yo ta kite Lwop poutèt lavi yo nan dezè a nan yon tè nouvo, gen toujou gen konsekans pou desir mons la. Yo ta gen timoun, e pitit sa yo ki nan dyab la ka rann lavi danjere ak ensekèn pou tout moun. Èske li te kòrèk pou mwen pote malè sa sou jenerasyon ki soti nan kò mwen pou byen pèsonèl mwen? Anvan, mwen te konvik pa argiman konvèk sou mons sa a te kreye, e menas horifyan yo te lage mwen san vwa.

Mwen te trenble ak kè mwen tonbe lè mwen leve tèt mwen e mwen wè mons la nan fenèt la anba limyè lalin. Lib yo tònbe nan tèt yo nan yon souri fè chich k ap bay yo kouraj. Kounye a, li te vin obsève pwogrè mwen e mande mwen pou mwen rann promès mwen fè.

260 Lè mwen t'ap gade li, li te gen yon ekspresyon ekstremman malisye ak fòdòm sou figi li. Mwen panse sou pwomès mwen te fè pou kreye yon lòt kreyati tankou li, ak mwen te obnubile ak kolè ak pè. Nan yon kou pouvwa, mwen egranan ak koleri ti bagay mwen t'ap travay sou li. Monst la wè mwen kraze kreyati a sou ki li te depende pou lwanj li nan lavi a. Li kraze an kri nan dezespwa ak revanj, epi apre sa, li kit mwen.

Mwen kite chanm nan e fèmen pòt la dèyè mwen. Mwen te fè yon pwomès bay tèt mwen: mwen p'ap janm kontinye travay mwen ankò. Mwen te ale nan chanm mwen.

Plizyè èdtan pase, e mwen rete nan fenèt la, gade lari a. Li te kalm ak anwozan. Mwen te santi silans la apwon tèt mwen, men mwen pa t'alantou reyalize konbyen li te fonse ak pwofond. Tout kout, atansyon mwen te kapte pa son fenèt kouto nan kòd rivaj la, epi mwen te wè yon moun pou rive nan kay mwen.

261 Nan kèk minit sòti a, mwen tande pòt mwen kraze, tankou si yon moun ap eseye louvri l' an silans. Mwen te tranble paske mwen te ka alahan nan ki moun li ta ka ye a. Mwen te vle reveye yon nan moun k ap viv nan yon ti lakay pa lwen nan mwen. Men mwen te santi tèlman fòmidal, menm jan nan sa yo rèv sòti nan sans nan pe. Lè wap eseye ale lwen danje men ou pa ka deplase.

Pa lontan, mwen tande pase nan kòridor la. Pòt la louvri ak

kreyati mwen te lapriyè devan mwen. Li fèmen pòt la epi l'ap vini pi pre, pale ak yon ton dèyèt.

"W' te detwi sa w' te kòmanse. Ki sa ou planifye fè kounye a? Èske w' reyèlman pral touye pwomès ou? Mwen te supòte anpil soufri ak lapenn. Mwen vwayaje ak ou soti nan peyi Leswis, atravèse Renn li ak zile ak blòk li. Mwen pase anpil mwa nan lè Tonèr Angleterre ak dezè Skos. Mwen supòte anpil fatis, frèt, ak grangou. W'ap vreman kraze tout lespwa mwen yo?"

"Ale w'ap fè. Mwen ap touye pwomès mwen. Mwen pa pral janm kreye yon lòt kreyati konsa nan jan ou bryant ak move."

"Esclave, m' te eseye rezonnen ak ou anvan men ou montre ke ou pa merite benediksyon mwen. Sonje, mwen gen pouvwa. Ou ka panse ou malere kounye a, men mwen ka fè ou si malere jiska ou pral dedennen solèy la. Ou ka kreye mwen men mwen se mèt ou. Sandyasyone mwen!"

"Le moman pou indekizyon mwen fini, e kounye a ou gen pouvwa sou mwen. Menas ou pa pral fè mwen fè yon bagay kriminèl; olye sa, yon sèl bagay li fè se renfòse detèminasyon mwen pou pa kreye yon konpayon pou ou nan malveyans. Mwen ta dwe libere yon mons nan mond lan, ki jwenn lapè nan lanmò ak soufrans? Ale! Mwen fèmen nan konvansyon mwen, e pawòl ou ap sèlman fè mwen pi kwa."

Kreati a te ka wè detèminasyon mwen sou kò mwen ak li vire sòti pye nan dezespwa. Li pake dwèt li nan kòlè. "Ou vle di ke chak moun ta dwe jwenn yon madanm, e chak bèt jwenn yon patnè, pandan mwen rete sèl? Mwen te gen sentiman renmen, men sa te jwenn menas ak rejèksyon. Moun! W ap renmen blòk, men fè atansyon! Tout lè ou pral plen ak pè ak oufray, e byento yon katastwòf pral frape, pran bonè ou yo nan bonè ou a pou toutan. Eske ou pral kontan pandan mwen soufri anpil? Ou ka detrui lòt emosyon mwen yo, men revanch lan rete - revanch, kounye a pi enpòtan pou mwen pase nenpòt bagay ki egziste. Mwen ka mouri, men anvan mwen fè sa, ou, meprizan mwen ak tourmentan mwen, pral kloure solèy la pou li witnès misè ou. Fò prevansyon, paske mwen kouraj ak pou sa mwen fò. Mwen pral gade w tankou yon sèp malisye, pare pou frape avèk venen li. Moun, ou pral regrèt lemal ou fè."

"Dyab, sispann! Pa ranpli lè a ak pawòl malisye sa yo. Mwen fè desizyon mwen klè pou ou, e mwen pa yon kowad ki pral sibmèt nan sòti pawòl sèlman. Lése m ', mwen fèmen."

263 "Bon, mwen konprann. Mwen pral kite, men sonje, mwen pral lakay ou nan nwit maryaj ou a."

Mwen wapi louvri m'ap vle-ye a, "Krimitè! Anvan wou sikle fatim mwen an, asire w ke w tèt ou an sekirite."

Mwen ta te vle pran li, men l'glise kò l 'pral kite kay la vit. Nan kèk moman sèlman, mwen wè l 'nan bato l ', kouri atravè dlo a epi bientò li disparèt nan vag yo.

Tout bagay retounen kalm nan yon fwa ankò, men pawòl li te reflechi nan zòrèy mwen. Le sa a, mwen boule ak kòlè nan ide pou kouri dèyè moun k'ap kraze kè kontan mwen an epi jete l nan lanmè. Mwen tounen nan tout kote nan chanm mwen an, santi anmède ak dezòd nan lavi mwen, pandan ke mwen fè imaj sansib nan kèk akiza-syon ki pa fen. Poukisa mwen pa te swiv li epi angaje yon goumen pou lanmò? Men, mwen te kite l lage, epi li te ale nan direksyon teritol la. Se te yon bagay ki te mete manyen nan pan panse nan ki moun ta ka vin viktim pwochen li a nan larevanch li ke li pa t 'vle sispann. Epi, pawòl li te reflechi nan mantal mwen ankò, "Mwen pral lakay ou nan nwit maryaj ou a." Sa a t 'ta moman sa a kote desten mwen ta reyalize tèt li. Nan le sa a, mwen ta mouri, rankontre krua li ak mete fen nan li. Sa pa te fè mwen pè, men lè mwen konsidere lanmou mwen te desinen Elizabeth—koutje ak doulè sansib li te ap soufri lè li te dekouvri ke renmen li a te pase vle tèt li—koutje, premye fwa mwen te rete pou mwen jete dlo nan mwen apre mwa yo, te koule sou figi mwen yo, epi mwen te pran ankenn angajman pou pa mouri san yon konbat aji anvè l 'vin.",

264 Lè lapenn te fin pase epi solèy leve nan lanmè a, sentiman mwen te vin kalmi yon ti jan, men difisil pou rele li kalèt lò lè fache vire nan

dezespwa. Mwen soti nan kay la, kote lit hier swa gentan fin pase a, epi mwen mache sou plaj la. Mwen wè lanmè a kòm yon barye ki kenbe mwen toupatou ak lòt moun yo, e pou yon ti moman, mwen menm t'ap swete sa te vre. Mwen te swete pase tout lavi mwen sou wòch solitè sa a jis pou evite anyen anplis kalamite bruks nan.

Mwen te rete reveye tout nanwit la, senzib mwen yo te krase, ak je mwen ki te doulou byenke mwen te fèt. Dòmi a ki te genyen mwen pote yon ti fèt, epi lè mwen leve, mwen santi, ankò, tankou mwen te fè pati nan ras moun yo. Mwen kòmanse panse bout sa ki te pase la a avèk yon ti kalite kalm, men pawòl mons la te repete nan zòrèy mwen, tankou oswa se te son lanmò la, li te santi tankou yon rèv men tou yon reyalite lou.

265   Lè solèy la t'ap kouche, mwen toujou te chita sou rivaj la, manje yon ti gate senp, soufri grangou nènèn. Lè sa a, youn nan bato pèch yo rive sou rivaj la pre mwen, e youn nan nonm yo te ba mwen yon pake. Li te gen lèt soti nan Jènèv, e youn nan zanmi mwen yo, Clerval, mande mwen pou mwen jwenn li. Li te di li t'ap pèdi tan l 'kote li te ye a e zanmi li nan Londrès vle li retounen kite yo ka kontinye anga-jman komès yo nan peyi End. Li pa t 'kapab tann ankò pou li kite, e li vle mwen vin avèk li. Li mande mwen kite ti zile souliy la ak rankontre li nan Perth, pou nou kapab vwayaje nan dirèksyon sid ansanm. Lèt sa a te ba mwen yon ti tiyèspwa, e mwen deside mwen pral kite zile a nan de jou yo.

266   Men anvan mwen te kite a, te gen yon bagay mwen t'apredantis pou fè: mwen te bezwen ranmase zouti chimik mwen yo. Sa vle di mwen te dwe antre nan wòm kote mwen te fè travay tèt chaje mwen epi fòk mwen touche zouti sa yo ki te fè mwen santi m'ap pèdi souf jis sèlman m'ap gade yo. Nenpòt ki maten, tanmen li fè, mwen kolekte kouraj mwen epi mwen debwoke pòt lakay laboratwa mwen an. Moso kreyati mwen te konstwi men mwen te detwi yo te kase sou sòl la. Se tankou mwen blese yon vre moun. Mwen pran yon peryòd pou mwen rasanble tèt mwen epi mwen antre nan lòt la. Menmsi men mwen te choche, mwen deplase zouti yo soti nan wòm nan. Men, mwen te konnen mwen pa t' kapab kite preuv sa a sou sa mwen

te fè pou moun yo jwenn ak yo pè. Konsa, mwen mete zouti yo nan yon kabas avèk anpil wòch. Mwen te planifye yo jete yo nan lanmè menm nwit la. Nan mitan sa a, mwen te chita sou plaj la, netwaye ak òganize zouti chimik mwen yo.

267   Pa janm te ka pi konplè pase chanjman nan sentiment mwen depi lannwit moun an paret. Anvan, mwen te wè sa a kòm yon sòti bò lari mwen te bezwen fè, san konsidere konsekans. Men kounye a, se tankou koton nan je mwen te leve, e mwen ka wè klè. Mwen menm pa konn panse sou kontinye travay mwen yo. Avètisman mwen tande toujou t ap jwe nan tèt mwen, men mwen pat panse mwen ka fè anyen pou evite l '. Mwen te deside ke kreye yon lòt monsret tankou premye a ta dwe yon zak pisansyèlman egois ak vyolasyon. Mwen te pouse lwen nenpòt ide ki ka mennen mwen nan panse diferan.

268   Alantou de tanè oswa twa nan maten, loray la kòmanse leve. Mwen rasanble bagay mwen yo epi m ale sou yon ti bato, k ap navige anviwon kat milye lwen nan la kay. Se te totalman kalm ak vid. Gen kèk bato aktyèlman retounen lakay, men mwen te ale nan senkwa. Mwen t ap santi mwen t ap fè yon bagay movè, se konsa mwen pa t vle rankontre okenn lòt moun. Toupatou, loray ki te klè anvan, disparèt dèyè yon nwaj pann. Li fè nwa, epi mwen te pran opòtinite a pou mwen jete panyen mwen nan lanmè. Mwen tande son li tonbe, epi mwen te ale. Syèl la vin kouvri nan nwaj, men lèzòtè a te toujou fre ak bousad souf ki sòti nan nòdès. Sa fè mwen santi mwen pi byen ak ba mwen yon santi ki byenplezan, konsa mwen deside pou mwen rete sou dlo a pi lontan. Mwen mete dirijan nan yon pozisyon dwat, epi mwen kouche nan fon bato a. Avèk loray ki kache epi tout bagay nwa, tout sa mwen tande se son bato a ki pase nan vag yo. Son sa a kalm mwen, epi anvan mwen t konnen sa, mwen te deja dòmi.

269   Mwen pa sèten konbyen tan mwen te dòmi, men lè mwen reveye, mwen wè solèy la deja wo nan syèl la. Van an te fò, ak vag yo te kontinye klòche nan bato mwen nan, sa fè mwen inkyete. Mwen te konprann ke van an te sifle nan nòdès ak pwobableman te mennen mwen lwen nan kòt kote mwen te kòmanse. Mwen eseye chanje

direksyon mwen, men bato a ta rapidman ranpli ak dlo si mwen te eseye. Donk, sèl opsyon mwen te genyen te kite van an pouse mwen toutbon. Mwen dwe rekònèt, mwen te santi yon ti kras pye. Mwen pa t 'gen yon kòmpa avèk mwen, epi mwen pa t' konnen zòn sa a byen byen, se konsa, solèy la pa t' ede anpil. Mwen ta ka fini nan lanmè Atlantik anwo, ap soufri sòti nan grangou ak swadizan, oswa mwen ta ka swalye nan vag imans yo ki t ap alantou mwen. Mwen te deja soti depi plizyè èdtan, ak mwen t ap kòmanse santi twò swadizan, sa te sòti sòti nan twoubl mwen. Mwen leve tèt mwen sou syèl la ki andwa, epi li t 'sanble tankou nanuaj yo t ap kouri fèmen devan van an, sòti sèlman pou yo chanje yo ak pi plis nanuaj. Mwen gade lanmè a, e li te santi tankou li t ap tounen tombe mwen nan ka dlo. "Monsye," mwen kriye, "ou deja fini plan malis w lan!" Mwen te panse sou Elizabeth, papa mwen, ak Clerval, tout kite pou kont monster lan miwuman ak dezir li vicye ak san pitye. Ide sa a ranpli mwen ak dezespwa ak pè, ke leve kounye a, kò a t ap tras ak trembleman jis pa panse sou li.

270 Aprè plizyè lèzòm, van an kalmè ak lanmè a tounen kalm. Mwen te kòmanse santi mwen malad ak fèb ak eksèsyon, men lè mwen remake ki gen yon tè nan sid la.

Menm si mwen te twò fèb ak te pase plizyè lèzòm nan ensekirite, konpreyansyon subit la ke mwen kapab sòti viv plen mwen ak yon kè kontan touye mwen ak lòt.

Se etonan kouman nou anviwònman nou kapab chanje si vit ak kouman menm nan mitan soufrans nou yo, nou kenbe ferm nan renmen nou pou lavi! Mwen sèvi ak yon pati nan rad mwen yo, mwen fè yon lòt vwal ak anvi ese nan direksyon tè a. Li te parèt rok ak bos dènye a, men lè mwen vin pi pre, mwen te kapab wè siy kòmandman moun yo. Te gen bato pre li nan rivaj la, e mwen santi yon sans akonplisman lè mwen tounen pre nan sivilizasyon. Mwen swiv koube tè a pre epi mwen wè yon lonjichapèl ap vini nan vizaj yon ti montay. Pase mwen te ekstrèmman fèb, mwen deside ale dwat nan vil la, ap espere jwenn noutrisman nan la. Kèk bagay chans ak mwen. Lè mwen tounen sou montay la, mwen te rann lakay yon ti vil, byen ranga ak yon pò byenvini. Mwen antre nan pò a ak yon kè plen ak kè kontan jwenn echap inatandu mwen an.

Pandan mwen te an byen okipe travay sou bato a ak prepare vwayaj yo, kèk moun te ranmase nan kote a. Yo te wèm avek sòti, men ankò nan plas pou yo ofri èd, yo tap chuchote ansanm ak fè jès ki ta fè mwen yon ti jan inkiyan nan nenpòt lòt moman. Men, atitid mwen se sou wòch la ba, mwen jis te remake ke yo te pale angle. Se konsa mwen pale ak yo nan lang angle ak mande: "Padonnen mwen, tanpri, di mwen non vil sa a ak kotem apre?"

"Ou pral jwenn repons ou lontan menm," te reponn yon nonm avek yon vwa briska. "Peye w tou wè, ou ka rive nan yon kote ou pap renmen anpil, men ou pap gen okenn vwa nan kote ou rete, mwen asire ou."

Mwen te sòti nan sòti oswa anbake lè yon estranj di mwen yon repons malonèt, e mwen te santi mwen enkyete lè mwen te wè fason ki vilnen nan kòmansan yo. "Poukisa ou ap pale ak mwen konsa avèk realize?" mwen reponn. "Sigirman, se pa konsa moun angle yo trèt estranj yo."

"Mwen pa konnen," nonm nan di, "ki kalite koutim angle yo, men nan peyi Irlande a, nou pa renmen bòkayè."

Pandan kontinyasyon konvèsasyon etranj yo, anpil moun te ale yo nan kwasans la. Figi yo te montre yon melanj kèwyozi ak kòlè, sa a te deranje mwen ak sa a te fè mwen kèk jan anmè. Mwen te mande pou mwen jwenn kote nan otèl la, men pa gen moun ki te reponn. Se konsa, mwen deside pouse chimen mwen. Moun yo te swiv mwen epi te fè yon rond balanse nan mitan mwen. Ansuite, yon nonm ki gade vip t'ap vini nan direksyon mwen ak souple mwen sou epòl mwen. Li di, "Alavans, siwouple, ou dwe vini avek m 'pou wè Mèt Kirwin ak eksplike tèt ou."

"Ki Mèt Kirwin la? Poukisa mwen dwe eksplike tèt mwen? Eske peyi sa a pa yon peyi libète?" mwen mande.

"Wi, misyè, li libète a ase pou moun onèt yo. Mèt Kirwin se yon majistra, ak ou bezwen eksplike sa ki te pase bay yon moun ki te jwenn touye isi nan lannwit la."

Repons sa a te fè mwen sote, men vit mwen kòmanse kòmansé tèt mwen. Mwen te konnen mwen te inosan ak mwen ta fasilman kapab pwove sa a. Kidonk, mwen te swiv nonm nan san yo fenk ak yon kote pi bèl nan vil la. Mwen te fatige ak grangou, men paske mwen te antoure ak yon mas moun, mwen asire mwen avèk tout fòm mwen. Mwen pa vle anyen moun yo entèprete fatig mwen an kòm timidite oswa koupab oswa pe nan mòd. Piti grangou leta mwen te konnen a nan moman sa a ke yo te tann malè tèrib ki t'ap tann mwen, ki ta pral byen vit mouri nan terè nan, ki ta efase nenpòt tach lajont ke mwen te genyen oswa yon pè nan lanmò.

Mwen dwe fè yon pousyè nan moman sa a, paske li pran anpil kouraj pou mwen sonje evènman tèrib ki mwen pral konte an detay kounye a.

CHAPTER XXI

273   AN VITESSE, mwen te mennen rapidman pou rankontre magistrat-la, yon granmoun amikal ak fanm katoun. Li t'ap gade mwen ak ekspresyon youn kote yo ki ti kras sevè, li vire tèt li pou mande moun ki te pote mwen nan, ki moun ki pral ba kont yo kòm tèmwen.

274   Sid peksyon tavèk te konekte yo kousen. Youn nan yo te chwazi pa mjistra a pou li pale. Li di ke li te pèche laswè anvan ak pitit li ak frèdans-li, Daniel Nugent. A lentour dizè ankò, yo te varye yon van fò ki te soti nan nò, konsa yo deside tounen nan pò a. Pase se te yon nui byen nwè san lalinè, yo pa ka aksike nan pot yo men yo ale nan yon ti zòn apwòch de de mil. Moun nan mache davant pote ak li yon ti materyèl pou peche, pandan lòt moun yo te swiv deryè li. Pandan li t ap mache sou ròch la, li aksidantalman sonbre sou yon bagay ak tonbe atè. Kòmanse yo sote alèt, epi lè yo sèvi ak lanp yo, yo wè li tonbe sou yon moun ki te parèt mouri. Yo te kòmanse kwe premye janm, sa ta se kò a yon moun ki te noye epi lave pant sou lapòch, men lè yo tcheke pi pre sa, yo te konprann ke rad yo te sèk epi kò a pa t fwa. Yo te pote kò a nan lakay yon fi sanble avanse, nan espwa pou reveye li, men tout zefò yo te nan van. Jen gason an te parèt bèl ak

alantou vennken ans, Sa tparèt tankou li te gen handrase depi gen je sou kou li.

275   Pati premye nan sa moun sa te di a pa enterese'm vreman. Men lè yo fè reyalite a de touche nan mwen, li sonje mò sezi frè mwen ak mwen kòmanse santi'm kraze. Pye'm te kòmanse trasnen, ak vizyon mwen te klou sa a. Mwen te gen yon move santi epi lè majistra wè mwen, mwen te ka konnen li deja te panse yon bagay nèf.

Apre sa, pitit la konfime sa papa'l te di yo. Apre sa, yo mande Daniel Nugent pou li te jure. Li swe sekitè pou-zanmi'l tonbe, li te wè yon bato sèlman ak yon sèl moun nou pa lwen sòti lanmè. Epi soti nan sa li te kapab wè nan klere kèk etwal, li te kwè ke te menm bato mwen te anba jouk kounye a.

Yon fanm ki te abite pre bò lamen te bay temwayaj li tou. Li di ke omwen yon lèdmi avan li tande sou lyann moun yo te jwenn, li wè yon bato sèlman ak yon sèl moun lan ki te soti nan pati nan lanmè kote yo te jwenn lyann moun yo.

Yon lòt fanm konfime sa pechè yo te di sou mennen moun yo nan kay li. Li pat fè frèt tou lè yo mete li nan yon kabann ak eseye rekiperasyon l '. Daniel ale pran yon doktè, men li te tro ta. Moun sa a deja mouri.

276   Nèg lòt yo te mande kesyon sou vwayaj mwen. Yo dakò sou fèt ke ak bèf nanò a k'ap soufle an direksyon nò a pandan tout lannwit la, se posib mwen te nan bato mwen avanse nan wout, senpman pou mwen retounen kote mwen te kòmanse. Yo remake tou ke kò a te sanble ki te rive soti nan yon lot kote, e paske mwen pa t' sanble konnen zòn nan, se posib ke mwen te rantre nan pò a san reyalize distans ant lavil * * * ak kote kote mwen te kite kò a.

Aprè tande temwayaj sa a, Senyè Kirwin deside mennen mwen nan chanm kote kò a te pral prepare pou ranfosman pou li gade kijan mwen ta reyaji. Pètèt lè yo te dekri mòsa, li te panse ke vye a mòsan an ta kapab gen yon efè sou mwen. Majistra a ak plizyè lòt moun m'ap ekòte mwen nan otèl la. Mwen pa t' kapab ankòtre reminyan estran ki te fèt nan lannwit sa a. Men, lè mwen t'ap pale ak kèk moun sou zile a nan moman mòsa a te jwenn, mwen pa t' ankyete sou sa ki ta rive apre sa.

277   Mwen antre nan sila kote mouche a te mete ak mwen te mennen nan kòf la. Mwen pa ka menm kòmanse eksplike jan mwen te santi tèt mwen lè mwen wè li. Sa fè mwen fwi toujou ak fè mwen sote lè mwen panse sou moman sa a ki terib. Egzamen an, prezans otorite a ak temwen yo, tout klerifye nan memwa mwen lè mwen te wè kadav Henri Clerval la devan mwen ki pa konn jwenn lavi ankò. Mwen pa t' ka respire, e mwen tonbe sou kadav la, di, "Estke move plan yo mwen te genyen retire lavi ou tou, mye Henri? Mwen deja detriye de moun: gen plis viktim ki tann: men ou, Clerval, zanmi mwen, sa mwen te jwenn èd nan--"

Mwen pa t' ka suporte doulè a ankò, e mwen te sòti nan sila a pandan mwen te gen kras.

Apre sa a, mwen te gen fwè. Mwen te nan menm tann pou de mwa. Mwen te aprann swa ke mwen te di bagay terib nan deliri a mwen yo. Mwen rele tèt mwen tètmarye a William, Justine, ak Clerval. Nan moman sa yo, mwen te mande moun ki te pran swen nan mwen pou ede mwen kraze mons lasisi ki t ap tourmente mwen. Lòt fwa, mwen te santi dwèt mons la ap pran nan kou mwen, e mwen te kriye nan doulè ak pè. Fòsyman, sèlman Mesye Kirwin t 'konprann mwen paske mwen t'ap pale nan lang mwen natif. Men jès stòryòm mwen yo ak kri souplèz yo espante lòt temwen yo.

278   Poukisa mwen pa mouri? Mwen te pi malèz pase nenpòt moun anvan mwen. Poukisa mwen pa jis bliye tout bagay la epi jwenn repo? Lanmò pran anpil ti timoun yo ki se sèl espwa paran yo renmen yo yo. Konbyen mariye ak jèn lanmou ki te sante ak lespwa yon jou epi vire manje pou vè ki ap pouri nan latranblay nan lendi! Kisa mwen fèt ki fè mwen ka pote tant sòti anpil doulè konsa, tankou yon maltrete ki p'ap janm fini?

Menm janm, mwen te desine pou mwen viv. Apre de mwa, mwen rekote nan sa mwen santi kòm yon rèv, men mwen te reyèlman nan yon prizon. Mwen te ap kouche sou yon kabann terib, ak gadyen, kle, lonn, ak tout bagay movè ou jwenn nan yon syèl. Li te maten lè mwen rekote e mwen te kòmanse konprann sa ki te pase. Mwen pa t 'ka sonje tout detay yo, men mwen santi tankou yon bagay terib te fèt pou mwen. Lè mwen t 'gade alantou ak wouze ba yo ak chanm souke mwen t 'nan, lè mwen t 'souvni yo vin debòde, ak mwen pa t' ka chita kite jem ap gém ak dezespwa.

Se son sa a réveye yon ansyent fanm ki t ap dòmi nan yon chèz akòt mwen. Se yon mès ki te anplwaye pou pran swen mwen. Figi l te montre tout kalite move kalite yo ke ou souvan wè nan moun de sa a. Figi l t ap parèt dous ak brase, tankou yon moun ki oblije wè men pa gen anyen nan lavi ki tris. Vwa l te sonnen konnesans, tankou yon moun mwen te tande lè mwen te nan moman difisil mwen yo.

"Eske ou santi ou pi byen kounye a, sir?" li mande mwen an Angle.

Mwen reponn maladman nan menm lang sa a, "Mwen panse mwen santi mwen byen, men si tout verite, si mwen pa jis reve sa a nan tout, lè sa a mwen regrette anpil ke mwen toujou vivan pou santi tristès sa a ak lòt horè sa yo."

"Anvan sa a," ansyent fanm sa a reponn, "si ou pale de nonm ou touye a, mwen panse sa ta pi bon pou ou si ou te mò. Mwen panse bagay yo pral difisil pou ou anpil! Men sa pa konsène mwen. Mwen la pou mwen panse sou ou e ede ou pran swen yo. Mwen fè travay mwen ak konsyans klè. Ta bon si tout moun ta fè menm bagay la."

Mwen tounen tèt mwen bay fanm nan ak dezòd. Kijan l te ka di sa menm moun ki sòti sòti jouk nan tete lanmò? Men, mwen te twò fèb pou mwen panse sou tout sa ki te rive mwen. Tout lavi mwen te parèt tankou yon rèv pou mwen. Gen kèk fwa mwen doute si li te rive vreman, paske li pa t 'paret reyèl nan tèt mwen.

Kòm mwen gwose imaj nan tèt mwen, mwen komanse santi mwen malad. Mwen te antoure nan andeyò, san gen anyen ki ban mwen rekonesans ak lanmou oswa sipò ak yon men ki swen. Doktè a te vini e li preskri medikaman, men vye fanm nan ki te prepare l te jete dekòdan mwen. Pesonn pa t ap pran swen mwen.

Sa yo te pèspektiv mwen nan premye moman, men byento mwen dekouvri ke Senyè Kirwin te montre mwen yon bèl bonite. Li te ranje poupiye ki pi bon nan prizon an pou mwen, men menm sa a te mizabl. Li te tou founi yon doktè ak yon enfwimyè. Li pa t vini vizite mwen anpil, paske li pa t vle swiv soufrans yo ak tande pale douloure soulye yon moun ki touye. Li te sèlman vini de tan an tan pou asire li pa t neglije mwen, men vizit li yo te kout ak espasé.

281   Yon jou, kòm mwen t ap retablou lontan, mwen tande sou yon chèz ak je mwen kase pye, ak je mwen andedan fòk janm miray nan ras sa dlochis ki mouri. Mwen te plen ak tristès ak malè, e mwens pase ranmase lanmò, mwen te panse mwen ta pi byen si mwen ta chèche lanmò pito pase volonte rete nan yon mond ki te parèt plen ak malè. Nan yon moman, mwen menm te konsidere pou mwen avoue koupab mwen epi fè fas ak peyisanm pami lalwa a, menm si mwen pa t janm enosan kou zetwal pòv Justine a ki te soufri anjist. Se sa yo te refleksyon mwen yo lè pòtay chanm nan louvri ak Senyè Kirwin antre. Figi l' te montre soufrans ak konsènan. Li t ranmase yon chèz pre myenn mwen yo e li pale avèk mwen an franse,

"Mwen imajine kote sa a dwe tre difisil pou ou. Eske gen anyen mwen ka fè pou fè ou santi plis konfòtab?"

"Mèsi, men nenpòt sa ou ta ka ofri mwen pa vle di anyen pou mwen. Pa gen okenn konfò nan lemonn ki mwen ka resevwa."

"Mwen konprann ke soufrans yon etranje pa kapab ofri yon ti souflè pou yon moun chaje ak yon maleng inik tankou ou. Men mwen espere ou pral bientot kite kote tris sa a, paske mwen kwè gen prèv ki ka retire akizasyon ou nan krim ou a."

"Sa se pa pèspektiv mwen. Nan kad yon seri evènman etranj, mwen vin tounen moun ki pi mizab nan lavi a. Avèk tout pèsekisyon ak torosi mwen sòti nan, estanm nan vreman ka konsidere kòm yon mal pou mwen?"

282   Nan moman sa a, kòm mwen t ap mache atravè yon rekiperasyon ki te pa vit, mwen te chwazi pou mwen chita nan yon chèz avèk je m half-louvri ak jou pala m ki t 'menm jan avèk yon moun ki mouri. Mwen te plen ak tristès ak difikilte, e souvan mwen te panse ke pi bon bagay pou mwen tap seche mò a, an kontras ak vle grangou ladan li a sanble plezi. Nan yon pwen, mwen menm te konsidere

powòtèt pou l sòti koupab yo ak fè fas ak les san rezon, menm si mwen pa te t ni byen fè antanke pòv Justine ki te soufri nan fason ki pa jis. Se sa yo te refleksyon mwen lè pòt chabrakay mwen an louvri e Senyè Kirwin antre nan. Figi l te montre pasyon ak sekirite. Li tire yon chèz ki pre bò mwen ak pale avèk mwen an franse,

"Mwen imajine kote sa a dwe sòti sòti pou ou. Eske gen anyen mwen ka fè pou w fè w santi pi konfòtab?"

"Mèsi, men nenpòt bagay ou ta ka ofri pa vle di anyen pou mwen. Pa gen okenn konfò nan lemonn ki kapab resevwa mwen."

"Mwen konprann ke simpati yon etranje ka sèlman ofri yon ti kras soulajman pou yon moun ki pésepete avèk yon malè etranj tankou ou. Men, mwen espere ke ou pral kòmande kò ou kite kote tris sa a, paske mwen kwè gen pwen ki pral deklare ou erè yo w ak krim ou akize an."

"Sa a se kontenir mwen ki sòti nan nanm mwen. A travè tousa mwen pase ak tout lapòtman mwen endure, estrikti reyèlman ka konsidere kòm yon move nan je mwen?"

Mwen pa konnen koman sa fèt, men toupatou mwen gen yon penso. Yon penso terib. Mwen te kwè ke moun ki te touye a te vini pou fè mwen menmen e tourmente ak lanmò Clerval la, tankou sa ta fè mwen fè sa li vle. Anndan dife, mwen kouvri je mwen akri soufri,

"Oh! Fè l'ale! Mwen pa ka tache wè l '. Tanpri, pa kite l'apwòche mwen!"

Monsieur Kirwin gade mwen ak andeyò. Li entèprete sa mwen te di a tankou yon akizasyon koupab e li reponn an kounyeya,

"Jèn gason, mwen ta te espere presans papa w la ta pote lwanj, pa abzans ak listwa konsa."

"Papa mwen!" mwen eksplike, figi mwen ak kò mwen chanje tibe nan lapenn a jwenn delis. "Est-ce que papa mwen vreman rive? Kouman li geniroz, kom li geniroz nan konklizyon! Men kote li ye? Poukisa li pa pran devan poul al wè mwen?"

Chanjman nan kò mwen nan moman sa a te sòti nan lapenn an gen ti informasyon ak plezi magistrat la. Lapreske li te kwè ke moman anba lapenn mwen te gen sòti nan deliri. Li rann vite nan elatriye bon konfò.

Li leve l'ale, kite chanm nan ak manm mwen, ak nan tan kap vini papa mwen antre.

Lè sa a, prezans papa mwen an te pote sou mwen vrèman anpil jwa. Mwen etann men mwen vrèman te trè kontan. Mwen lonje men mwen nan direksyon l 'e mwen mande l ',

"Eske wap sòti nan serye? Ak kijan Elizabeth ak Ernest?"

284 Papa mwen konsole mwen, men li te wè ke se difisil pou mwen fè plezi nan prizon an. "Sa pa bon pou ou rete la, pitit," li di tristè, gade fenèt woule ak kondisyon mizerab nan chanm lan. "Ou te ale nan yon vwayaj pou jwenn lapè nan kè ou, men sa sòti mal nan malè. E pov Kleval—"

Jis tande non zanmi mwen ki te touye a te twòp pou mwen nan estati'm fible la; mwen komanse kriye.

"Oh, wi, papa," mwen reponn, "gen yon move trase ki ap touffe mwen, e mwen dwe rete viv pou li ranpli. Anndan sa, mwen ta mouri lè Enri mouri."

Nou pa t 'pèmèt pou nou pale lontan paske mwen toujou nan rekovri, e mwen bezwen pou mwen repoze. Mr. Kirwin antre vini e di mwen pou mwen repoze. Men, wè papa mwen te tankou gen gadyen angel mwen avèk mwen, e ti a ti, mwen te kòmanse santi'm pi byen.

285 Non mwen te rann pi byen, yon santiman nwa ak tris te pran kontwòl sou mwen, ak pa gen anyen ki ka fè li disparèt. Imaj lanmò san piti a te kite nan tèt mwen tout tan. Zanmi mwen te aneji pou pensyè sa yo pa fè mwen malad ankò. Poukisa yo sove m 'soti nan yon lavi konsa nan kouri ak moun yo te fè yo pa ka swiv sa yo mande a? Sa dwe paske mwen gen yon destinasyon pou mwen reyisi, e li prèske fini kounye a. Lanmò pral rive byento epi l 'ap sispann santiman douloure sa yo, libere mwen nan pwa lourd tristès la. Lè jistis nap bay, mwen pral finalman jwenn lapè. Lanmò te sanble lwen, men mwen te desire li anpil. Mwen ta rete kalm san di yon mo pandan èdtan, espere pou yon gwo chanjman ki ta pral fè akouche mwen ak moun ki koz tout soufrans sa yo.

286   Se tan pou aji nan tribinal yo t'ap vini pi pre. Mwen deja te nan prizon pou twa mwa. Menm si mwen te toujou fèb ak nan risk pou maladi ankò, mwen te dwe vwayaje yon sankant milye pou ale nan lavil kote tribinal la te fèt. Mesye Kirwin te pran swen jwenn temwen yo ak prepare defans mwen. Gras a Bondye, mwen pa t 'gen pou fè fas a lajenès pase pou yon kriminèl, tankou ka mwen pa t' pote anvan tribinal sa ki deside si yon moun rete vivan oswa mouri. Gran jiri a te rejte akizasyon yo lè li te pwoche ke mwen te sou Zile Orkney lè kadav zanmi mwen an te jwenn. De semèn apre mwen te deplase, mwen te libere soti nan prizon.

Papa mwen te konn fèt ke mwen te depanse nan chajman an nan krim. Li te kontan ke mwen te kapab ap respire bèlè toujou epi retounen lakay nou. Men mwen pa t 'kapab pataje nan lapè nou yo. Antanko mura yon prizon ak yon palè te menmjan pou mwen jodi a. Lavi a te tounen pou touye, e menm si solèy la te klere sou mwen kòmsa li te fè pou moun ki kontan, alantou mwen, mwen wè sèlman yon fènwa ak yon fènwa menasanj. Pa t 'gen lòt limyè, eksepte sa mandyan yon garou, premye fwa mwen te wè yo nan chanm mwen nan Ingolstadt.

287   Papa mwen te eseye fè mwen santi mwen afeksyon. Li pale sou kouman mwen ta bientòt ale nan Geneva pou wè Elizabeth ak Ernest. Men tande mo sa yo fè mwen sote vay doulè. Okazyonèlman, mwen t'ap santi yon siznifikasyon pou lapè epi mwen ta reflechi ak tristès sou kouzen mwen renmen oswa mwen ta swete swa ak yon gran lapenn lakay. Nan mwens pase yon tan, mwen t'ap santi tèt mwen dezamò ak endiferan, epi mwen pa t' enterese si mwen nan yon prizon oswa nan yon kote pi bèl nan lanati. Okazyonèlman, moman sa yo te koupe anpil, sifwa lè mwen t'ap tande soufrans ak dezespwa. Mwen te tris nan pwoch nan fon kè mwen.

288   Men mwen te konnen gen yon lòt responsabilite enpòtan ki te rete, menm si tristès mwen te konplete nan kè mwen. Mwen te bezwen tounen nan Geneva ositou posib epi pwoteje moun yo mwen te renmen anpil. Mwen te bezwen jwenn mòdè ak asire ke yo pa t'ap

kapab fè mwen mal oswa nenpòt lòt moun ankò. Kreati monstri sa a, mwen te kwè li gen yon lame ki pi monstri ankò, te bezwen kanpe.

Papa mwen te vle retade vwayaj nou an paske l 'te inkyete mwen pa t'ap ka manje gwo efò fizik vwayaj. E li te gen rezon - mwen te kapab sere, Danjere. Mwen te tankou yon lonbraj fragil, yon kò ki sòti defanm. Mwen te pèdi tout fò mwen. Jou ak lannwit, lafyèv t ap toujou kraze nan kò mwen, sa te pi fèble kò mwen anko.

289   Men paske mwen te anksyete ak envye pou kite Ayiti, papa mwen deside ke se pi bon pou nou ale. Nou afrete yon bato ki te pral Havre-de-Grace ak yon bon vant. Li te nan lannwit, epi mwen t ap kouche nan dek, gade zetwal yo nan syèl ak tande son kraz sou bato a. Mwen te santi yon soulajman paske mwen pa t janm ka wè Ayiti ankò, epi kè mwen t ap bat vit vit lè mwen te konnen mwen tap rive nan Janeva byento. Pase a parèt tankou yon move chòk pou mwen. Men, nan kòbato sa a, van ki t'ap soufle pou mwen kite Ayiti, ak lanmè k ap kadre mwen, li te fè mwen sonje ke tout sa te reyalite. Zanmi mwen Clerval te viktim nan menm tan tou, mwen ak mons ki te kreye a. Mwen te retounen nan tout lavi mwen - moman ki te gen anpil kè kontan avèk fanmi mwen nan Janeva, lanmò manman mwen, ak lè mwen ale nan Ingolstadt. Mwen pa t ka fè anyen men treman lè mwen sonje eksitasyon entans ki te pouse mwen kreye lènmi pa mwen nan festen ennemi san fòm sa a, epi mwen te panse sou nwit li tonbe souvan. Mwen pa t' ka kontinye panse mwen an; anpil emosyon te soufle mwen, epi mwen te kri san kontwòl.

290   Aprè mwen geri soti nan maladi a, mwen te kòmanse pran yon ti kras medikaman ki rele lawdanòm chak swa. Se te sèl fason mwen t'ap jwenn ase repo pou rete sou lavi. Men, paske mwen te toujou anbwase ak tout move bagay yo ki pase sou mwen, mwen pran doub distans mwen ki oblije mwen tonbe nan yon dòmi profon. Menm si mwen t'ap dòmi, mwen te toujou gen rèv move. Lè maten vini, mwen santi mwen kòm si mwen te kòmanse lakay nan yon nimewo. Mwen tande gèmisan ak kriye toutantou mwen. Papa mwen, ki te souvèti sou mwen, wè ke mwen t'ap bouke nan dòmi epi li reveye mwen.

Mwen wè lanmè ki agite ak syèl ki klere yo sou mwen. Kreyati tèrib la pa t' la. Mwen santi mwen kèk ti jan plis an sekirite, kòm si gen yon ti pouse nan katastwòf ki pa t'vle fini toujou k'ap tann mwen. Sa fè mwen bliye tout soucis mwen pou yon ti moman, e se yon bagay ke lespri moun an sezi fè byen.

CHAPTER XXII

 Vwayaj nou fini. Nou rive nan Pari. Men, mwen te konprann ke mwen te bezwen repo avan pou kontinye. Papa mwen te pran swen mwen, ap eseye ede mwen ak soufrans mwen, men li pa t 'konnen poukisa mwen te santi konsa. Li te panse ke soti epi se nan ka sosyal la kapab fè mwen santi mwen pi byen. Men, mwen pa t 'kapab tann alantou moun. Byen, pa egzakteman pa t 'kapab tann, paske yo te menm moun ki menm jan ak mwen e mwen te santi mwen deziyen yo, menm moun ki pa t 'agreyab. Mwen wè yo kòm zanji bèl. Men, mwen te santi mwen pa t 'gen dwa fè menm ak yo. Mwen te kreye yon lantoumi nan mitan yo, yon kreati ki te renmen fè yo soufri epi fè yo soufri. Si yo te konnen sa mwen te fè, yo te tout rete ratio mwen epi goumen mwen ale.

Dadous la, byen fè fas a volonte mwen pou evite sosyete a. Li eseye fè mwen konnen ke akize m 'pou omosid pa t' dwe fè mwen santi mwen byen klè. Li te di ke fyète pa t 'gen okenn valè.

 "Oh non, papam," mwen di, se senti mwen tou bezwen. "Ou pa konprann mwen menm. Si yon moun tankou mwen t'ap santi fyete, sa ta baize tout moun yo epi tout sentiman yo. Justine, pitit kras, te enosan menm jan avèk mwen, men li te akize tou. Li mouri paske sa a, e se konsa sa fòk moun ki te mouri yo tout se sak fè mwen."

Pandan mwen nan prizon, souvan mwen te di menm bagay sa a bay papam. Pafwa, li t'ap chèche konprann epi t'ap mande mwen pou mwen eksplike, men lòt fwa li te deklare sa a kòm yon pwodwi nan maladi mwen an, konsidere ke nan moman rekovri mwen an, mwen te imajine bagay konsa. Mwen te evite bay eksplikasyon epi mwen rete sòti sou mons akòz kreyasyon mons la. Mwen te pè ke moun ta panse mwen fou, sa se sèlman sa a ki te kenbe mwen nan pale. Men, gen yon lòt rezon - mwen pa t'ap kapab suporte dezòd yon sekrè ki te ta tèt chini ak tèt fache papam. Kidonk, mwen te sere nesesite desespere pou konprann e mwen chwazi tann an silans, byen ke mwen te renmen pataje vrengonnen terib la. Men, malgre tousa mwen te fè, mo tankou sa mwen te jis di yo te desanne nan mwen san kontwòl. Mwen pa t'ap kapab eksplike yo, men ekspresyon yo te ede yon tèt ti tèt ak pwa sou soufrans misterye mwen an.

Yon jou, papa m' gade m' ak yon gran sipezi ak li di: "Chè Vivtor, poukisa w ap di bagay ki pa posib sa yo? Tanpri, gason mwen, pa fè konklizyon sa ankò."

"Non, mwen pa fou," mwen di ak pasyon. "Sòlèy la ak syèl la t'ap tann gouvènman yo gade sa mwen fè a epi t'ap bay temwayaj sou verite a. Se mwen menm ki responsab pou lòt moun yo mouri; yo mouri paske mwen fe sa. Mwen ta ka bay lavi mwen nan pil janm pou sove yo. Men, papa, mwen pa t' ka sòti akrasyon kekòmandman pou tout ras moun yo."

Lè papa mwen tande sa, li kwè ke panse mwen pa dakò. Li chanje enjistis la fasilman epi li eseye deranje atansyon mwen pou li ka detounen mwen ak eseye efase sòti sa ki te pase nan peyi Ayiti a. Li pa janm refere ankò a evenman sa yo epi li pa kite mwen pale sou malè mwen yo.

Lè tan pase, mwen vin pi kalm. Lè misè t'ap viv nan kè mwen, men mwen pa t'ap pale nan menm jan sa a ankò sou krim yo. Mwen te konnen epi rekonèt yo tèt mwen se sa mwen te ka fè. Mwen te dwe kontwole gwo desir mwen te genyen pou revele tout bagay la nan mond lan. Konpòtman mwen te plis konsa epi pi lapè pase sa li te ye depi mwen t'ap vwayaje nan lanmè glase a.

Kèk jou anvan nou te kite Pari pou ale nan Swis, mwen te resevwa yon lèt soti nan Elizabeth. Lèt la te di:

"Chè Zanmi,

"Mwen te kontan anpil pou mwen resevwa yon lèt soti nan nonk mwen nan Pari. Ou pi pre, e mwen espere wè ou nan mwens pase de semèn. Mwen ka imajine tout siprès ou dwe te sibi. Mwen atann wè ou nan yon etat ki pi mal pase lè ou te kite Zenev. Se yon move ivènman pou mwen tou pandan sezon ivè sa a. Men, mwen espere wè lapè nan fason w ap sere nan figi ou epi mwen espere ou jwenn kè ou yon kè kalm.

Men, mwen pa vle trakase ou pandan moman difisil sa a lè konsa w ap pote anpil malè nan po kò l ou. Men, mwen te gen yon konvèsasyon ak nonk mwen anvan l ale ki bezwen yon ti klarifikasyon anvan nou rankontre.

Ou ka mande tèt ou, poukisa Elizabeth bezwen eksplike anyen? Si ou mande sa a, sa vle di tout kesyon mwen yo jwenn repons yo, kè mwen gen kè kè kontan. Men, depi ou lwen, se posib ou menm menm nan menm tan gen lapè ak desir pou eksplikasyon sa a. Ak posibilite sa a nan lespri mwen, mwen pa ka tann plis pou ekriven sa mwen te vle di ou pandan ou absans ou a, men mwen pa t janm gen kouraj pou komanse."

"Victor, ou konnen ke paranou toujou vle nou marye. Yo te di nou sa a depi nou te piti, e nou te aprann pou nou t'atann li rive yon jou. Nou te bon zanmi lè nou te timoun, e lè nou grandi, mwen panse nou te vin pi cher pou lot. Men, lè sa a, frè ak sè p ap ou kapab gen yon bouden ki fò atèlman pou yo vle pi pre pase sa. Eski sa ka vre pou nou menm tou? Tanpri di mwen, Victor cheri mwen. Mwen mande ou pou ou reponn onètman, pou lanmou nou ansanm - est-ce ou renmen yon lòt moun?"

Ou te vwayaje ak pase anpil ane nan Ingolstadt. Mwen dwe rekonèt, zanmi mwen, ke lè mwen te wè ou tris konsa premye dènye a, izole tèt ou soti nan tout moun, mwen kòmanse panse ke petèt ou pa vle ankò nan relasyon nou an. Mwen dwe konfese, zanmi mwen, ke mwen renmen ou anpil, ak nan rèv mwen sou lòt, ou toujou te yon zanmi fidèl ak kòmand. Men, mwen vle bonè ou menm jan ak bonè mwen. Konsa, mwen vle ou konnen ke maryaj nou an ta fè mwen toujou malere nenpòt si li pa chwa pwòp ou, libèman te fèt. Oh, Victor, tanpri konnen ke mwen gen vre lanmou pou ou, ak mwen ta kraze si ou te panse lòt bagay. Tanpri, sezi w, zanmi mwen. E si ou bay mwen demand sa a, konnen anyen nan lemonn sa a pa t 'ka pwoblèm pou lapè mwen.

297   Tanpri, pa lage lèt sa fache ou. Ou pa bezwen repon demen oswa jou apre demen. Mwen pa vle fè ou tris. Lonklè mwen pral kenbe mwen enfòme. Mwen sèlman espere wè ou souri lè w'ap retounen. Sa ta fè mwen anpil kontan.

Elizabeth Lavenza.

Jenèv, 18 Me, 17—.

～

Lè mwen t'ap li lèt sa, sa fè m' sonje yon bagay mwen te bliye : menas mons nan - "M'a toujou ak ou nan nui nan maryaj ou a!" Sa a se pini mwen. Monst a pwomèt li pral fè tout bagay pou kraze mwen epi pran bonè yo t'ap pote konsolasyon bay doulè mwen an. Li te gen lide pou akonpli malfekt yo, ak touye mwen. Byen, se konsa sa ye. Yon batay sòti nan tout kwen t'ap sòti nan nui sa a. Si li te genyen, mwen ta finalman jwenn lapè, ak kontwòl li sou mwen tap fini. Si mwen te detwi li, mwen ta yon nonm lib. Men kisa fason libète la la ? Sa ta tankou sa yon pezant ap viv apre l' wè masak fòma l', kay li te boule, tè li te kraze, epi li te rete san kay, pòv, ak sèl. Sa ta ye vèsyon mwen libète, sòf ke mwen gen Elizabeth, ki se yon tresa prensipal pou mwen. Malerezman, li anwo kòbchenn sha ak kèk poukri ki t'ap pèsekite mwen jouk nan lanmò.

298   Chère et aimée Elizabeth! Mwen li lèt li anko ak anko, epi sa pote kèk santiman delikat nan kè mwen. Li fè mwen rèv sou lanmou ak kè

kontan, kòm si se paradi a. Men, malerezman, dega a deja te fèt, epi mwen te konnen espwa mwen te ap vin deplis la. Men, mwen t'ap fè tou sa pou fè li kontan. Si mons nan te pase nan menas li a, lanmò te devenn sètèn. Sepandan, mwen te ta mande tèt mwen si marye mwen tap fè lanmò mwen rive ankò pi vit. Pèpètè mwen te mande si kalotri nan tètolo a ta suspekte mwen tap piye l pou kòz menas yo, epi li ta jwenn yon lòt fason, pèpètè pi malè, pou fè revanj. Li te fè pwomès li ta rete ak mwen nan nwi maryaj mwen, men li pa te panse ke sa vle di li te dwe kite mwen sèl jouk lè sa a rive. Nan fèt, li te montre mwen ke li toujou vle sipa plis nan san pa touye Clerval tou dwat apre li te fè menas yo. Kidonk, mwen deside si maryaj avèk kouzin mwen a nan imèdyat te ta pote kè kontan pou li oswa papa nou, se pa pou plan mon adopt yo pou fini lavi mwen ke pral retade l pou menm yon nanosekond.

299   Ma te fè nouva ap nan boubout la, mwen voye yon lèt bay Elizabeth. Lèt la te trankil ak plen lanmou. "Chèz pitit gason mwen," mwen ekri, "mwen pa gen anpil bonè nan mond sa pou nou. Men tout sa mwen espere jwi yon jou ta soti nan ou. Tanpri, pa kite pè ou an pran pi bon nan ou. Mwen deklare lavi mwen bay ou ak mwen pral fè tout sa mwen kapab pou fè nou kontan. Gen yon sekrè, Elizabeth, yon bagay chaje ak tèrib. Li se si mal, lè mwen di w sa, li pral ranpli w ak pe. Ou pa pral etone pa malèzisman mwen, men pi bon ou te mande kijan mwen reyisi sòti nan sa mwen pase nan lavi sa a. Mwen pwomèt pou mwen di w sou istwa mizè ak terè sa a lendi ap fèt nan maryaj nou an. Chèz kouzin mwen, nou dwe gen konfyans total nan lòt. Men jouk lè sa a, mwen mande w pou pa fè sa sòti nan bouch ou oswa mansyone l'. Mwen mande sa tre dezespere, e mwen kwè ou pral dakò."

Yon semèn apre sa a, nou tounen nan Janèv apre resevwa lèt Elizabeth la. Ti fi dous lan te aksiyone mwen ak yon afeksyon chalè, men te gen larm nan je li lè li wè kijan maigre ak malad mwen te gade. Mwen remake yon chanjman nan li tou. Li te pèdi pwa ak pa t 'ap gen menm lespri ki te alegrè ki te charme mwen anvan. Men bonteman li ak je konpasyon fè li yon kòmantè pi bon ankò pou yon moun tankou mwen ki te kraze ak mizer.

300   La kè mwen t'ap santi a pa te dure lontan. Rete sou sa ki te rive mwen te fè mwen pede kontwòl tèt mwen. Des fwa, mwen te kolè ak move kòlè nan kè mwen. Des fwa, mwen te santi mwen tris ak san lespwa. Mwen pa pale ak anyen ni menm gade moun. Mwen jis rete lòt bò, santi mwen tèlman debòde nan tout malè ki te ap bouske mwen.

Se sèlman Elizabeth ki te gen kapasite pou fè mwen soti nan epizòd sa yo. Vwa li dous li t'ap kalm mwen lè mwen te plen ak emosyon fò. Li t'ap sonje mwen pou santi mwen tankou yon moun lè mwen te santi mwen anba. Li te kriye avèk mwen e pou mwen. Lè mwen retrouve sanite mwen, li te pale avèk mwen e eseye ankouraje mwen pou mwen aksepte sitiyasyon mwen an. Li bon pou moun k'ap viv nan malè yo aksepte destine yo, men pou moun koupab, pa gen lapè. Doulè regwet la anndanpe tout kòmfor k'ap vini nan plede tròp doulè.

Poko lontan apre mwen rive, papa mwen fè mwen sonje sou maryaj mwen ki pral fèt avèk Elizabeth. Mwen pa di anyen.

"Eske w'ap gen sentiman pou yon lòt moun?" li mande.

"Pèsonn sou tè sa a. Mwen renmen Elizabeth ak mwen trè entousyat pou nou rete ansanm. Ann fikse yon dat pou maryaj nou, e nan jou sa a, mwen pral deyòte tèt mwen pou bonè li, menm si sa vle di mwen pral sakrifye lavi mwen."

301   Alo, Viktor, tanpri pa pale konsa. Nou te pase nanpil move bagay, men fòk nou kenbe sa ki rete ak transfòme lanmou nou soti nan sa nou pèdi yo pou moun ki toujou la. Gwoup nou pwal ti, men nou pwal anbandrag ak afeksyon ak malè nou pataje. Lè tan diminye pè sou ou, bagay nouvo ak renmen pran swen ap vini pou ranplase sa nou pèdi yo konsa a nan fason mechan sa a.

Sa a se sa papa m di mwen. Men m pa t kapab bliye menas la: sot di l', "Mwen pral avèk ou nan nwit maryaj ou," m te wè destini a kòm yon bagay enevitab. Men lanmò pa t pè pou mwen si sa t vle di mwen tap pa pèdi Elizabeth. Kidonk, m te dakò ak papa mwen, sanble kontan e menm kontan, lèkonsa si kouzin mwen dakò, nou t ap gen seremoni sa a nan dis jou. M te panse sa a t ap fèmen destini mwen.

302   Bo Dye! Si mwen te konnen sòti nan bouch mwen sa ki plan mal mennen monstri mwen an te gen nan tèt li! Mwen ta pito kite peyi mwen ak pote tèt mwen woulo sou latè yon sèl men san zanmi pase ankras nan sa move maryaj sa a. Men, pou yon bagay ki janm ekziste, monstri a te trape mwen, mwen pa t 'ka wè vrè entansyon li yo. Mwen te panse mwen te sèlman prèpare pou mò mwen, men nan reyalite, mwen t 'aprenn kòs lan nan yon moun ki te pi cher pou mwen.

Lè jou maryaj nou an te vin pi pre, mwen te vin santi kè mwen desann. Mwen te eseye pa fè tristès mwen klè, men Elizabeth, avèk je l 'k ap veye toutan, te wè nan travay la. Li t 'gate wè maryaj nou an ak yon fèt kontanman, men gen yon ti piki nan pètou nan sa a. Lespwa nou te konfwonte nan pase yo te kite li ak konviksyon ke sa ki t 'ap parèt kòm bonè nan kèk tan, kabann menm kòm yon rev, kite sèlman regret gwo ak ki pral dure pou lontan.

303   Preparasyon te fèt pou gwo evènman an. Moun yo te vini felisite nou, e tout moun t'ap parèt kontan. Papa m te rive rekiperasyon yon ti pati nan enheritaj Elizabeth la soti nan gouvènman Ostrichyen yo. Li te gen yon ti bout tè bò Lak Como. Nou te dakò apre nou marye, nou ta ale nan Vil Lavenza ak pase premye jou kontan nou ansanm bò lakay la ki bèl.

Pandan sa a, mwen pran prekosyon pou pwoteje tèt mwen nan ka demòn nan deside atake mwen ouvètman. Mwen te pote zam ak yon kouto sou mwen a chak le e mwen rete vèyatif pou evite nenpòt trik. Sa a fè mwen santi plis tranquil ak lapè ini. Mwen fin konfyans ak mwen pa t' ankò anparese pou sa kapab rive. Tout moun te pale sou maryaj nou an kòm yon evènman ki pa gen okenn bagay ki ka fè l' sispann.

304   Elizabeth parèt kontan, e kalme mwen ede manyèl mete li sou wout la. Men, nan jou sa a, ki te sipoze satisfè souè mwen yo ak chanje desten mwen, li te parèt tris ak yon santi ke yon bagay move

te pral rive. Peryòd sezi lòt mounn ta pral di ke se ki te nerveye yon madanm kòmsadwa.

Aprè seremoni maryaj la, yon gwo gwoup moun antoure kay papa mwen. Nou te deside ke Elizabeth ak mwen ta kòmanse vwayaj nou nan bato, pase yon lapriyè nan Evian epi kontinye lendi. Solèy la te bèl, van an te avèk nou, e tout te parèt parfait pou vwayaj bato maryaj nou an.

Se te dènye moman nan lavi mwen lè mwen te santi mwen vreman kontan. Nou te swiv vit pou tout viré lak la, rete pwoteje nan menak solèy la anba yon blan. Nou te wè ti rivaj ak mòn bèl yo.

Menm jan ak anvan yo, Elizabeth te parèt kontan, ak kalm mwen an te ede l ba li kè kontan. Sepandan, nan jou sa a ki te sipoze satisfè volonte mwen yo ak chanje destin mwen, li te sanble tris ak te gen yon sansasyon ke yon bagay move t ap rive. Men, posib ke li te nanprensa tou sou sekrè terib mwen te pwomèt pou m di l lendi a. Pandan tan sa a, papa mwen te konn saut pou li anndan lè l wè tristès Elizabeth la, li te sòti sòti nan anbisyon yon marié.

Aprè seremoni maryaj la, yon gwo gwoup moun te ranmase nan kay papa mwen. Nou te deside ke Elizabeth ak mwen ta kòmanse vwayaj nou nan bato, sa a pye nan nuit nan Evian epi kontinye lendi a. Solèy la te bèl, van an favorab, epi tout bagay te parèt byen pou vwayaj nou nan bato maryaj la.

Se te dènye moman lavi mwen ke mwen te santi mwen vreman kontan. Nou alòt vit sou lanmè a, rete pwoteje soti nan chalè solèy la anba yon chapite. Nou te wè rives ak mòn gwoup souvan krèzi.

Mwen te kenbe men Elizabeth la ak mwen di, "Wap gade tris, renmen mwen. Si se sèlman ou te konnen detr

Sòlèy la te desann nan syèl la. Nou atravèse Rivi Drance ak nou wè kijan li te koule nan espas etwòpò enter kòsèk yo. Alp yo vin pi pre lak la isit yo, ak nou vin pi pre mòn yo. Nou ta ka wè somèn Evian an sotel nan bwa yo ki tonbe alantou li.

Vant fò ki te ap pouse nou antreteman sousouviote konparètman mòn yo, subitman redi nan koucha solèy la, pa kite pase sòt briz. Atmòsfere dou a kreye yon mouvman agreyab nan pyebwa pandan nou te ap aproche wòfyè a. Soti ladan lò a, nou te ka santi nan pòt ladan yo kòd parfum flè ak jaden kout yo. Solèy la kite aksyon anba orizont la ankò lè nou rive tè a. E lè mwen mèt pye mwen sou rivaj la, mwen santi souliye ak pè yo ki ta pral pran konsa anwo anko, pote vivan ankò, san janm kite lage.

CHAPTER XXIII

 Te rete yapuit lèzè nan maten yo rive 8 èdtan. Nou fè yon ti mache tou pre rivaj la. Apre sa, nou tounen nan kay dòmi, epi nou te jwi plis bel pano yo.

Vant la, ki te kite kalm soti nan sid la, soudenment reprann fòs li, lefèt li te anfleche jòm sou bò wd la. Lalin te rive nan pi wo pwen li nan syèl la epi te kòmanse kouri desann. Te gen anpil zwazo nan lè a. Yo t ap sanble vityèl. Bròf, yon lapli gwo lò anpeche.

Mwen te rete kalm pandan jou a, men lè nwas la rive epi objè yo vin mwens vizib, yon filfyè fri peyi mwen soti nan sanm. Mwen te anjis e mwen te swiv sovaj, ak yon pisto kache nan pòch mwen. Chak son te fè mwen pè, men mwen pran yon desizyon ke mwen pral lite ak fòs, e mwen pral pa retrete jouk lè menm advesè a oswa mwen pral defèt.

Elizabeth te wè ak silans angwasman mwen, li te santi kout pè epi li te santi dezagreyab. L nan Egzpreyon mwen, li te ka sonje ke yon bagay pa t ap mache byen, e li mande mwen ak yon fazi nèv, "Kisa ki fè ou chagren, myèl Victor? Ki sa'w gen pè? "

"Oh, tanpri, kè mwen," mwen te reponn, "tout bagay pral byen aswe a. Men lannwit sa a espantab, vrèman espantab."

308   Mwen pase yon lè nan eta inkyetis sa a, apre mwen konprann konbyen sa ta egzaje pou madanm mwen si lit mwen t 't'ap fèt. Mwen te mande li ale epi mwen te pwomèt p'apre mwen te konnen kote lènmi mwen te ye, mwen ta t 'ap rantre tou.

Li te ale, epi mwen te mache nan kay la pandan yon ti tan, ap chèche nan chak kwen kote lènmi mwen ta ka kache. Men, mwen pa jwenn okenn tòch li, epi mwen te kòmanse panse ke poutèt mwen p'a ka sove'l nan fè dezòd li. Alòr, byen vit, mwen tande yon kri bruyan ak tèrib. Li sòti nan chanm kote Elizabeth te ale. Lè mwen tande sa, mwen move nan men, mwen pa t 'ka deplase yon moso. Mwen santi san mwen kouri fredi nan twazyèm mwen, ak nanm mwen kòmanse eseye. Eta sa a sòti sèlman nan yon moman; apre sa, mwen tande kri a ankò, ak mwen te fon nan chanm sa a.

309   Oh non! Poukisa mwen pa mouri nan moman sa a! Poukisa mwen toujou la pou rakonte istwa dramatik sou destruksyon nan moun ki pi plen espwa ak klas yo sou latè? Li te rete san mouvman sou kabann an, tèt li te pann tiye, figi pâl ak tòde yo kache dwatwa pandan cheve li. Gade sa te anmède mwen epi mwen menm, mwen pa t 'konnen si mwen t'ap ka kontinye vivan. Pou yon ti moman, mwen pèdi konesans gade kò mwen tonbe sou tè a.

Lè mwen reprann konesans, mwen jwenn tèt mwen antoure pa moun nan lasosyete a. Figi yo te montre yon terè ansanm ak yon kantite move bonè ki parèt byen ti konparezon ak pwa kè plis ki mache nan mwen. Mwen rive eskape soti nan yo epi retrete nan chanm kote kadav Elizabeth li te rete. Se te lanmou mwen, madanm mwen, ki te viv sou rezanm li tèlman lwen ak fò nan kè mwen. Li te deplase depi nan moman mwen te wè li la a. Tet li te rete sou bra li kounye a, avèk yon mouchoi plase delicatman sou figi li ak koulèt li. Nan premye regard, yon moun ta ka panse li te deyorè. Mwen fonse kote li epi pran li nan bra mwen byen fèmen, men senso ak lavi klè. Gen yon mak sòti nan men yon moun sou kou li, ki te boule tout mòde nan kè mwen.

310   Lè mwen te anwo li, santim yon tristès total te pran kontwòl sou mwen, mwen vire tèt mwen anlè. Chak fwa mwen te gade lòt kote,

mwen te ap frouk an kèk moman lè mwen wè limyè pèl mwa a ki t'ap baye chanm nan. Leshout yo te louvri, e men pou terè m, mwen wè yon moun i nan fenèt yo. Yon souri malefik te eskalye sou figi monstre a pandan li te montre vès toupatou kòt kote tètkachè kap la. Mwen te vite kouri sou fenèt la pou jwenn li, men li te disparèt sou lalagòl la nan yon vitès ki pa t'admett.

Son boul la te fè moun sòti nan chanm nan. Mwen te fè siy tankou mwen ti mounstri a te disparèt, epi nou te sòti nan bato pou ale chèche l '. Nou te jete file nan dlo a, men tout sa nou te fè te enveyen. Apre pase anpil èdtan nan chèch nou an, nou te retounen sou larivyè ak deseperasyon. Pi fò nan konpayon m yo te kwè sa mwen te wè t'ap soti nan imajinasyon mwen an. Lè nou te defini sou tè a, yo divize yo an gwoup epi yo rechèch zòn yo ki nan kapab, yo esplòre divès chemen atravè bwa ak lavèy yo.

311   Mwen te eseye ale avèk yo, mache yon ti distans nan kay la. Men tèt mwen te danje, epi mwen te chita epi mwen te mache menm jan ak yon moun anbwazisman. Finalman, mwen tonbe ak oben. Vizyon mwen te vin flou, epi po mwen seche paske mwen te foufe. Yo te pote mwen tounen nan kay la epi mete mwen sou yon kabann. Mwen pa t' konn sa ki te pase. Mwen sòti je mwen nan kay la, chache yon bagay ki te pèdi.

Apre kèk tan, mwen leve ak lanm sou lenstwisyon, mwen kouri nan kabann kote kòdach mwen renmèt la te chita. Te gen madanm ap kriye toupatou. Mwen penche sou kò la, jwenn tèt mwen nan poze gòch epi koule larm. Pandan tan sa a, panse mwen pa t' konn jwenn fòm klè. Panse mwen te vire, melanj kote mwen sòti ak kote wòsan mwen yo piye yo. Mwen te pèdi nan konfizyon epi te angoise. Lanmò William, pini Justine, mouri Clerval, epi finalman, lanmò madanm mwen - menm nan moman sa a, mwen pa te konnen si zanmi ki rete yo te an sekirite kont plan malisye monstrè a. Papa mwen ta ka sòti sou men l 'jounen jodi a, epi Ernest ta ka mouri. Pansman sa a fè mwen tremble, li fè mwen vire tèt mwen. Mwen sote sou pye mwen epi deside retounen nan Zanèv vit-vit.

312   Te pa t ' gen chwal disponib, se konsa, mwen te dwe tounen apre

lach. Van te kont mwen, epi li te ap plimaje anpil. Men, sa te toujou premye nan jou a, epi mwen panse mwen kapab rive tounen nan nwit la. Mwen loue kèk gason pou rowòt bato a, epi mwen pran yon rowòt tèt mwen menm. Mwen toujou jwenn soulajman nan lespri mwen nan aktivite fizik. Men nan moman sa a, mwen te pran nan tristès epi mwen pa t ' kapab jwenn fòs pou rowòt. Mwen lage rowòt la epi m dòmi tèt mwen nan men mwen, pèmèt tout sa trist ki nan nanm mwen pran kontwòl la. Lè mwen releve tèt mwen, mwen wè peyizaj konnen nan tan ki pi fèt, sa yo mwen te wè jis nan jou a avèk moun sa k 'kounye a se sèlman yon memwa. Les larmes koule sou figi mwen. Mwen pa kapab kwè chanjman vit nan lavi mwen. Mwen te kontan jis yon lè anvan e kounye a mwen pa gen okenn lespwa. Yon dyab te pran tout lespwa nan kò mwen nan plezi nan lanvni. Mwen pa t ' janm ti konsa misè, epi yon bagay orifyan konsa se yon bagay ki unik nan istwa moun.

313   Men, poukisa mwen dwe kontinye pale sou sa ki te pase apre sa move evènman sa a? Istwa mwen an te plen ak bagay ki fè dlo nan zye. Li rive nan pi move pwen l ', e sa mwen gen pou di w kounye a ka sòti byen plezi. Konnen sòti sa a, youn apre lòt, zanmi mwen yo te pran nan men mwen, kite mwen tèt kale. Mwen totalman fatige ak mwen dwe kounye a reyimann reskonsab pou rezime tout res nan istwa terib mwen nan jis yon kèk mo.

Fine, mwen rive nan Geneva. Papa mwen ak Ernest te toujou vivan, men papa mwen pa t 'kapab soufri nouvèl mwen te pote a. Je l ', yo te pèdi klere ak kè kontan yo, e yo te jis vole san direksyon. Elizabeth, ki li te renmen tankou yon fi, te pote li anpil kontan. Li te kare li anpil, espesyalman nan eta sa a nan lavi lè li pa t 'gen anpil moun li renmen ankò. Mwen sere malediksyon sou mons ki pote tant j'a nan lavèy papa mwen. Volonte lavi li disparèt subitman. Li menm pa t 'kapab menm soti nan kabann li, e nan jis yon kèk jou, li pase nan bra mwen.

314   Kisa ki te rive mwen apre sa a? Mwen pa konnen. Mwen pèdi tout sansibilite mwen akòz chenn ak limyè nwa k'ap moso. Mwen te santi mwen tris anpil, men lè pase, mwen kòmanse konprann kondisyon

terib mwen nan ak malè mwen pran nan li. Finalman, yo fè mwen soti nan prizon mwen paske yo te kwè mwen pa gen kòmsi. Li te rive fèk gade ke pandan plizyè mwa mwen an te fèmen nan yon sel ti, sòti, ak tou sèl.

Men, libète pa t' vle di anpil pou mwen poukisa mwen pa ekipe tou pou mwen pran revanj kòm sanite mwen te tounen soufle m '. Lè mwen sonje sa yo te fè mwen nan, mwen kòmanse panse sou poukisa tout sa kounye a. Tout bagay nan sa a se akòz mons ki te kreye pa mwen, kreyati malere ke mwen te deklenche nan monn nan pou kraze mwen. Chak fwa mwen te panse a li, mwen te ranpli ak yon kòlè ki pa t 'kontrolab. Mwen te vle ak bezwen revanj.

Lè mwen te kòmanse gen pitit nan tèt mwen, kèk mwa apre mwen te soti, mwen te ale nan yon jij nan lavil la ak te di li mwen te gen yon akizasyon nan fèt mwen. Mwen di ke mwen te konnen moun ki touye fanmi mwen epi mande li itilize pouvwa li pou arete mons sa a.

315 Jij la t'ap tande mwen ak atansyon ak bon kè. "Rete asire, mesye," li di mwen, "Mwen p'ap menaje okenn efò nan jwenn koupab la."

"Mèsi," mwen te reponn. "Tanpri, koute deklarasyon mwen. Sa a se yon istwa ki sanble telman etranj ke mwen pa bezwen krediblite w la, men gen yon verite nan li ki, malgre eksplwatasyon sa a, mete moun nan pozisyon pou kwayans. Istwa a twò kohèran pou yo malen, epi mwen pa gen okenn rezon pou manti." Mwen pale nan yon fason kalm. Nan kè mwen, mwen te pran desizyon pou mwen swiv destriksyon mwen an jouk nan dènye detay la, epi objektif sa a te kalm kò doulè mwen an e, pou mwayenn tan, li te fè mwen aksepte lavi a. Byen vit, men konfyan epi presezi, mwen raple istwa mwen an, note dat yo ak presizyon epi evite kòlè ak eksklamasyon.

Premye fwa, jij la t'ap montre enkyetid, men lè mwen kontinye, li vin plis atantif ak entèse. Pafwa, mwen remake li te soti yon sousi terifyan.

Lè mwen fini istwa mwen an, mwen di, "Se moun sa a mwen akize, epi mwen mande ou sèvi ak tout pouvwa ou pou kenbe ak pini yo. Se devwa wòb la kòm jij, epi mwen kwè ak espere ke kòmpasyon ou kòm yon moun pa p'ap empeche ou fè responsabilite ou nan kesyon sa a."

316   Mwen t ap pale, mwen wè yon chanjman nan figi moun ki t ap koute mwen an. Li te tande istwa mwen, men sèlman te kwe sèlman yon tèt kale sou zanmi e de bagay etranj. Men kounye a, lè li te dwe pran aksyon ofisyèl, dout li yo retounen. Sepandan, li te reponn avèk dous, "Mwen vle ede w nan jan w ap chèche li, men kreyati ou dekri a gen kapasite ki ta fè l ap imposib pou mwen kapte li. Kijan w ap swiv yon bagay ki ka travèse lanmè glase ak kache nan kote danjere, entèdi? Anplis, sa fè lontan depi li te kòmanse komet krim li yo, konsa ki gen konnen kote li ta ka ye kounye a."

"Mwen kwè li pre pwoche a kote mwen rete, e si li kache nan Alp yo, nou ka chasè li tankou nou ta fè ak yon bèt sovaj. Nou kapab detrwi l kòm yon predate danjere. Men mwen ka di sa ou ap panse - ou pa kwè sa mwen ap di, e ou pa gen yo nan plan pou kondane lènmi mwen yo tankou yo merite yo."

317   Pandan mwen t'ap pale, mwen wè yon chanjman nan je moun k'ap koute mwen. Li t'ap tande istwa mwen, men sòti li pat kwè li, li te panse li te yon istwa sou lespri epi traka etranj. Men kounye a, lè li te dwe pran aksyon ofisyèl, dout li yo tounen. Men, li te reponn avèk delikates, "Mwen vle ede w nan rechèch ou, men kreyati ou dekri a sanble li gen kapasite ki ta fè l' enposib pou mwen pran l '. Kijan ou ka swiv yon moun kap travèse lanmè glase e kache nan kote danjere ak entèdi? Plis pase sa, sa fè anpil mwa depi l te kòtize zak li, kidonk ki sa nou ka konnen kote li ka ye kounye a."

"Mwen kwè li pre lavi mwen epi si l'ap kache nan Alp yo, nou ka chasen li tankou yon bèt sòti nan savann. Nou ka detwi l kòm yon predatè danjere. Men, mwen ka wè sa w'ap panse — ou pa kwè sa mwen ap di, epi ou pa gen lide pou pini lènmi mwen yo kòm yo merite."

318   Mwen kite kay la ak yon santiman kòlè ak tristès. Mwen te ale nan yon kote kèk moun pa t'ap moleste mwen pou mwen ka panse sou lòt bagay mwen ta ka fè.

CHAPTER XXIV

 MWEN TE SOTI NAN KAY LA SANTI MWEN FACHE AK DEZÒD NAN KÈ MWEN. Mwen te al nan yon kote sou tanpòt pou mwen panse sou sa ki kapab mwen fè lòt.

Mwen te telman anmède nan sa mwen te nan kounye a, mwen pa t' ka panse klèman. Kòlè te manje mwen, men li bay mwen fòs pou mwen kenbe konsantre. Olye pou mwen pèdi kontwòl, mwen te vin kalkile epi trankil. Mwen te konnen mwen te dwe kite Zanèv pou tout bonè. Menm si li te te renmen mwen lè lavi te bèl, kounye a li te santi tankou yon soufrans. Mwen te pran kèk lajan ak bijou ki te nan men manman mwen epi mwen te kòmanse yon vwayaj.

Konsa, vwayaj mwen yo kòmanse, ki pa pral fini jouk mwen mouri. Mwen te vizite anpil kote sou latè sa a epi mwen te anpwente anpil difikilte sòti vwayajè yo fè nan dezè ak tè ki pa tou règ. Mwen menm pa konnen kouman mwen te reyisi survive. Anpil fwa, mwen te priye pou lanmò pandan mwen te kouche tande nan dlo. Men venjans te kenbe mwen opoze. Mwen pa t' kapab mouri epi kite lènmi mwen kontinye viv.

 Lè mwen te kite Geneva, premye bagay mwen te dwe fè se jwenn yon endis ki ta ede mwen pou mwen jwenn lènmi mal mwen. Sepandan, mwen pa t 'gen yon plan klè, se konsa mwen te vire nan peryferye vil la pandan plizyè lespri, pa konnen kote pou mwen ale. Lè fèt nan lannwit, mwen jwenn tèt mwen nan antre simityè kote Willyam, Elizabeth, ak papa mwen te tande rès. Te santi wòch yo nan lespri yo tande, kreye yon lonbraj sou mwen. Mwen te santi l ', men mwen pa t 'kapab wè l'.

321   Mwen te tris sòti lè mwen wè sa a trisantajè timoun yo, men avèk tan sòti nouvo tris mwen vire nan kòlè ak dezespwa. Yo te mouri, ak tout mwen menm mwen te rete an lavi. Moun ki te touye yo tou te tande toujou, ak pou tèt mwen pa kenbe mizè mwen, mwen te dwe kontinye vivan. Mwen jenou sou zeb, mwen bay tè kout kout sou zo a. Avèk labi ki tcheke, mwen di: "Mwen jure pa tè sa a sakre mwen jenou sou, pa lespri k ap vini pre mwen yo, ak tristès pwofònd ak senpou mwen santi mwen, mwen pral kouri dèyè mons ki koz sa a doulè jouk sou li oswa mwen fèt. Mwen pral kenbe tèt mwen vivan pou sa. Mwen pral wè solèy ankò ak mache sou zeb vèt latè a. Mwen mande w, lespri nan mò yo, fè gwo soufrans vilokan ak kreyati ki mal k. Fè li santi dezespè nan sa a mwen santi kounye a."

    Mwen te kòmanse priyè mwen nan yon fason serye ak solonèl, santi mwen tankou lespri zanmi mwen ye ki te touye yo t ap tande ak apwobasyon. Men lè mwen fini, kòlè pran kontwòl sou mwen ak mwen pa t kapab pale ankò.

322   An silans lasiti nan nan lannwit la, yon ri mechan ak las gwo tonbe sou toupatou. Li retantli nan mitan mòn yo. Rigòlman an gradyèlman disparèt, epi yon vwa mwen te rekonèt, yon vwa mwen te mechanye, chouchoute nan zòrèy mwen, li di: "Mwen kontan. Wew li ase pitit kras. Wew chwazi pou wèk, e mwen kontan."

    Mwen kouri sou sous lajan zòn an nan men mwen, men tranbleman an jwenn toulède preyòl nan menm lontan an. Lè sa a, lalin limyèn te leve ak limyè tèt chòt li yo, epi se te kò ki tèrbile ak kòmdamnen an konsa li anmèd rale. Epi, menm jan l te antre, mwen te kouri apre l pandan anpil mwa. Pa yon moman sal lespri nan limyè twal la, gwo gòdòs la te fè l wè nan yon batiman k ap kapab nan Dlo

Nwa a nan mitan lannwit la. Mwen rive rete nan menm batiman an, men kòm pase prese dilò a disparèt, e mwen pa konnen kouman.

323   Anndan peyi tanzan aletranje nan Tartary e nan Larisi, menm si l te kapab evite mwen, mwen toujou te swiv fouy li. Anfen, moun pè panike di mwen yo te wè l. Ankò, li menm t ap kite yon endispozisyon talèr nan pyebwa, li te pe pou si mwen pa t kòmanse tèt mwen konsa m a pèdi espwa ak mouri. Frenèzi, grangou, ak move kondisyon fizik te frètura peyi mwen te dwe anndure. Se demon ki te vagabondaj elemantè mwen. Lè m tris sou mwayen ki pi tris, lespri sa a tap sove mwen nan dife a nan obstak gwo djanm kap fèk anvanse. Sòvan, lè m te feb anpil ak grangou epi lanati te lage mwen, yon manje ta apètman parèt kòm yon mizikal. Pandan tout vwayaj mwen an, mwen te jwenn ti kados lejè lejè la. Se kòn oswa yon wout ki t ap ede mwen nan kach; sa ta yon zafè ankò.

324   Mwen te swiv chemen rivi lè mwen te kapab, men kreyati mwen te ap kouri apre yo gen lè li te rete lwen zòn sa yo paske se la plis moun te abite yo. Nan lòt zòn, mapou pa t janm wè moun, se konsa m tap repoze sou bèt sòti nan libète mwen te rankontre pou manje. Mwen te gen kèk lajan mwen, mwen sèvi ak li pou fè zanmi ak moun nan vilaj yo lè mwen bay yo. Anfen, mwen te mennen manje ke mwen te chasè ak mwen pataje yon pati avèk sa yo ki te bay mwen dife ak zouti kizin.

325   Lavi mwen te pov, sezi nan moman mwen tap dòmi yo sote. Dòmi te pote anmizman ak kè kontan nan rèv mwen yo. Se tankou lespri ki te kenbe je sou mwen yo te ba mwen moman sa yo kontanman pou mwen ka kenbe fòs sou wout mwen an. San moman repos sa yo, mwen ta te sispann. Pandan jou yo, mwen kenbe lespwa nan nwit la. Nan rèv mwen yo, mwen wè zanmi mwen, madanm mwen, ak peyi mwen yo k ap renmen anpil. Mwen wè vizaj tandel papa mwen, tande vwa bèl madanm mwen, ak wè kòlèv san pwoblèm e jèn. Pafwa, lè mwen te fè mal lòt ladan woulib mwen, mwen fè tèt mwen kwè ke mwen tap rèv e ke mwen ta reveye ak zanmi mwen chèz mwen. Mwen te renmen yo anpil e mwen t ap kenbe souvni yo, menm lè mwen te reveye. Nan moman sa yo, desir

mwen pou vengans kont kreyati a te disparèt, e mwen kontinye sou wout mwen an, pa paske mwen te vle, men paske t li menm te santi mwen te pran nan men yon fòs ki pa t wè.

326 Mwen pa konnen kijan moun mwen t ap kouri dèyè la t ap santi. Men, gen fwa, li t ap kite mesaj sou pye bwa oswa wonn k ap kontinye kite mwen kraze tèt mwen. Nan youn nan mesaj sa yo, li t ap di, "Mwen toujou genkontwòl. Ou vivan, e mwen gen tout pouvwa. Sispann mwen. Mwen pral fè tèt mwen fone nan nò a glase, kote ou pral santi fredi a ki pa fè mwen anyen. Si ou fèkou swiv mwen vit, ou pral jwenn yon lepò ti mò ki tou pre lòt kote sa a. Manje l e frese tèt ou. Kontinye vini, advesè mwen. Nou toujou dwe batay pou lavi nou, men ou pral soufri anpil lèzòt e mizè jou sòti jou a rive."

Diyabl ki terib! Mwen pral rekòmande vengans ankò. Mwen pral fè ou, mons transe, soufri ak mouri. Mwen p ap janm sispann chèche ou jouk yonn nan nou menm jwenn fin mot. Apre sa, mwen pral finalman rejwenn Elizabeth mwen ak zanmi ki mouri yo. Yo ap tann mwen e yo pral rekòpanse mwen pou tout travay difisil ak vwayaj tèrib mwen yo!

Lè mwen te kontinye vwayaje mwen nan direksyon nò a, lanèj te tounen plis gwo epi te fè lòt fre kòmsi. Sa t ap kase tèt mwen. Moun lokal yo rete nan kay ti yo, e sèlman kèk ki plen nan kouraj sòti pou pran animo ki te dezespere pou manje. Larivyè yo te glase, se konsa mwen pa t ap kapte anyen nan men poisson, ki te sòti pou manje mwen an.

327 Plis tache difisil yo t'ap vini, plis lènmi mwen an te rejwi nan trantwa li yo. Yon mesaj li te kite di: "Prepare tèt ou! Penvwa ou an sòti kòmanse. Envlope tet ou nan kapò fwòt ak rasanble manje, paske nou pral biento kòmanse yon vwayaj kote soufrans ou pral satisfè nenndwa mwen an."

Motsasi yo menasman sa yo sèlman vire kouraj ak detèminasyon mwen an. Mwen pran yon desizyon fèmen pou pa kite pli kontinye vwayaj mwen an. Mwen kontinye menm nan kondisyon difisil ak dezòd sanfamye. Mwen pa plerè, men anplas sa a mwen klezi mwen ak koronpi dekouraye, mwen di mèsi lespri a avèk yon kè pien rekonesans, pou yo kondui mwen afe sef. Malgre makòt lòt mwen an, se la mwen t'espere pou finalman konfwonte ak gwole ak li.

328   Yon kèk semen pli bon, mwen te kapab jwenn yon koulye ak kèk chen ki te pèmèt m 'vwayaje move atravè teren a nive. Mwen pa konnen si kreati a te gen menm avan yo, men mwen remake ke mwen t'ap pran lapriye sou li. Lè mwen wè lanmè a, li te sòti yon jounen sèlman anvan mwen. Mwen t'espere mwen ta rive rann li anvan li rive nan plaj la.

An santi kouraj nouvo, mwen te kontinye soumye. Nan jis de jou, mwen rive nan yon ti vilaj ti ak malè sou bò lanmè a. Mwen mande vilajwa yo sou kreati a e yo bay mwen enfòmasyon detaye. Yo dekri yon figi monstriye ki te rive lannwit la deja. Li te gen yon zam ak anpil pistolet. Li te pran tou manje sezon ivè yo e li te chaje yo sou yon koulye. Pou navige sou koulye a, li te pran kontwòl lot chen ki te byen fòme pa fòs.

Anba jezi vilajè, li mete chen yo nan koulye a e li kontinye vwayaj li atravè lanmè nan yon direksyon ki mennen pa okenn tè. Vilajè yo te kwè ke li ta mouri biento ke se pa brize a glase oswa diferan fredi a.

329   Apwè tanboud, lè mwen te tande enfòmasyon sa a, mwen t 'senti yon kras moman dezè spri. Sansibarankwa a te reyisi m 'evite, e kounye a mwen dwe fè yon vwayaj twonpè e ki sanble pa janm pita atravè lòt la glas. Kòm yon moun ki soti nan yon kote cho, mwen te konnen chans pa mwen yo te kras fin. Men, mwen te konnen mwen te bezwen kontinye travay pou rive nan objektif mwen yo ak chache revanj. Mwen prepare tèt mwen pou vwayaj la k'ap vini an.

Mwen te wèche sled mwen ki nan tè pou yon ki espesyalman konsepsye pou navige sou sèt yo pa menm atè aplat. Mwen te ranpli sou rezèv swoulman manje anvan mwen sòti nan tè a.

Mwen pa ka di ak sèten konbyen jou ki pase depi lè sa a. Tan ak tan, kanpe nan frèt la tounen, etabli chemen sekirite atravè lanmò glase yo.

330   Dapre kantite manje mwen te manje, mwen panse mwen te nan vwayaj sa depi twa semèn. Pòtans espwa ki toujou anonse sèlman fè mwen santi pi lwen nan desepsyon ak tristès. Desespwa t'ap prèt

pou pran mwen, e mwen te sou bò tonbe anba mizè sa a. Yon fwa, aprè bèt ki t'ap pote mwen jiskaske yo rive nan somèy yon mòn glasè, youn nan yo te retiretèlman fètige ak mouri. Lè mwen t'ap gade atravè zòrèy mwen nan lannwitavèl (plènfehu) glasye anvan mwen, mwen te santi yon tristès profond. Men, yon bagay kaptire atansyon m ' - yon pwen nwa sou nwas plènglassè a. Mwen konsantre vizon mwen pou wè sa sa ta dweye, e mwen pa te ka kwè sa mwen wè lè mwen te konprann se te yon tad nan yon treni ak fòko soti nan yon moun mwen te konnen. Oh! Yon santi pou espwa lan inonde kè mwen ak chalè! Larm ranmase nan zye mwen, men mwen vit kache yo pou mwen ka wè kreati a byen klè. Men, vizon mwen te toujou flou ak dlo nan je yo, e nan yon jou mwen pa t 'kapab kenbe ankò e kriye byen fò.

331   Men sa pa te moman pou mwen tann. Mwen retire chen mouri yo soti avèk lòt yo, mwen bay yo anpil manje, epi apre repo pou yon lèzè, men ki enojan pou mwen, mwen kontinye vwayaje mwen. Mwen toujou te ka wè trine a, epi mwen pa janm pedan li ankò, sòti souvan li te kache sou grò fòmasyon glas yo. An reyalite, mwen t'ap vin pi pre li, epi lè, apre prèske de jou vwayaj, mwen wè lènmi mwen sèlman yon milye lontan. Kè mwen te sote ak eksitasyon.

Men, jis lè mwen te si pre nan pran lènmi mwen, espwa mwen te kraze nan yon moman an, epi mwen te pèdi travay li pi plis pase anvan. Mwen tande gade tè a pote anba mwen, tandiske mugissant la moute epi tounen pi pi chofè. Mwen eseye kontinye avanse, men sa pa t 'sèvi anyen. Van an te fòse, lanmè tounen fou, epi avèk yon movèz eksplòzyon k'ap tranble tè a, li koupe epi kraze. Pwosesis la te rapid. Nan jist kek minit, yon lanmè bawon ap kouche ant mwen ak lènmi mwen, epi mwen te rete kòt yo sou yon mòso glas ki ap diminye. Mwen te pè pou lanmò mwen.

332   Se konsa, mwen te soufri anpil èdtan ki te frenèt. Kwèt nan chen mwen yo mouri. Mwen te sou limit nan pwen kraze nan distres ansanm. Men, apre sa, mwen wè bato w la. Malgre tout pwoblèm mwen te genyen, mwen fòse eski lan ale dwa bato w la. Menm si ou te pran wout ki desann nan sid la, mwen te deside repoze sou lame-

nesi lan pito pase kite mwen paretenn misyon mwen an. Plan mwen te se konvenk ou bay mwen yon bato pou mwen kontinye pèsekite lènmi mwen nan. Men, ou t ap antre nan direksyon ki soti nan nò. Lè mwen t ap nan nivo mwen pi fèb, ou pran mwen sou bò a, ou sove mwen. Men kounye a, misyon mwen toujou poko fini.

333   Oh! Jiskaske lwanj moutay la pral sikile pitit Ayiti a ak let kanpe sou mwen? Oubyen mwen menm dwe mouri pandan li kontinye viv? Si mwen mouri, promèt mwen, Walton, li p'ap reyaji. Promèt mwen ou pral jwenn li ak fè vengeans, mete aksyon sou lavi li. Men, mwen vreman dwe mande ou pou ou fè vwayaj mwen an epi pou ou sipòte tout difikilte mwen te fè fas ak yo? Non, mwen p'ap konsa egois. Men, lè mwen pa tibe ankò, si li rive vin wè w, si moun ki mennen vengeans yo mennen li vin wou, jure li pap soviven - jure li p'ap vin triumfe sou doulè san fen mwen ak kontinye krim nwa li yo. Li byen bon nan pale ak konnen konvenk, e pawòl li yo te gen yon efè sou kè mwen yon jou. Men, pa fè konfyans nan li. Lwa li gen w anvi, menm jan ak fòm li gen yon move movezantans ak move entansyon. Pa tande li. Anplase, rele Eskriti William, Justine, Clerval, Elizabeth, papa mwen, ak boukliya Victor la. Sanble espad ou nan kè li. Mwen pral pre w la, gidan lè w.

***

WALTON, kontinye istwa li a.

    26 dawout, 17—.

334   Margaret, ou te li istwa etranj ak terifyan sa yo epi koulye a, sa pa fè san w glasé ak fwi, tankou mwen menm? Lè w tande li pale, li montre varyete emosyon yo. Li te tris, kalm, men tou bezwen vanjans.

    Istwa li a logik ak li raconte a ak yon senzè verite. Men, mwen dwe rekònèt, lèt soti nan Felix ak Safie li te montre mwen, ak wòl mons nan bato nou an te wè, konvènsem mwen pi plis ankò. Donk, bèt sa vreman egziste! Mwen pa ka doute sa. Mwen tout bon vreman ak sòti nan stupèfaksyon. Nan moman sa yo, mwen te eseye aprann soti nan Frankenstein kijan li te kreye moun sa a, men li te refize pataje nenpòt detay sou sijè sa a.

335   "Eske ou fou, zanmi mwen?" li di. "Kote sòti kuriozite sa a san sans ou pote w la? Ou vle kreye yon lènmi djonn pou ou menm ak lemonn? Kalm desann, kalm desann! Tande soufrans mwen yo epi pa eseye fè yo pi mal."

Frankenstein te konnen ke mwen te ekri istwa li a: li vle li l ', li fè kèk chanjman ak ajouts, sitou lè rive nan konvèsasyon yo li te genyen ak lènmi l '. "Kounye a ou gen yo rekipere istwa mwen," li di, "mwen pa vle yon vèsyon enkòmplè pase pou jenerasyon ki vini yo."

336   Yon semen pase ak pandan mwen te tande istwa ki pi estranj jan imajinasyon janm kreye a. Panse mwen ak chak santiman nan nanm mwen te konswome nan enterè pou moun mwen t'ap akeyi yo. Mwen vle kòmòte li, men li sanble sòti kòmòtade sòlman nan solitude li ak konfizyon li. En dòt mo, li kwe lè li reve sou fason li pale ak zanmi li yo epi li jwenn kòmòt nanm oswa motive pou vanjans li, yo pa sòti sèlman kom pantan imajinasyon li, men kom bèt aktyèl nan yon lòt monn. Se bagay entere san limit.

Kominike nou yo pa toujou sou istwa ak soufrans li. Li gen yon konesans ekstansif sou diferan sijè yo ak yon kòmprensyon rapid. Li pale ak fòs ak enòm nanm, ak mwen pa ka sipòte pou mwen pa kriye lè li rakonte yon istwa lapenn oswa li eseye evòke pitye oswa renmen. Sa yon moun etonan li dwe te ye lè li te siksè! Menm nan fèt li, li rete nòb ak remakab. Sa sòti ladan li wè valè pwòp li ak lès la nan pitit chenn li.

337   "Lè mwen te pi jèn," li kòmanse, "mwen t'ap kwè mwen te fèt pou yon bagay gwo. Mwen te panse ke li te mal pou mwen gaspiye talan mwen nan chagren lasye lè mwen ta ka sèvi ak yo pou ede lòt moun. Lè mwen te gade travay mwen te fè, mwen pa t' wè tèt mwen tankou yon rèvè pa mòd odsinè. Men, kounye a, menm pensé sa a ki te leve m'anlè an sèlman tann mwen nan deseperasyon pifò. Tout plan mwen te genyen ak tout espwa mwen te genyen, sa a pa menm

vale anyen. Depi nan ti moun, mwen t'ap chaje ak anbisyen ogmante ak gran aspilasyon. Men, ò jenn mwen gen tonbe! Aman, si ou te konnen mwen nan lè mwen te nan for mwen, ou pa t'ap ka kwè sè a menm avèk moun ou wè kounye a, vid de tout gwo glorya. Desespwa ra rive nan kè mwen raman. Li t'ap santi tankou yon destine plis wo t'ap pouse mwen ale devan, jouk lè mwen tonbe epi pa ka leve ankò."

338   Mwen dwe pèdi moun sòti nan sa? Mwen te toujou ap chèche yon zanmi, yon moun ki konprann ak pran swen nan mwen. E kounye a, isit la, nan mitan depi ki kote, mwen jwenn moun sa a. Men, mwen pè ke mwen sèlman jwenn li pou mwen kapab realize konbyen li ekstròdinè epi pèdi li apre sa. Mwen vle ede l wè sa ki bon nan lavi a, men li repouse ide sa a.

339   "Mèsi, Walton," li di, "pou ou an sòti byen avèk yon mizè defòm mwen. Men, lè w pale de nouvo koneksyon ak nouvo santi, ou kwè gen moun kapab ranplase sa nou pèdi a? Èske gen yon moun ki kapab byen-etre nan lavi mwen tankou Clerval te, oswa èske gen yon lot fanm kapab ranplase Elizabeth? Menm si santi yo pa anpil cho, zanmi nou te gen nan timoun nou toujou kenbe nan pase nou, e pafwa pa gen okenn lòt zanmi nou kapab gen sa. Yo konnen jan nou te ye lè nou te ti moun, e menm si nou chanje lè nou ogmante, sa nan nou pa janm ale nan men yo. Yo ka konprann aksyon nou yo e kapab detèmine lè nou gen bon jan entansyon. Yon sòr oswa yon frè pap jennen lòt pou yo fè sa yo gen pou fè, malgre isit la gen deklan rive avan, men yon lòt zanmi, menm si li pre, li ka pafwa koko lè l ap wè ak sospi. Men, te gen zanmi ki te espesyal pa sèlman paske nou te oblije fè anba menm anviwònman, men paske yo t ap gen kalite pwòp yo. E, menm kote pou mwen ye, mwen toujou pral tande vwa enkrijyab Elizabeth la ak konvèsasyon ak Clerval nan lòj mwen. Yo pa la kounye a, e nan tèlman sèl, gen sèlman yon rezon ki fè mwen vle kontinye vivan. Si mwen te anplwaye nan yon gwo ak yon enpòtan pwojè ki ta ede lòt yo, lè sa a mwen ta kapab viv jiska lè mwen rive nan fen li. Men, sa pa pou mwen la. Mwen dwe kouri dèyè ak touye kreyati mwen fè a, e sèlman lè sa a volonte mwen sou tè a pap ranpli, epi mwen pral ka mouri."

340   2 Sèptanm.

Chè soeur,

Mwen ekri w a nan yon sitiyasyon danjere, san konnen si m ap wè Angleter lan ankò oswa zanmi ki enpòtan pou mwen. Mwen anvironnen nan mitan gwo mòn glasye ki ka trapen nou epi kraze bato nou nan nenpòt moman. Moun kouraj ki dakò akonpanye mwen ap tann mwen pou ede yo, men mwen pa gen anyen pou ofri. Sitiyasyon nou an trè pè, men mwen toujou gen kouraj ak espwa. Li difisil pou mwen panse ke tout lavi moun sa yo nan danje se poutèt mwen. Si nou pèdi lavi nou, se poutèt plan fou mwen fè a.

E kisa w ap panse, Margaret? Mwen espere ou pa janm tande sou lanmò mwen epi w ap tann ak antousyasm pou retou mwen. Ann pase ane yo, ou pral santi dezespwa men toujou kenbe lespwa. Oh chè soeur mwen, panse la nan fè w dekouraje ak pèdi lespwa se plis douloure pou mwen pase lanmò mwen menm. Men ou gen yon mari ak pitit moun bèl, se konsa ou ka kontan. Ke syèl beni w ak pote w bonè!

341   Moun mwen te pran nan menm kondisyon malere jan mwen an gade mwen ak yon gran bonte. Li eseye bay mwen lespwa e li pale kòm si lavi se yon bagay valab. Li rakonte mwen istwa marin kap fè fas ak aksidan tankou sa yo nan lanmè sa yo epi menm jan yo fè pati. Nan desey li, li ranpli mwen ak panse pozitif. Menm matelò yo moun enspire pa pawòl li yo. Lè l pale, yo sispann santi dezespere. Li motive yo. Men, sentiman sa yo pa dure lontan. Chak jou, nou rete nan enkèt, pe revini ladan l e mwen gen pè ke gwo kèk rebeliyon ka fèt ak desespwa a.

Setyembre ika-5.

Yon bagay vrèman enteresan vini depanse, e menm si se vrèman twò piti ou pap ka li sou sa a, mwen fòse ekri l.

Nou toujou anvwonbre ak mòn glasay toujou an disponibilite pou kraze bato nou an. Li fè trè fwòd, e anpil nan zanmi mwen pòv yo. Je l yo toujou montre siy gwo lafyèv, men l ap gen pe. Lè l eseye fè nenpòt bagay, li vin fasilman fèb e san lavi anko.

342   Nan dènye lèt mwen an, mwen pale de kònfizyon mwen sou yon

posib dezòd. Maten sa a, yon bagay ki pa t 'atann rive. Mwen t ap chita avèk zanmi mwen, li te sanble trè fèb ak fèmen, lè yon gwoup marin vini nan kabann mwen. Yo te chwazi pou pale avèk mwen nan non lòt marin yo. Yo te aneksye lide yo pou, si nou te libere nan glas la ak gen yon chans pou nou sove tèt nou, mwen ta ka kontinye vwayaj nou riski anplis nan direksyon sid la pou sekirite. Yo te vle mwen pwomèt, si nou libere, mwen ta chanje lapenn nou imedyatman nan direksyon sid la.

Mande sa a t ap deranje mwen. Mwen pa t pèdi lespwa, ak mwen pa t panse pou tounen lè nou ta libere. Men est-ce mwen te kapab vreman refize demann yo? Mwen pa t kapab deside toutswit. Toutotan mwen te esite, Frankenstein, ki te tèt li ak fèb, janti di. Li te sanble detèmine ak enèjik. Li pale bay marin yo, li di-

"Sa k'ap vle di sa? Ki sa k'ap mande kapitenn ou a? Èske ou menm kapab chanje plan ou konsa san anpil difikilte? Eske ou pat rele ekspedisyon sa glorèz? E poukisa li pat glorèz? Pa pouke se paske vwayaj la te fasil ak kalm tankou yon lanmè cho, men se paske li te plen avèk danje ak terè. Chak nouvo defi te mande fòs ou ak kouraj ou. Ou te dwe fè fas ak danje ak lanmò epi vin sipase yo. Se sa ki fè l glorèz, se sa ki fè li yon misyon onorab. Te sipoze laprann w kòm ero, moun ki te fè fas ak lanmò pou onè e byenètounanite. Men koulye a, bò kote premye sinyal danje a, oswa si w pito, premye gwo tès kouraj ou yo, ou tonbe an tras epi ou kontan pou yo konnen w tankou moun ki pa t 'kapab fè fas ak frèt la e ak danje a. Kidonk, pòv kè ki malerèz, ou senyen yon frèt epi ou tounen nan kam yo cho. Epi, sa pa mande tout bagay sa pou rive. Ou pa t 'oblige vini jiska la epi mennen kapitenn ou nan soufrans defet soti nan pouvwa pou prouve w se yon kowad. Oh, seyè mwen, vin moun, oswa pi bon pase moun yo. Rete trè fidel ak objektif ou yo ak tounen tankou yon wòch ki fò. Glas sa pa fòt kò ou yo. Li kapab chanje, e li pa kapab reziste si ou deside ke li pa dwe reziste. Pa tounen bò kay ou ak lonè soufli nan figi w ak sa a. Retounen kòm ero ki batay e ki konkeri, moun ki pa janm vire do yo devan lannmi."

Avec yon vwa ki ekspime diferan emosyon pandan diskou li epi

ak je ki plen ak plan ki mare ak bravati, li pale. Ou kapab konprann ki kòman sa a mouvman moun yo te ye? Yo te gade yo menm e yo pa t ka reponn. Mwen te pale e mwen di yo retounen e panse sou sa ki te di. Mwen di mwen pa tap mennen yo pi plis nan nò si yo pa dako nan sa ki te di yo, men mwen te swete ke avèk kèk tan pou panse, kouraj yo ta tounen.

Yo te ale, e mwen te vire pou ale mwen zanmi, men li te fèb ak pre ak lanmò.

Mwen pa konnen kijan sa a pral fini, men mwen ta renmen mouri plis pase tounen tèt ba san pye. Menm si mwen pè ke sa a ap genyen kòm desten mwen. Moun yo, san ide ki glori ak anò ki sòti yo, pa ta ka soufri ankò nan difikilte yo.

7 Septanm.

Decide a sezi; mwen te dakò pou retounen, si nou pa kraze. Lespwa mwen yo dechire pa move kouraj ak endesizyon. Mwen t ap tounen san konprann ak dezo graten. Mwen bezwen plis fòs pase mwen genyen pou mwen jere sa a ini epi ak pasyans.

12 Septanm.

Se fèt; mwen t ap tounen an Angleterre. Mwen pèdi rèv mwen yo pou ede lòt yo ak jwenn glori. Mwen pèdi zanmi mwen. Men, mwen pral eseye fè w konprann tout detay douloure sa yo, sè mwen chè. Pandan mwen navige vès Angleterre e vès ou, mwen p ap pedi lespwa.

Septanm 9, glasalandan kòmanse deplase, epi gen tout kalite krake lè a trase nan tout direksyon. Nou te nan yon danje gwo, men piske nou pa t 'kapab fè anyen sou sa, mwen te konsantre sou mizèman envite mwen an, ki pi malad e li te dwe rete nan kabann. Glasalandan kraze nan dèyè nou ak fòs te pouse li nan direksyon nò a. Yon van vin soti nan lès la, epi nan 11 la, chemen nan dirèksyon sid la vin klè kòm dlo k ap fonde kòm diven. Lè matlot yo wè sa epi konprann yo ap retounen lakay yo, yo kriye nan eksitasyon kontan pou yon tan long. Frankenstein lite sou li soti nan somnifèl li ak mande poukisa yo t ap fè tanbou. "Yo kriye," mwen di, "paske yo pral tounen nan Angleter."

"Pale vre, ou menm tou vle tounen?"

"Malerezman, wi. Mwen pa ka refize demann yo. Mwen pa ka mennen yo nan danje kont volonte yo, se konsa mwen oblije tounen."

"Si se sa ou vle, ale." Li di, "Men mwen menm, mwen pa janm pral fè sa. Mwen pa ka site sou objektif mwen an. Seyè a ban mwen l ', e mwen pa ka sispann l 'anvan menm li fini. Menm si mwen frajil, mwen kwè nan lespri ki ede mwen chache vengeans ap bay mwen ase fòs." Li eseye sispann nan kabann, men sa t 'trop pou li. Li tonbe re-ar pase a.

346   Li pran yon ti tanvan li rive retire maladi a, e mwen te panse ke li te mouri. Finalman, li ouvri je l 'yo, men li pa te ka respire oswa pale byen fasil. Dòktè a te bay li yon ti kalme epi li di nou kite li sou kont li. Dòktè a te di tou ke zanmi mwen pa t 'gen anpil tan ki rete pou l 'viv.

347   Peyi li te jwenn, epi mwen te ka sòti sòti tristès ak pasyans. Mwen te chita bò kote li nan kabann nan, gade l '. Je li yo te fèmen, ak mwen te panse li te domi. Men, après sa, li rele m 'nan yon vwa fèb epi mande mwen pou m 'vin plis pre. Li di m ', "O, non! Fòs la mwen te baze sou la pa la. Mwen santi mwen ap mouri byento, ak lènmi mwen, moun ki tòtire m 'la, ka toujou vivan. Tanpri pa panse, Walton, nan dènye moman yo mwen santi tout nwit nan pot lakay sa a ak dezir entans ki te genyen mwen te genyen yon fwa yo. Men, mwen santi ke li jistifye pou mwen swete lanmò pou l 'lennmi mwen yo. Nan dènye jou sa yo, mwen te ap panse sou aksyon mwen anvan, ak mwen pa jwenn yo kritikab. Nan yon moman nan enzistans fou, mwen kreye yon kreyati k ap panse epi mwen pran sou mwen responsablite pou asire bonè ak byennèt li selon kapasite mwen. Se sa ki te dwa mwen, men gen yon lòt dwa ki te pi enpòtan ankò. Dwa mwen yo konn nan kay moun ki gen konsènan plis paske yo kapab viv pi plis lajwa, lapè ak lespri. Avèk sa nan menm, mwen te refize kreye yon kòmansman pou premye kreyati a. Li te montre mechanste ak egois pa menm. Li detwi zanmi mwen yo ak kondane nan lanmò nan biyo yo ki te gen kapasite yo santi lajwa, lapè, ak lespri. E mwen

pa gen okenn ide kote sòti atès sa a pou vengeans pral fini. Li dwe mouri pou li pa fè pèsonn dèyè malè. Se te travay mwen an pou detwi l ', men mwen echwe. Lè m te kondwi pa move ak mov modiv, mwen mande ou kontinye travay mwen te pòte bay. E kounye a, lè m'ap gidel pa rezon ak virti, mwen mande ou ankò."

348   "Men mwen pa ka mande w pou kite peyi ou ak zanmi ou dèyè pou w fini sa a travay la. E kounye a, lè w tounen tounen Angleter, se pa pou ou gen chans pou w jwenn li. Men, se te ou menm pou w reflechi sou sa yo e konsidere sa w kwè ke responsablite w yo. Panse mwen ak jijman mwen deja klire pa premye mòt la. M pa ka mande w fè sa mwen kwè ke se bon paske gen chans ke emosyon mwen an toujou ka enfli-w.

Sa a fè m pe sou sa ke li ka kontinye fè dega. Orevwa, Walton! Jwenn fèt nan lapè ak evite amitisyon, menm si se pou w fè diferans w nan syans ak deskouvèt. Men tou, poutèt kisa m'ap di sa a? Espwa pa m nan pouswit sa yo te dòmi, men yon moun kapab rive."

Vwa l 'te vin plis fèb epi li tòme silans. A peu près treta minit pita, li eseye pale ankò men pa te kapab. Li te sere dwèt mwen nan yon fason fèb epi je li fèmen pou tout tan.

349   Margaret, mwen pa konnen kisa mwen dwe di sou pèt imprevi sa a nan moun etonan sa a. Kijan mwen kapab esprime fondisman tristès mwen an? Pa gen mo ki parèt ase. Mwen ap kriye epi mwen santi mwen ap inonde nan dezam ak dezèspwa. Men mwen ap sou wout mwen pou jwenn kèk konsolasyon nan Angleter, kote mwen espere jwenn kèk konfort.

Tanpri, yon bagay ap interrime mwen. Kisa viv sa yo kapab vle di? Li minwi, li minwi. Lapli ap soufle dousman. Ekip sou pont la ap kouri ti kras. Mwen tande l 'an kòk la ankò, yon vwa k ap sòti ki sanble moun men ki rouj. Li sòti nan kabann nan kote rete yo a Frankenstein la. Mwen dwe leve mwen epi tcheke l. Bon nwi, sò mwen.

Oh Bondye! Yon bagay ki pa posib sòti net just rive! Mwen toujou santi mwen an fanmi ak tèt chato lè mwen panse sou sa. Mwen pa sèten si mwen kapab dekri li men istwa sa a ta pa ka fini san final inivizib sa a la.

350   Maregret, mwen pa konnen kisa pou mwen di sou pèt brus pitit moun sa a. Kijan mwen ka eksprime pwofondè tristès mwen an? Pa gen mo ase pou sa. Mwen ap kriye ak santi mwen apèch. Men, mwen nan wout pou Angleter, la kote mwen espere jwenn youn ti konsolasyon.

   Tann, yon bagay gen interrompem. Kisa vwa yo sa a vle di? Li minwi, gen yon ti van k ap souse. Ekip sou dek la pa mouvman anpil. Mwen tande l'ankò, yon vwa k'ap sonnen men k'ap parete pi gwo. Li soti nan kabin nan kote res lasòti Frankenstein la ye a. Mwen dwe leve pou mwen verifye sa. Bon nwi, sè mwen.

   Oh Bondye! Yon bagay inikrwal rive sòti nan sa sòti nan. Mwen toujou santi mwen gen premye bran sou sa. Mwen pa sèten si mwen ka dekri l', men istwa sa a pa tap ka fini san yon fenomèn ekstraòdinè sa a.

351   Vwa li tande vanyan, e premye enstenn mwen pou reyalize dènye zòt moun an konya ak detwi lènmi li yo te mete sou atand tèt mwen te oblije pou rete sou men sòti nan kouri. Kòm yon karaktè mistè rekòlte nan kè mwen, kè mwen ta di mwen te deziye lwen li anvan mwen fin tèt konsa, men menm tan a kabin varaman sa a kaptire tantasyon ak simpati mwen. Mwen te prezime l kote enfòm ankò, men mwen te tro pè pou gade nan figi li. Mwen eseye pale, men mwen pa t 'kapab. Monst sa a te kontinye babiye, di bagay yo ki pa fè sans. Finalman, mwen te jwenn kouraj pou pale ak li pandan yon ti moman nan bouleman emosyon li yo. "Penitans ou," mwen di, "pa nesesè kounye a. Si ou te tande konsyans ou epi pa kite tèt ou louvri konsa nan fini sa ki mechan, Frankenstein ta toujou vivan."

   "Epi ou panse," monst la di, "ke mwen pa t 't'ap santi doulè ak rimè kòk la? Li," li te montre nan kòsanm ki mouri a, "li pa sufri menm jan ak mwen. Ou panse mwen te jwenn plezi nan tande kri doulè Clervalò yo? Sa te sòti nan poze amizman te fè mwen santi renmen ak simpati, men lèmizè fòse mwen nan lagèls, chanjman an te kreye yon pèn inikrwal pou mwen."

352   "Apre mwen touye Clerval, mwen tounen nan peyi Swis feeling krase ak opime. Mwen te santi mwen lapenn pou Frankenstein, men senpati sa a te vire nan yon lwil. Mwen te rayi tèt mwen. Men, lè mwen te dekouvri ke Frankenstein, moun ki te fè mwen sòti nan lavi ak soufrans ki pa ka abitye, oze espere pou kontantman lòtè li menm nan tan li te ap ajoute plis soufrans ak dezespwa sou mwen, envè ak kolè anonbre kè mwen. Mwen te vle revandike plis pase nenpòt bagay. Mwen sonje pwomès mwen fèt e mwen deside fè sa rive. Mwen te konnen ke sa a t'ap kòz mwen plis doulè, men mwen pa t 'kab resiste a enpil nan mwen. Men, lè li mouri! Ou byen, mwen pa t 'tistwa nan moman an. Mwen te ensansevan tèt mwen sou tout emosyon, kapabit

353   An premyèman, mwen te santi mwen tris lè mwen wè jan l'ap anmizerya. Men, mwen sonje sa Frankenstein te di sou kapasite li pou pale ak pouvwa persuade. Epi lè mwen wè zanmi mwen ki kouche sou do li san lavi, mwen pa t' kapab evite tounen kòlè ankò. Mwen di li, "W'ap yon moun terib! Li fasil pou ou vini isit la pou plenyen sou detwi ou kreye a. Ou mete dife sou yon gwoup bilding, e lè yo kouri ale, ou rete ant ranvèsman ou yo epi ou kriye. Ou se yon mons trenèt! Si moun ou ap fè deyò a te toujou vivan, yo ta toujou rete kòm zònbi nan wete tèt ou. Ou pa santi pitye; ou sèlman ap plede paske moun ou te vle fè mal yo te pran soti nan men ou."

354   "Sa pa menm jan sa a, menm jan sa w a di," koupèt bèt la. "Men kòmprann mwen konsa opinyon w lan sou baz aksyon mwen yo. Mwen pa t 'atann w ta santi ou di ou pral sipeye mwen oswa konprann soufrans mwen yo. Lè mwen te vin chache konprann premye a, se paske mwen te vle pataje renmen bonjès ak lapè ki te ranpli mwen an. Men kounye a, bonjès santi lòt bò wòch la, e lapè fin tounen amè ak dezespwa. Donk, ki sa ki ka fè mwen kontinye chèche simpati? Mwen an dako ak soufrans toulèt twou san limit. Lè mwen mouri, mwen kontan moun sonje mwen avèk degoutans ak lachenn. Mwen t 'oblije rèv pou mennen yon lavi bityè ak abòn. Mwen t'ap tann gen moun ki kapab gade pase aparyans mwen an akòz e renmen yo n ap gade kote yo te bon vle pou mwen. Mwen te gen amann

entansyon ak devosyon. Men kounye a, krim mwen yo fin fè mwen vin pi ba pase nanimo pi ba yo. Pa gen kile, pa gen domaj, pa gen menm malis, e pa gen menm soufrans ki ka koresponn ak mwen. Lè mwen reflechi sou lis terib nan fè sa mwen fè mal la, se difisil pou kwe mwen menm moun ki te gen vizyon bèl bonnte. Men se vre ; mwen vin yon dyab malefik, menm jan ak sa a zanj tonbe. Menm advesè Bondye ak lòmni gen zanmi ak kompa nan lonèt li. Mwen totalman sèl."

355   "Ou, ki konsidere Frankenstein kòm zanmi ou, wèm nan sa mwen te fè move, ak malèz li te fè fas a mwen. Men, nan eksplikasyon li bay ou, li pa t' rive kapti tout soufrans mwen te sibi yo, jitòdksa nan kè mwen te sòti nan kolè mwen menm. Menm si mwen fin kraze rev li yo, mwen pa t' satisfè ak sa mwen te fè. Mwen toujou te desann pou lanmou ak kòmpagni, men yo toujou rejte mwen. Sa pa jis pa okenn jan. Èske se sèlman mwen sòti fòl nou tout antanke moun ki maltrete mwen? Poukisa ou pa detèste Felix, ki te vyoleman jete zanmi li nan deyò? Poukisa ou pa meprize moun nan peyi a ki te vle fè mal sòti sila a ki sove pitit li? Non, sa yo se moun bon ak enpinab. Mwen, toupatou, mwen nwaye nan malè ak lonè. Yo wè mwen kòm yon bagay enèdyan ak san enpòtans, pou yo rejte mwen, jete mwen, ak pile sou mwen. Menm kounye a, m kontinye kase nan kòlè lè mwen panse a konbyen sa a te enjist."

356   Men se vre mwen se yon moun move. Mwen touye moun enosan ak san defans. Mwen etrangli lavi nan yon moun ki pa janm fè mwen oswa menm moun ki pa tande mal. Mwen fè kreyatè mwen, ki simbolize tout bon ak lòt k ap merite renmen, sifri anpil. Mwen kontinye kouri sou li jouk lè mouri vini an avanse. Kounye a yo kouche san mouvman ak san lavi. Ou meprize mwen, men lagè a ou pa vle fè ak sa m ap santi pou tèt mwen. Mwen wè men ki te kòmanse fè sa yo move ak mwen panse sou kè ki te envante yo. Mwen tann jou a kote mwen pa kapab wè men sa yo ankò ak lespri mwen pa toujou anraje pa sa yo te kreye nan tèt mwen.

357   "Pa prekipe wè mwen kòz plis mal nan jòn vni. Mizyon mwen a pwal fini. Mwen pa bezwen okenn moun, ki enkli ou menm, mouri

pou mwen ranpli objektif mwen an. Men, mwen bezwen fè fen nan pwòp lavi mwen. Mwen gen plan pou kite bato ou sou bwa glase yo te pote mwen isit la epi vwayaje jiska pwen pi lwen nan Polo Nò yo. La-a, mwen pral rasanble bwa pou yon pye funèb ak boule kò sa a ki papab. Mwen pa vle anyen, espesyalman moun ki gen move enstriksyon, itilize rezidim mwen yo pou kreye pa yon lòt mons pou tankou mwen. Mwen pral mouri. Mwen pap gen pou mwen sibi agonie k ap toumente mwen kounye a oswa soufri ak dezir ki pa kanpe reyalize. Moun ki bay mwen lavi a deja mouri, epi yon fwa mwen ale, pa gen moun kap sonje nou. M ap pa wè solèy la, zetwal yo, ak tande van sou figi mwen ankò. Limyè, sansasyon, epi sans yo tout pral disparèt, e se konsa mwen pral jwenn kè kontan mwen an. Ane pase, lè mwen te viv premye mèvèy nan mond sa a - lè mwen te santi cho a nan sezon ete, tande broseman fèy yo, ak bèl chante zanmi - bagay sa yo t ap vle di tout bagay pou mwen, ak mwen t ap kriye nan panse mouri. Men kounye a, se sèl konfò mwen genyen. Mwen sali ak mèvèy mwen an, ak kondann akouyans pèsonèl ki ap pran l pou mwen. Lanmò se sèl wout mwen ka jwenn lapè."

"Orevwa! Mwen ap kite ou, e ou se dènye moun mwen p'ap janm wè ankò. Orevwa, Frankenstein! Si w'ap viv toujou e ou gen yon desir pou vengans kont mwen, li ta pi byen satisfe pandan mwen viv olye pase nan destruksyon mwen. Menm si ou santi ou te denigre, angouman mwen depase ou. Doule apremwon kontinye san lè anvan.

"Mwen menm, li di, ap mouri byento, e sa mwen santi kounye a pap santi ankò. Mizè enstans sa yo ap fini. Le kòm mwen nan van, nyòt mwen pral ale nan lanmè. Lespri mwen ap repoze nan lapè, e si l'ap panse, li pa sòti menm jan sa a. Orevwa."

Lè li te di sa a, li sote soti nan fenèt kabann nan sou labalaf lèdè ki te tou pre batiman an. Li te rapidman pote lwen pa vag yo e disparèt nan nanwa ak distans la.

FIN.